# JONATHAN LETHEM

# DER STILLSTAND

AUS DEM AMERIKANISCHEN VON
ULRICH BLUMENBACH

*Roman*

TROPEN

Die Arbeit des Übersetzers an dem vorliegenden Buch wurde mit einem Stipendium der Schweizer Kulturstiftung Pro Helvetia gefördert.

schweizer kulturstiftung
prohelvetia

MIX
Papier | Fördert gute Waldnutzung
FSC® C014496
FSC www.fsc.org

Dieses E-Book basiert auf der aktuellen Auflage der Printausgabe.

Tropen
www.tropen.de
Die Originalausgabe erschien unter dem Titel »The Arrest« im Verlag HarperCollins, New York

Cover: Zero-Media.net, München
unter Verwendung einer Illustration von © Juli Scalzi/Arcangel
Illustration auf S. 60: © DC Comics, in: *Superman's Pal, Jimmy Olsen*, Nr. 133, Oktober 1970, Cover: Jack Kirby.
Illustration auf S. 307 mit freundlicher Genehmigung von STUDIOCANAL Films Ltd. Fotograf John Brown.
Das Zitat auf S. 7 stammt aus Sandra Simonds *Atopia* (Wesleyan University Press 2019).
Die Zitate aus dem *Kopfkissenbuch* der Sei Shōnagon folgen der Übersetzung aus dem Japanischen durch Michael Stein (Manesse 2015).
Gesetzt von Dörlemann Satz, Lemförde
Gedruckt und gebunden von GGP Media GmbH, Pößneck
ISBN 978-3-608-50242-8
E-Book ISBN 978-3-608-12250-3

**Für Anna**

**Siehst du genau hin, ist ein Käfig**
**vor allem aus Luft –**
**Wovor muss man da**
**also Angst haben?**
**Ein Käfig aus Luft. Baudelaire hat gesagt,**
**Poe hielt Amerika für einen riesigen Käfig.**
**Für die Dichterin ist eine Nation ein großer Käfig.**
**Und ist die Nation nicht vor allem mit Luft gefüllt?**
**Versuch, einen Käfig um deinen Traum zu bauen.**
**Der Käfig entkommt dem Traum.**
**Ich sehe ihn flitzen und fließen.**

**Sandra Simonds, *Atopie***

# I.

# Dienstag

# 1

# Frostaufbrüche

Der Straßenverlauf folgt dem Diktat der Landschaft. Einst und jetzt wieder ein Reitweg, ist er nicht geglättet oder begradigt worden, sondern schlängelt sich durch die Hügel. Er klettert und kippt, übernimmt ihre Form. Hier sieht man etwas erst kommen, wenn es schon da ist. Sollte etwas erwähnt werden, das blindwütig unterwegs ist, na gut. Warte nur. Was sich zu deiner Stadt windet, erreicht sie, wann es will.

Sträuben sich dir die Nackenhaare? Schau dich um. Vieles existiert ungesehen. Die Krähen in den Baumkronen zum Beispiel – du hörst sie, kannst sie aber nicht ausmachen. Dein Auge gilt vor allem dem Weg, du achtest auf deine Schritte auf dem unregelmäßigen, unterhöhlten Asphalt. Verstreute … Eicheln vielleicht? Schrothülsen? Die können es nicht mehr sein. Vielleicht Losung. Am Straßenrand niedrige, aus abgeräumten Feldsteinen aufgestapelte Mauern. Das Rotwild ist zurück oder war nie weg. Alles hängt davon ab, wo du hinschaust.

Hinter den Städten verläuft die Straße in Kurven nach Süden, eine Schlangenlinie vom Festland über zwei heute verfallene Dämme auf die Halbinsel. Eine Ader im Fleisch des alten Landes, führt die Straße zur Hauptstraße der Fischerenklave auf der südlicheren der beiden Inseln, die von der Spitze der Halbinsel in den Atlantik baumeln. Ein Hummerstädtchen, dessen Hafenmolen ein halbes Jahrhundert lang in der Hand von Kunstgalerien und Restaurants waren, einer Eisbude voller schokoladenüberzogener Waffelkegel. Jeder kann da vorbeigekommen sein, sei es auch nur ein einziges Mal, und über die Touristen gemurrt haben. Jetzt ist es wieder ein Fischerdorf. Mit Pferd oder Fahrrad zwei Stunden von der Steinbruchsiedlung entfernt.

Zu weit. Vergiss die Hummerfischer, die sich alle Jubeljahre mal blicken lassen. Die anderen, hoch zu Pferde, die sich Kordonisten nennen, die muss man erahnen, abwarten, vermeiden. Sie riegeln die Süd- und Westgrenzen ab, den Landweg aufs Festland. Heute kann man von der Halbinsel nur noch auf dem Seeweg fliehen.

Auf dem verrosteten gelben Warnschild an der Landstraße steht FROSTAUFBRÜCHE. Ein semantisches Rätsel. Nicht der Frost bricht auf, sondern er bricht die Straße auf. Gab es eine bestimmte Verwerfung, einen Buckel in einer ansonsten glatten Fläche, der einst das Aufstellen des Warnschilds geboten hat? Heute besteht die ganze Straße aus Frostaufbrüchen. Vor langer Zeit hat jemand, der eine Kugel übrig hatte, auf das Metallschild geschossen. Die ewige Überraschung, dass die Kugel hindurchgegangen und nicht stecken geblieben ist.

Vielleicht ist Frost in Wahrheit ein Mensch, der Dichter, den wir an der Highschool durchgenommen haben. Frost bricht den Geist auf. Seine Straße lief auseinander, unsere nicht. Wobei – läuft nicht jede Straße, die man in zwei Richtungen entlanggehen kann, von Anfang an auseinander?

# 2

# Der See der Müdigkeit

Journeyman verließ das Dorf an diesem Tag Richtung Norden, um einem seiner beiden regelmäßigen Jobs nachzugehen. Er machte seine Runden zu Fuß, weil sein Fahrrad in Reparatur war. Er war kein Reiter, obwohl er notfalls hätte reiten können. In Sommerlagern in den Poconos hatte er ein paarmal auf einem Pferd gesessen. Doch was er im ersten Teil seines Lebens gelernt hatte, nützte ihm im zweiten nicht viel. Dieses Leben war nicht das, was er sich früher ausgemalt hatte.

Zu Journeymans Job gehörte es, den Mann zu besuchen, der am See der Müdigkeit lebte. Er hatte ihm Lebensmittel und andere Sachen wie Kerzen und handgesponnene Zahnseide zu bringen. Wobei es kein Problem war, die Päckchen einfach oben an der Straße zu deponieren; der Gefangene kam dann hoch und holte sie ab. Eine Art Gefangener. Nichts hinderte ihn daran, über diesen Punkt hinauszugehen, an dem der Weg von seiner Hütte am See auf die wichtigste Verkehrsader der Halbinsel stieß. Es gab nur die Vereinbarung zwischen dem Mann und der Stadt, dass er sich dorthin ins Exil zurückgezogen hatte. Der Mann hieß Jerome Kormentz und war schon im fortgeschrittenen Alter. Wo sollte er schon hin?

Die Straße zum See der Müdigkeit war längst überwachsen, das wuchernde Gras verbarg die Reifenspuren in der Mitte und an den Seiten des alten Schotterbetts, ein perfekter botanischer Schummelscheitel. Im Schatten des dichten Laubs war die Luft trocken und kühl, was an heißen und sonnigen Tagen in jeder Hinsicht bemerkenswert war. Journeyman sollte sich später daran erinnern. Ein paar Krähen waren ihm von der Hauptstraße gefolgt. Vielleicht waren es auch andere Vögel. Er war nicht gerade ein begnadeter Krähenkundler.

Der Pfad weitete sich zu einer Lichtung. Im früher sorgfältig gemähten Rasen kräuselten sich jetzt dieselben Gräser, die auch im Schotterbett wuchsen, dazu spontane Setzlinge, die als Bäume das Land zurückerobern würden, wenn sie nicht ausgejätet wurden. Hier wollte alles Wald werden. Als er, das Stadtkind, besuchshalber in Neuengland gewesen war, hatte er das von dichten Wäldern gesäumte Weideland für eine natürliche Landschaftsform gehalten. Eine ansprechende Abwechslung von Dichtem und Spärlichem, Schattigem und Sonnigem. Heute wusste er, dass jede Lichtung in Maine ein gewaltiges menschliches Unterfangen festhielt, das in der Regel auf Bauern des 18. und 19. Jahrhunderts sowie ihre Nachbarn zurückging. Ein stiller Krieg gegen das Wachstum, der einst gewonnen und inzwischen größtenteils wieder verloren worden war.

Die Hütte stand unten am Ufer, ein Steg lief ein Stück ins Wasser hinaus. Der See der Müdigkeit war eigentlich ein großer Teich, war ihm mal erklärt worden. Eine Sache von Zufluss und Abfluss oder deren Fehlen.

Kormentz kam ihm von der Hütte entgegen. Das machte er immer, obwohl Journeymans Besuche keinem Zeitplan folgten. Er begrüßte ihn überschwänglich: die Arme so ausgebreitet, dass sich die behaarten Handgelenke aus dem Kimono schoben, um ihm die Hände zu drücken. Er stürmte den Hügel hoch, obwohl er ein alter Mann war und sein Besucher, wenn auch nicht jung, so doch jünger. Mittleren Alters. Und obwohl sie dann beide zusammen wieder zur Hütte hinuntergingen.

Wenn Journeyman Jerome Kormentz' Gesicht sah, musste er innerlich immer justieren, wie alt er geworden war, obwohl er ihn erst seit fünf Jahren kannte. Das Ergebnis nützte sich schnell ab. Später sollte Journeyman darüber nachdenken, wie er diese Wahrnehmung an diesem speziellen Tag bei Kormentz trainiert hatte, weil er sie nur wenige Stunden später an einem anderen Menschen anwenden sollte, den wiederzusehen er nie erwartet hatte.

# 3

## Die Zeit mitteln

So nannte Journeyman das: die Zeit mitteln. Es war kein kompliziertes Konzept. Vielmehr kam es unbewusst zur Anwendung, wenn man jemanden sah, den man schon lange kannte, aber nur in großen Abständen zu Gesicht bekam. Es war eine automatische Gesichtsbearbeitung des Verstandes. Zum Zeitmitteln konnte es auch bei jemandem kommen, den man als Kind oder Teenager gekannt hatte – etwa bei einem Neffen oder einer Nichte.

Es funktionierte folgendermaßen: Man sah sie. Sie kamen einem schockierend alt vor. Oder waren – wenn es sich um Kinder handelte – erschreckend gewachsen. Man fragte sich unwillkürlich: Wohin war die Zeit verschwunden? Bin ich selbst auch alt? Hatten sie mit derselben Verwirrung zu kämpfen, während sie einem lächelnd sagten, man sähe prima aus? Dann kam das Zeitmitteln zur Anwendung. Im Kopf hatte man eine Ablage früherer Versionen, und wenn man die miteinander verschmolz, wurde der jetzige Mensch eine Fortsetzung seiner Altfassungen. Man stöberte ihre Schönheit und Unverdorbenheit auf und fügte sie nahtlos ins Bild ein. Wenn der Betreffende, so wie jetzt Jerome Kormentz, schon richtig alt war, musste man ihn halt ein bisschen aufpäppeln. Bei einem Teenager fand man das Kind, das noch unter der Oberfläche des Gesichts lauerte.

Am meisten mitteln wir die Zeit bei ehemaligen und aktuellen Geliebten, sagte sich Journeyman immer. Natürlich. Bei Geliebten und Geschwistern. Seine Schwester zeitmittelte er praktisch täglich, obwohl sie sich ständig sahen.

Hätte man Journeyman vor dem Stillstand gesagt, ihm stünde ein Leben bevor, in dem er seine Schwester fast täglich sähe, hätte die Vorstellung ihn wohl verstört.

Journeymans Meinung nach war das Zeitmitteln kein schwieriges Verfahren. Es ließ sich, ganz im Gegenteil, gar nicht vermeiden. Er nahm an, dass es auch beim eigenen Spiegelbild zur Anwendung kam, auch wenn das die Theorie etwas verflachte. Allerdings interessierte er sich dieser Tage nicht für Spiegel. Das Verblüffende war nicht das Zeitmitteln an sich, sondern dass es winzige Zeiträume gab, in denen es noch nicht stattgefunden hatte. Jene seltenen Augenblicke, in denen wir die Dinge so sahen, wie sie waren.

Journeyman ging davon aus, dass wir mit der Welt genauso umsprangen. Das musste einfach so sein.

# 4

# Das Kopfkissenbuch des Jerome Kormentz

Journeyman war durchschnittlich groß, aber Kormentz gegenüber kam er sich als Hüne vor. Er hatte den anderen immer mit einem Fischmann assoziiert; er hatte Glupschaugen, schürzte die immer lächelnden Lippen, seine Unterlippe war ein Valentinsherz, und die schütteren Haare kämmte er fast unsichtbar über den Schädel zurück. Je älter Kormentz wurde, desto mehr verstärkte sich dieser Eindruck, trotz des Zeitmittelns. Auf dem Höhepunkt der Ähnlichkeit würde er eines Tages vielleicht in den See der Müdigkeit springen, sich erschauernd in einen Goldfisch verwandeln und verschwinden. Bei seinem Hang zur Mystik war das nicht ausgeschlossen.

»Guten Morgen, Sandy!« Journeyman hieß Alexander Duplessis, wurde aber von den meisten Sandy genannt. Seine Schwester hatte den Familienspitznamen in der Gegend verbreitet, bevor er etwas dagegen tun konnte.

»Hallo, Jerome.«

»Geschichtenerzähler, erzähl mir eine Geschichte.« Kormentz' Standardspruch.

»Ich bin für dich so wenig ein Geschichtenerzähler wie für sonst wen, Jerome.«

»Nein, du bist jetzt der Schlachter. Hast du mir ein mageres Kotelett mitgebracht? Ein Stück von irgendjemands Lieblingslamm namens Fleckchen oder Gänseblümchen?« Er trippelte neben Journeyman her, als sie zu seiner Terrasse gingen.

»Ich hab Schweinefleisch dabei. Sollte sich für eine Suppe eignen.«

»Aber wie hieß das Schwein? War es ein Eber oder eine Sau? Hast du es selbst geschlachtet? Hast du dich langsam daran gewöhnt? Du weißt doch, wie ich nach Namen dürste, Sandy. Nach etwas für meine Hirnsuppe. Auf die Leute kann ich verzichten, wenn du mir nur ihre Namen nennst. Die Leute erfind ich mir dann schon selbst.«

»Ich hab tatsächlich eine Geschichte für dich«, sagte Journeyman. »Ed Waltz hat's geschafft, einen Trecker mit einer Mischung aus menschlichen Fäkalien und dem Altöl aus Mike Raritans Fritteuse ein paar Meter weit übers Feld fahren zu lassen. Er glaubt, das könnte das Rezept sein.« Die Kordonisten hatten fahrtüchtige Motorräder. Niemand kannte das Geheimnis ihres Treibstoffs, aber ihre Mühlen stanken wie Scheißhäuser.

»Ed und Mike, das ist doch mal ein Anfang. Was ist mit Sarah und Jennifer und Penny? Was ist mit Susan? Hast du was von Susan zu erzählen? Sind Neue in die Jurte gezogen?«

»Ich weiß nicht genau, wen du meinst. Die einzige mir bekannte Susan gehört zu den Weggezogenen.«

»Schade.«

»Ich hab dir das hier mitgebracht.« Journeyman schnürte seinen

Rucksack auf, ein Relikt aus dem Davor. Auf den Riemen stand in verblichenen Buchstaben TELLURIDE FILM FESTIVAL 2020. Er hatte ihn als Werbegeschenk bekommen. Jeder Gast hatte in seinem Hotelzimmer einen solchen mit Criterion-Blu-rays und anderen Merchandises vollgestopften Rucksack vorgefunden. Ob die anderen inzwischen auch solche Flecken hatten, vom Blut frischgeschlachteter Enten und Schafe getränkt oder mit dem ausgelassenen Schmalz des Schweinefleischs in den Einmachgläsern beschmiert, die Journeyman jetzt auspackte? Er zog auch einen mit einem Gummiband zusammengehaltenen Bund Karotten heraus – das Gummi machte er zur Wiederverwendung ab –, ein paar lose Zwiebeln und Knoblauchknollen. »Da lässt sich eine prima Suppe draus kochen«, sagte er. »Besonders, wenn du Pilze suchen warst.«

»Du musst ein Buch für mich finden, Sandy.«

»Welches denn?«

»*Das Kopfkissenbuch der Sei Shōnagon.* Ein altes japanisches Buch aus dem 10. oder 11. Jahrhundert, soweit ich weiß.«

»*Kopfkissenbuch?*« Das hörte Journeyman gar nicht gern. »Wie der Film mit Doris Day? Ach nee, der hieß *Bettgeflüster.*«

»Sandy, du bist ein Kulturbanause. Das ist ein Klassiker der japanischen Literatur. Die Verfasserin war eine Hofdame der Kaiserin. Im Alter hat sie ihre Erinnerungen aufgezeichnet, aber nie an eine Veröffentlichung gedacht. Na ja, vielleicht hat sie ein bisschen mit der Nachwelt geliebäugelt. Früher konnte ich ganze Passagen daraus auswendig – heute ist das leider alles futsch. Ich weiß noch, dass es herrliche Kategorien enthielt, Listen à la ›Was groß besser wirkt‹, ›Was einen trostlosen Anblick bietet‹ oder ›Was mir banges Herzklopfen bereitet‹.«

Jerome Kormentz, der sich zu einem seiner Räusche aufschwang: Das gehörte zu den Dingen, die Journeyman banges Herzklopfen bereiteten. Er hatte dann immer das Gefühl, verantwortlich zu sein, auch wenn es gar keine Zeugen gab. Ihn störte, dass Kormentz ständig »fernöstliches« Zeug heraufbeschwor. Mit fernöstlichem Zeug hatte er die beiden Teenager auf der Spodosol Ridge Farm umgarnt, was ihm letzten Endes dieses schnucklige Exil eingebracht hatte. Auf dem Ohr für fernöstliches Zeug war Journeyman taub. Jedenfalls für das Zeug, mit dem westliche Esoteriker, die sich für erleuchtet hielten, einen vollsülzten. Er sehnte sich nur nach Sushi-Restaurants, Wong Kar-Wais Filmen und alten japanischen Samuraifilmen von Kurosawa und Kobayashi. Ihr Anblick quälte ihn in den Regalen der Stadtbibliothek, wo er wohl bald hinmusste, um Kormentz sein *Kopfkissenbuch* zu besorgen. Die örtlichen Tüftler hatten leider weder Zeit noch Lust, am Prototyp eines fahrrad- oder fäkalienbetriebenen DVD- oder Blu-ray-Players herumzufrickeln.

»Ich schreibe an meiner eigenen Version«, sagte Kormentz in Journeymans Schweigen. »*Das Kopfkissenbuch des Jerome Kormentz.* Seine Chancen, auf die Nachwelt zu kommen, stehen zwar genauso schlecht wie bei Sei Shōnagon, aber man weiß ja nie.«

»Reimt es sich?«

»Nein«, sagte Kormentz. »Wie kommst du darauf?«

»Sind nicht die meisten Sachen, die auf die Nachwelt kommen, Lieder oder Epen? Wie die *Odyssee.* Und den Song von Chuck Berry haben sie sogar ins All geschossen.« Gespräche mit Kormentz holten oft skurrile Fakten ans Licht, von deren Existenz in den Tiefen seines Gedächtnisses Journeyman gar nichts geahnt hatte. »Egal. Worum geht's denn in deinem *Kopfkissenbuch?*«

»Lies Sei Shōnagon, bevor du sie mir bringst, dann weißt du Bescheid. Das sind einfach die reinsten Eindrücke gelebten Lebens, ohne jede Rechtfertigung.«

Damit war klar, wo das hinführte. »Ich schau mal rein«, sagte Journeyman säuerlich. Er hatte das restliche Gemüse und das Einweckglas mit Ziegenmilchjoghurt ausgepackt, das seine Schwester immer für Kormentz zurücklegte. Nichts hielt ihn mehr hier. An anderen Tagen wäre er vielleicht noch für einen Schwatz geblieben, aber heute nicht.

»Ich war immer ein liebevoller Mensch«, faselte Kormentz drauflos. »Das wussten alle. Ich hab gedacht, es wäre lieb und nett, ein Licht, das ich auf der Farm verbreiten wollte. Ich liebe Frauen, Sandy. Ich habe ihnen das Gefühl der Unwiderstehlichkeit gegeben. Alle wussten, dass ich sie gern angefasst, ihnen die Hand ins Kreuz gelegt hab …«

Journeyman kannte die alte Leier: die Hand im Kreuz. Noch heute schwelgte Kormentz im Augenblick seines Untergangs. Das hatte seine Verbannung an den See der Müdigkeit mindestens ebenso herbeigeführt wie sein Vergehen selbst – die Tatsache, dass er nicht aufhören konnte, darüber zu reden.

# 5

# Der Stillstand, wie Journeyman ihn sah

Ohne jede Warnung, abgesehen von jeder erdenklichen Warnung, war er gekommen: der Stillstand. Der Zusammenbruch, die Abschottung und Umbesetzung von allem, der vertrauten Welt, wie Journeyman sie sein Leben lang gekannt hatte.

Die Zukunft hatte sich nämlich angekündigt. Die immer schon gegebene, aber wie alles andere auch ungleich verteilte Zukunft – wie Brot, Begabung und Sex, wie Pappelfeigen, Niembäume, Aloen und alle anderen Pflanzen, die nachts Sauerstoff abgaben, und wie der seltene Spodosolboden, nach dem sich das Landwirtschaftskollektiv von Journeymans Schwester benannt hatte. Der Stillstand produzierte sich als *jetzt* schon *vergangen.* Wie eine ausgegrabene Zeitkapsel.

Das war verwirrend. Und es sollte verwirrend sein. Hatte Journeyman die Welt verstanden, in die er hineingeboren worden war – ihre Prämissen, ihre Parameter, ihren Plot? Nein. Wie sollte er dann ihre Veränderungen begreifen?

Ließ sich überhaupt genau sagen, wann der Stillstand angefangen hatte? Die Frage war, wie man auf ihn aufmerksam geworden war. Vieles blieb unbemerkt. Halbierte Artenvielfalt? Riss kaum wen vom Hocker. Abgeschmolzene Polkappen und das Versinken von Miami? Schrecklich, aber auch zu groß, um es persönlich zu nehmen. Eines Tages fielen Journeyman Berichte von einer neuen, von Zecken übertragenen Krankheit auf. Bei den Infizierten führte der Verzehr von Rindfleisch zum Kehlverschluss. Kein Tomahawk-Steak aus amerikanischem Wagyu-Fleisch für zwei mehr, außen schwarz und innen rot. Die Leute witzelten unbehaglich. Waren die neuen Zecken ein ökoterroristischer Anschlag? Der eine sagte im Fernsehen, der Wendepunkt sei gewesen, als der Präsident 1986 die Solarzellen vom Weißen Haus hatte entfernen lassen. Der andere sagte, der Wendepunkt sei gewesen, als Paulus' Brief an die Römer zugestellt und ignoriert worden sei. Der Scheiß ließ sich endlos diskutieren.

Nur im Fernsehen nicht mehr. Spätestens hier hatte der Stillstand Journeymans volle Aufmerksamkeit bekommen. Er spitzte die Ohren und bemerkte den Tod der Bildschirme. Sie starben nicht alle auf einmal, aber sie starben in hellen Scharen, wie die Geschöpfe der erwärmten Weltmeere, wie die Hunderte von Seekühen, die nur wenige Wochen zuvor in Boca Grande an genau dem Tag an den Strand geschwemmt worden waren, an dem Journeyman sie für überflüssig befunden und den Feed gelöscht hatte. Er hatte die Seekühe entfolgt. Nichts für ungut.

Als Erstes starb das Fernsehen. Es erkrankte an einem hämorrhagischen Leiden, Ebola oder irgendeiner anderen fleischschmelzenden Seuche. Die Programme bluteten, die Signale verschmolzen zeitenübergreifend, aber auch im virtuellen Raum, die Live-Ausstrahlung einer Rod-Serling-Folge von *Playhouse 90* aus dem Jahr 1956 erlag ihren letzten Zuckungen mitten in den Episoden der zweiten Staffel von *Big Little Lies.* Der Vietnamkrieg kam genauso zurück wie *Family Ties.* Bis auch das alles aufkochte und zerschmolz.

Gmail, SMS, Wischen, FaceTime, Tweets und dergleichen erlitten einen Völkerkollaps. Boten fanden die Route zum Bienenkorb nicht mehr oder verkümmerten dort und stießen bei Arbeiterinnen wie Drohnen auf keinerlei Interesse mehr. E-Mails produzierten plötzlich keinen Honig mehr.

So viele Ökologien waren abhängig von Bestäubung, vom Kommen und Gehen der auf einmal erschöpften Drohnen und Arbeiterinnen. Ohne sie lief gar nichts. Klimaanlagen fielen aus und Flugzeuge vom Himmel. Der Honig von Mails und SMS war offenbar der Klebstoff gewesen, der die Welt zusammengehalten hatte. Jetzt siechten die smarten Geräte an Kümmerkrankheiten dahin und mussten auf flache Weiden verfrachtet werden, wo sie ihr Gnadenbrot verzehren konnten. Dort gingen sie in die Knie und verhungerten, weil sie das Grasen verlernt hatten.

Die Leute wischten weiter auf Smartphones herum und tatzten auf Tastaturen ein. Die einen versuchten, sprachgesteuerte Geräte per Mund-zu-Mund-Beatmung wiederzubeleben. Die anderen rieten zu Fixes und Workarounds. Mystisch Veranlagtere legten Handys oder Fernbedienungen nachts unter ihre Kissen oder bauten Schreine, in denen sie die Geräte mit Kristallen umgaben und hofften, auf diese Weise ihre Lebensgeister zu reanimieren. Andere saßen wie Journeyman nur weiter vor ihren erloschenen Bildschirmen und weinten in regelmäßigen Abständen. Manchen Leuten musste man wie ihm schließlich einen Becher Kräutertee reichen, während jemand anders die alten, untätig gewordenen elektronischen Spielsachen versteckte.

Eine Sonneneruption?

Ökoterrorismus? Terrorterrorismus? Rache der vom Aussterben bedrohten Arten? Revolution?

Hatte Journeymans Zivilisation ihren Zenit überschritten?

Die Sterne erloschen nicht einer nach dem anderen.

Die USA wurden nicht durch etwas Neues ersetzt. Sie wurden durch den Ort ersetzt, an dem man sich gerade aufhielt. Durch den Ort, an dem man sich rein zufällig gerade befand, als der Stillstand eintrat, der nach einigen Fehlstarts schließlich über Nacht kam. Wurde er woanders überhaupt Stillstand genannt? Journeyman hatte von solchen Spekulationen die Nase voll. SEI JETZT HIER; WO DU BIST, IST DAS ZIEL; ALLE POLITIK IST LOKAL: Alle Autoaufkleber waren in dem Augenblick wahr geworden, als man die Wracks in die Straßengräben geschoben hatte, um Platz für andere Fortbewegungsmittel zu schaffen. Irgendein Witzbold musste weltweit Zucker in die Tanks gekippt haben, jedenfalls war das Benzin etwas geworden, das wie geschmolzener Kuchen ohne Mehl aus den Tankstutzen quoll.

Schusswaffen dagegen funktionierten noch monatelang, noch fast ein Jahr nach dem ursprünglichen Stillstand. Dann starben auch sie und kippten um wie Milch bei Gewitter. Die Patronen explodierten nicht mal mehr, wenn man mit dem Hammer draufschlug – Journeyman war bei Versuchen dabei gewesen.

Benzin, Patronen und geschmolzenen Kuchen ohne Mehl konnte man in den Wind schreiben. Kaffee konnte man sich abschminken. Schluss mit Bananen und Rihanna, mit Father John Misty, mit der Cloud, mit Newsfeeds über Kernschmelzen am anderen Ende der Welt, mit Seekühen, im Meer versunkenen Städten und anderen Tragödien, die Journeyman mit schlechtem Gewissen nicht betrauert hatte. Dafür her mit solarbetriebenen

Entwässerern, Regenwasserkollektoren auf dem Dach, Bohnen, Kohl und Winterkürbissen. Her mit Kompostklos, Fäkaliendünger, Tötungskegeln, Federrupfern und Ausweidungsmessern. Gewöhn dich daran, eine kreischende Ente in den Teich zu jagen und dann zum Tötungskegel zurückzuschleifen. Daran, der Spülbursche des Schlachters zu sein.

Hatte Journeyman gewusst, dass Ställe traditionell rot gestrichen wurden, damit man die Blutflecken nicht so sah? Nein. Seit dem Stillstand hatte er Versäumtes nachgeholt, Handbücher gebüffelt, Bauernkalender und Saatgutkataloge gepaukt und alte Taschenbücher von Michael Pollan studiert. Konnte er auf seine alten Tage noch auf Bauer umschulen? Nein, was Hänschen nicht gelernt hatte, lernte Hans nimmermehr. Ohnehin wimmelte es auf der Halbinsel nur so von kompetenten Biobauern, die die Regiotarierbewegung hergelockt hatte. Seine Schwester gehörte dazu.

Deshalb arbeitete Journeyman für den Schlachter Augustus Cordell, spülte die blutigen Stahltische und sammelte Innereien und Fleischabfälle für Victorias Wurstproduktion. Ihre Erzeugnisse – ihre Sommerwurst, Salami und Blutwurst – wurden auf der ganzen Halbinsel geschätzt, waren aber auch wichtig für den Tauschhandel mit den Kordonisten. Wie sich nur fünf Minuten später herausstellen sollte, wäre Journeyman froh gewesen, wenn er ein Päckchen davon in seinem Telluride-Film-Festival-Rucksack dabeigehabt hätte, als er den zugewucherten Feldweg wieder zur Hauptstraße hochgestiefelt war.

# 6

## Ein alter Freund

Als Journeyman aus dem Wald auf den sonnengefleckten alten Asphalt trat, schrieb er das seltsame Summen zuerst Bienen oder Bremsen zu, verwechselte es mit der insektendurchsummten Waldlichtung. Der Tag war noch von seltsamer Vollkommenheit. Journeyman war Kormentz' Monolog entkommen und hatte Lust, das Buch zu suchen, um das der Gefangene ihn gebeten hatte. Es beschäftigte seine Fantasie. Außerdem war er ein bisschen in die Frau verschossen, die in die Bibliothek gezogen war – jetzt hatte er einen guten Vorwand, sie zu besuchen.

Es waren keine Bienen. Ein Trupp von Kordonisten näherte sich auf der Straße, und das Summen wich unregelmäßigeren Geräuschen, dem Knattern ihrer Fäkaliengefährte. Journeyman erkannte es, unmittelbar, bevor die Biker auftauchten. Zwei Scheiße-Harleys. Dahinter zwei Männer auf Pferden. Die vier waren der Vortrupp für etwas anderes. Hinter ihnen grummelte ein Gewitter auf der Straße.

Journeyman stand da und blinzelte, als sie abstiegen. Er kannte einen der Fahrer, der sich Eke nannte. War das eine Abkürzung von Ezekiel, Ekediah oder einem noch längeren Namen? Das wusste Journeyman nicht. Er schätzte Eke auf Ende zwanzig. Seine Haare waren nach hinten gegelt und an den Seiten trendig kurz geschoren, obwohl er den Stalaktitenbart eines Kordonältesten trug.

»Mr Duplessis.« Die Kordonisten sprachen Mitglieder aus Journeymans Gemeinschaft immer so förmlich oder pseudoförmlich an. Eke zumal wandte sich ungestraft an Männer, die Jahrzehnte älter waren als er, oder jedenfalls an Journeyman. Er bohrte auch vor ihm in der Nase – auch das ein im Grunde unnötiger Beweis, dass die Förmlichkeit seiner Anrede mehr pseudo als sonst was war.

»Hallo, Eke.«

»Genau Sie hab ich gesucht. Welch ein Glück, Sie hier auf der Straße anzutreffen.«

»Ich freu mich auch, dich zu sehen, Eke, wobei ich nicht mit dir gerechnet habe. Ich hab nichts dabei.« Zu diesem Zeitpunkt dachte Journeyman noch, es ginge um Wurst oder anderen Proviant.

»Darum geht's heute nicht.«

»Sondern?«

»Sie sind gut zu uns, Mr Duplessis. Wir verlangen nicht mehr als unseren gerechten Anteil.«

»Was kann ich dann für dich tun?«

»Wir haben da was Schräges. Und Sie und Ihre Schwester haben damit zu tun. Wären Ihre Namen nicht gefallen, wären wir wahrscheinlich nicht hier.«

»Da komm ich nicht mit.«

»Wir sind da auf einen Typ mit 'ner Art *Auto* gestoßen.« Er deutete auf die Straße hinter ihm. Die anderen Männer und auch Eke selbst sahen kurz in die Richtung, aus der sie gekommen waren, als hätte Eke ihre Köpfe mit unsichtbaren Fäden an seine Hand gebunden.

»Ein funktionierendes Auto?«

Eke schüttelte zögernd den Kopf, um anzudeuten, dass das Definitionssache sei. »Nichts, was sich irgendwer unter einem Auto vorstellt. Es ist riesig. Eher so 'ne Art Panzer. Ein Superauto, könnte man sagen.« Ein Ausdruck, der hängenbleiben sollte, wie Journeyman später feststellte: *Superauto*. Vielleicht eine unvermeidliche Bezeichnung. »Er steigt da nicht von runter und sagt, er redet nur mit Sandy Duplessis oder Madeleine Duplessis. Er wusste sogar, wie die Farm von Ihrer Schwester heißt.«

»Wie jetzt ... ihr habt ihn nicht aus seinem Auto gekriegt?«

»Da hätten wir's wohl für sprengen müssen. Was wir übrigens quasi vorhatten, nur fing er dann eben an, Ihren Namen runterzubrüllen. Harter Brocken, sag ich Ihnen. Nicht, dass wir Angst vor ihm hatten, das nun nicht. Einige finden, wir sollen ihn dahin zurückschicken, wo der Pfeffer wächst, aber ein paar andere finden, kann ja nicht schaden, wenn man sich mal anguckt, wie die Karre funktioniert, falls wir ihn da ohne Dynamit rauskriegen. Aber wir dachten uns, Sie und Ihre Schwester wollen sich vielleicht erst mal anhören, was er zu sagen hat, bevor wir eine Entscheidung treffen.«

»Runtergebrüllt?« Journeyman konnte sich kein Bild davon machen. Außerdem fiel ihm etwas auf, das ihn ablenkte: Zwei der Kordonisten trugen Verbände. Der eine einen richtigen Höcker am Übergang vom Hals in die Schulter. Hatten die eine Art Schlacht hinter sich? Stammten die Verletzungen vom Versuch, dieses Superauto zu knacken? Oder steckte hinter ihren Märchen von immer wieder angreifenden Horden doch mehr, als Journeyman ihnen bisher abgekauft hatte?

»Er sitzt ganz schön hoch«, sagte Eke. »Sehen Sie gleich.« Er warf einen Blick über die Schulter. Und jetzt hörte und sah es auch Journeyman. Noch nicht das Auto selbst, das steckte noch hinter ein paar Kurven, aber sein Belfern erzeugte eine sichtbare Staubwolke im ruhigen und sonnigen Nachmittagshimmel. Eke wirkte irgendwie verunsichert von dem anrückenden Ding, das er zu beschreiben versucht hatte.

Was fühlte Journeyman bei seiner Immanenz, an jenem Dienstag seiner Ankunft, bevor es ins Blickfeld kam? War er auch verunsichert?

Bestimmt. Aber mehr als das. Journeyman spürte ein bitteres Zucken des Mannes, der er gewesen war. Jemand in einem »Superauto« hatte sich auf ihn berufen? Vielleicht war Journeyman ja mehr als nur der Gesandte des Städtchens am See der Müdigkeit, mehr als nur der Spülbursche des Schlachters. Vielleicht hatte er auf dieser Halbinsel ja noch eine wichtigere Aufgabe.

»Und dieser Mann – kannte der wirklich meinen Namen?« Die Sache musste einen Haken haben. Die Staubwolke kam näher. Davon abgesehen, stand die Zeit still. Eine Krähe hüpfte von Ast zu Ast und warf Schattenflecke auf die sonnengetüpfelte Straße. Hätte Journeyman länger mit Jerome Kormentz geklönt, wäre ihm die seltsame Karawane entgangen. Vielleicht hätte Eke an Journeymans Stelle dann eine andere Zufallsbegegnung in die Sache hineingezogen.

»Ja, Mr Duplessis. Da gab's kein Vertun.«

»Hat er auch gesagt, wie er heißt?«

Eke kratzte sich mit starken Fingern ausgiebig den Bart. »Ja, hat er. Peter Todbaume. Hat gesagt, Sie kennen ihn.«

# 7

# Die Starlet Apartments, Teil 1

Als Peter Todbaume und er vierundzwanzig waren und Yale seit zwei Jahren hinter sich hatten, hatte er ihn eine Weile aus den Augen verloren.

Damals hatte Journeyman noch keinen Spitznamen gehabt und das damit einhergehende Urteil noch nicht akzeptieren müssen.

Er lebte in New York City, war bei Farrar, Straus and Giroux angestellt und schrieb Kurzgeschichten, die keiner drucken wollte, als sich Todbaume wieder bei ihm meldete. Der hatte sich in der Zwischenzeit einen Agenten besorgt, war nach Hollywood unterwegs und wollte Journeyman als Co-Autor an einem Haufen Ideen dabeihaben, die er angeblich schon entwickelt und auf Herz und Nieren geprüft hatte. Er sollte nur noch für den letzten Schliff sorgen. Journeyman, nicht William Goldman oder Nora Ephron. Todbaume würde ihnen eine Wohnung in Burbank besorgen, wo sie zusammen leben und Treatments raushauen konnten, ein großes Abenteuer, genau wie Yale, nur ohne das ganze sinnlose

Yale-Zeug, dafür aber mit deutlich mehr Kokain. Journeyman war sofort dabei.

Sie zogen in die Starlet Apartments, einen klassischen Wohnkomplex aus den Dreißigern, der sich um einen Pool herumzog. Monatsmietverträge, eine kunterbunte Mischung aus lang- und kurzfristigen Mietern und jede Menge leer stehende Wohnungen. Der Komplex lag im Schatten der hohen Mauern der Warner-Brothers-Zentrale. Todbaume flachste, der Name stamme daher, dass die Anlage in den Mittagspausen traditionell als eine einzige große Besetzungscouch gedient hätte, und wahrscheinlich lag er damit gar nicht so falsch.

Die beiden verkrochen sich im Starlet und schusterten am Pool oder in der schäbigen Suite im ersten Stock bei voll aufgedrehter Klimaanlage ihre Projekte zusammen. Abends klapperten sie mit dem ausrangierten BMW von Todbaumes Vater die Bars von West Hollywood ab, kippten Jägermeister und baggerten Frauen an, die oft deutlich älter waren als sie. Erfolg hatten sie damit nie, aber das kratzte sie nicht, weil sie sich und ihre Projekte sowieso für die Größten hielten. Alle paar Tage rief Todbaumes Agent an und fragte, wie sie mit der Arbeit vorankämen; er scharrte mit den Füßen, weil er sie bei »guten Studios« unterbringen wollte, sobald das Material ausgereift war. Also ignorierten sie die halbe Zeit ihre Umgebung, brainstormten selbst völlig benebelt vom deutschen Kräuterschnaps in den Bars weiter an ihren Ideen für Drehbücher und Fernsehsendungen oder arbeiteten Seite an Seite in ihren Liegestühlen, während die anderen jungen Mieter der Anlage sie in den Pool zu locken versuchten.

Besoffen oder verkatert, Journeyman verbiss sich in die Aufgabe. In seinen Augen waren Todbaume und er mindestens Billy Wilder und Charles Brackett; Todbaume war der Stussschwätzer, er der Turbotipper. Todbaume umkreiste Journeyman, spulte ganze Epen selbstverliebter Improvisationen ab, ahmte Stimmen nach, änderte abrupt Dialogzeilen oder Figurennamen und zwang Journeyman, auf ihrer Canon Typestar hastig endlose Zeilen durchzuixen. Dann riss er ihm die Seiten aus der Hand, kritzelte weitere Verbesserungen darauf oder zerknüllte die Blätter und schmiss sie in die Ecke. Sie nagelten ein Drehbuch zusammen, einen Horrorfilm, der auf einer von Journeymans unveröffentlichten Erzählungen beruhte, und vier oder fünf lange Treatments, zum Gutteil seichte, beknackte Komödien mit Blick auf gerade angesagte Stars, wie Carrey, Martin oder Murphy.

Ihr Lieblingsprojekt aus Todbaumes unerschöpflichem Vorrat an »Killer Pitches« war ein Science-Fiction-Film, dem er den Titel *Noch eine Welt* gegeben hatte. Eine Mär über alternative Albtraumerden, eine Art Cyberpunk-Extrapolation aus dem Kalten Krieg der Fünfzigerjahre, in der sich die Welt in zwei Welten gegabelt hatte. Die eine war eine Version ihrer eigenen Realität, die andere eine orwellsche Technikdystopie. Am Anfang der Geschichte entdeckten die beiden Welten ein Portal, über das sie kommunizieren konnten (die technischen Details dieser Kommunikation hatte Todbaume offengelassen; die sollte Journeyman sich ausdenken). *Noch eine Welt* war auch eine Liebesgeschichte mit einem unüberwindlichen Hindernis: Ein Mann aus der dystopischen Cyberpunk-Welt (vorzugsweise Harrison Ford, aber Bruce Willis stand auch zur Debatte) verliebte sich in eine Naturwissenschaftlerin aus ihrer Welt (Todbaumes erste Wahl war Michelle Pfeiffer; er fand, mit Brille sähe die einfach scharf aus).

Mit ihren Drehbüchern und Treatments klopften die beiden jungen Männer ein Leben fest, das zwanzig Jahre lang, mit nur wenigen Unterbrechungen, Journeymans Alltag bleiben sollte.

Sprich, Todbaume redete, Journeyman tippte, und am Ende griffen sie eine schöne Stange Geld ab. Kormentz hatte also nicht komplett danebengelegen, als er Journeyman einen »Geschichtenerzähler« genannt hatte. In seinem ersten Leben, in der Welt vor dem Stillstand, hatte Journeyman tatsächlich mit Geschichten seine Brötchen verdient.

Anfangs verkauften Todbaume und Journeyman nichts von dem, was sie im Starlet ausheckten, aber sie präsentierten ihre Ideen wieder und wieder in zahllosen Meetings. Sie brillierten mit Fehlschüssen, die oft genug nicht nur knapp daneben waren und außer Telefonkonferenzen, wochenlangem Warten oder Bitten um das Überarbeiten von Einzelheiten nur selten mehr als einen Gratiskaffee zur Folge hatten. Am Ende dieser Phase waren alle Kunden in der Kartei von Todbaumes Agenten abgegrast, aber zwei Dinge hatten sich herauskristallisiert. Erstens konnte Journeyman, der stille Tastaturtiger, auf Zuruf Unmengen des Materials produzieren, das der Treibstoff dieser Stadt war. Zweitens hatte Peter Todbaume eine Gabe; seine Schnabelschnelligkeit konnte Sitzungsräume in verheißungsvolle visionäre Ekstase versetzen, auch wenn die bislang noch verpuffte, sobald er gegangen war. Aber immer wieder meinten Entwicklungsmanager nach einem Treffen mit den beiden unmissverständlich, Todbaume sollte ihren Job haben. Irgendwann hatte er ihn dann. Und Journeyman arbeitete die nächsten zwanzig Jahre vorwiegend für ihn.

Im letzten der fünf Monate, die die beiden Männer im Starlet wohnten, machte Journeymans Schwester ihren Abschluss am Baginstock College an der Küste von Maine, einer kleinen, aber feinen Uni mit geisteswissenschaftlichen Schwerpunkten – vielleicht, weil sie anders als Journeyman nicht an die traditionelle Uni der Familie gehen wollte. Madeleine war nur zwei Jahre jünger als ihr Bruder, ein Altersunterschied, der sich in der Atmosphäre der folgenden Jahrzehnte verflüchtigte: ihrem ernsten Leben und seinem unernsten. Seine Rolle als großer Bruder war vielleicht aber noch wichtig gewesen, als sie Peter Todbaume und ihn im Starlet besucht hatte.

Journeyman war klar, dass Maddy seine Einladung angenommen hatte, um nicht wieder »zu Hause« zu landen, auf Fishers Island, wo ihre Eltern den Ruhestand verlebten, nachdem sie die Kids ins Studium abgeschoben hatten. Vielleicht hatte Maddy ihre Zeit an der Atlantikküste für eine Weile satt. In den Hauptfächern hatte sie Umweltwissenschaft und Ozeanografie studiert und war im letzten Uni-Jahr vom Campus in ein Kollektiv gezogen, das sich der Biolandwirtschaft verschrieben hatte. In Los Angeles hatte sie nichts Besonderes vor, erst recht nicht in der Unterhaltungsindustrie, aber was braucht man mit 22 schon außer Neugier? Und was sollten zwei junge Drehbuchschreiber gegen eine attraktive Schwester einzuwenden haben, deren Begleitung sie bei ihren Streifzügen durch das Nachtleben von West Hollywood wenigstens nicht als komplette Vollflops dastehen ließ?

Maddy hatte ihre volle Größe erreicht. Vielleicht hatten aber auch ihre Kommunarden sie zum aufrechten Gang ermuntert und ihr eingeschärft, sich ihrer Statur nicht zu schämen. Sie war größer als ihre Eltern (die schon schrumpften) und auch größer als Journeyman und Todbaume, als der zu ihrer Begrüßung aufstand. Todbaume und sie waren sich in Yale nie begegnet, und als sie jetzt in die Wohnung kam, nur mit einem Tramper-Rucksack als Gepäck, in Tanktop und Hotpants, merkte Journeyman sofort, dass sie auf Todbaume wie ein Stromstoß wirkte.

»Das haut ja den stärksten Eskimo vom Schlitten. Was ist das denn für 'ne Kingsize-Granate?«, sagte er mit seiner Cary-Grant-

Stimme. Todbaume war ein guter Stimmenimitator, auch wenn er meist auf Kinofossile zurückgriff, die inzwischen nach imitierten Imitaten klangen: Peter Lorre, John Wayne und dergleichen. Dann wieder sprach er mit einer tiefen und aggressiven Stimme, die Journeyman nicht einordnen konnte, bis Todbaume ihm erklärte, das wäre die seines Vaters. Ein paarmal hatte er aus Jux und Dollerei auch eine unheimliche Nachahmung von Journeymans Stimme hingelegt, bis der ihn gebeten hatte, das zu lassen.

»Peter – Madeleine«, sagte Journeyman wie auf einer Erstsemesterparty.

»Ja, Tach auch«, sagte Todbaume. »Nach den Erzählungen vom Sandmann hier hab ich einen kleinen Schlammhippie erwartet. So 'ne Art zugewucherten Gartenzwerg.« Todbaume dachte sich ständig Spitznamen aus, und Journeyman war unter anderem der Sandmann – teils eine Abwandlung seines Vornamens, teils eine Anspielung auf seine Gewohnheit, auf Partys oder während Todbaumes Satzkaskaden einfach wegzupennen.

»Ein Schlammhippie?« Maddy sah ihren Bruder an. Journeyman fiel ein, dass er Todbaume erzählt hatte, Maddy hätte sich selbst von Kinderkrankheiten wie dem Popper-Dasein geheilt, indem sie sich der Ökologie und dem Landleben zugewandt und ihre Ernährung auf makrobiotische Diät und andere alternative Praktiken umgestellt hätte.

»Oder versteckt sich im Froschfresserstammbaum noch ein rezessives Holländergen?« Er improvisierte auch gern über Journeymans Nachnamen Duplessis und deutete an, dessen Vorlieben – Jazz, Drahtgestellbrillen und Rotwein – wären Spuren seiner französischen Abstammung. »Da muss wer eine Spritztour nach Wallonien gemacht haben.«

»Häh?«, machte Madeleine, löste sich aus Journeymans kurzer

Umarmung und gab Todbaume die Hand. Der hob sie an die Lippen und beschnupperte sie. Maddy zog sie weg.

»Du siehst aus wie frisch aus der Prinsengracht reingeschneit«, sagte er. »Wo ist denn dein Fahrrad abgeblieben?«

Maddy frotzelte zurück: »Das lässt sich zusammenklappen. Hab ich im Rucksack.«

Todbaume honorierte das, indem er zu Journeyman sagte: »Sie redet, sie kontert, sie hat – wie heißt das bei euch Froschfressern? – *Esprit.*«

»Hat mein Bruder behauptet, ich wäre stumm?«

»Er hat mich einfach nicht vorbereitet«, sagte Todbaume.

»Prima, das wäre mir auch nicht recht gewesen. Dann musst du die Dinge wohl nehmen, wie sie kommen.«

»Oh, ich nehm dich gerne, bis ich komm!«, sagte Todbaume entzückt.

»Na dann«, sagte Maddy und wandte sich an Journeyman: »Gibt's hier was zu essen?«

Was hatte Journeyman erwartet, als er sie vorstellte? Bestimmt nicht Todbaumes Notgeilheit und den »Esprit« seiner Schwester. Seine kleine Schwester – das Händchen haltende Kleinkind, die Geheimnisse flüsternde Mitwisserin, die qualvolle Nächte lang übende Geigenspielerin, die eine Kindheit lang von Schuppenflechte und Psoriasis-Arthritis Gebeutelte. Ihr stundenlanges Eincremen von Armen und Beinen, ihr Sonnenbaden in der Hoffnung auf Solarheilung, die jugendliche Gefangene von wunden, abblätternden Knien. In der Highschool-Zeit hatten sie sich ein bisschen auseinandergelebt, aber Maddy blieb ein fester Bestandteil seines Körpergefühls. Es war, als wären sie an der Brust zusammengewachsen und wie siamesische Zwillinge mit nur einem vielgestaltigen Herz getrennt worden.

War Todbaume an der Uni bei Frauen übergriffig gewesen? Soweit sich Journeyman erinnern konnte, hatte er gar keine ausgeprägte Leidenschaft gezeigt. Er war ein Schluckspecht gewesen, ein provozierender Großkotz – aber kein Liebhaber. Aber vielleicht hatte er diese Seite seines Wesens auch für sich behalten. Oder er zog, wenn er Maddy jetzt gegen sich aufbrachte, nur für Journeyman eine Show ab.

Der weitere Verlauf des Abends bestätigte diese Vermutung. Die drei gingen ins Dresden, und nach der spontanen Erstreaktion schob Todbaume Maddy aufs Abstellgleis. Die beiden Drehbuchschreiber gerieten voll und ganz in den Sog ihrer aktuellen Lieblingsidee, des Science-Fiction-Films. Sie tranken und spintisierten, und Maddy trank und beobachtete sie. Sie war drei Zeitzonen zurück und fertig auf der Bereifung. Als Todbaume am nächsten Morgen auf der Suche nach Kaffee aus seinem Zimmer kam und sie auf der Couch entdeckte (ein Gästezimmer hatten sie nicht), fand er die Vertrautheit der Geschwister offenbar nur mäßig amüsant.

Am zweiten Abend – Todbaume hatte wieder auf dem Dresden bestanden – beugte sie sich über ihrem Drink vor und unterbrach ihn. »Ihr habt ihr die öde Hälfte gegeben.«

Todbaume runzelte die Stirn.

»Die öde Hälfte wovon?«, fragte Journeyman.

»Von euerm Film. *Noch eine Welt.* Habt ihr etwa gedacht, ich hör nicht zu?«

»Der hat keine öde Hälfte«, belehrte ihr Bruder sie.

»Wenn du wüsstest. Die ganze Alltagschose – unsere Welt, mein ich. Ihr redet die ganze Zeit nur über die Cyberpunk-Seite, die dystopische Seite, wo der *Typ* herkommt. Für *unsere* Welt interessiert ihr euch null. Die gibt es quasi nur, damit er eine Freundin haben kann.«

»Hey, sieh mal einer guck, die Kleine verarztet unsere Geschichte«, sagte Todbaume und war plötzlich hellwach. Oder ließ sich eine Wachheit anmerken, die er bis dahin kaschiert hatte, wie Journeyman später dachte.

»Sie ist nicht nur seine Freundin«, widersprach Journeyman. »Sie ist Naturwissenschaftlerin. Sie sind sich ebenbürtig.«

»Alles klar«, sagte Maddy. »Naturwissenschaftlerin, auf welchem Fachgebiet?«

Darauf hatten sie keine Antwort.

»Und ihre Welt ist unter aller Sau.«

»Das ist unsere Welt.«

»Das ist niemands Welt. Das ist eine *Film*welt. Eine flache Kulisse. Wenn da je einer gelebt hat, dann seit den Fünfzigern nicht mehr.«

»Und was schlägst du vor?«, fragte Todbaume.

»Ich brauch noch einen Drink«, sagte Maddy. Sie hatte schon zwei Blood & Sand intus, einen gefährlich dessertartigen Cocktail. Journeyman wollte erst protestieren, schwieg dann aber. Als Todbaume mit der dritten Runde zurückkam, wiederholte sie: »Sie ist flach.«

»Das hast du schon gesagt.«

»Die richtige Welt ist aber nicht so flach, wie man will. Das ist eine langweilige Lüge. Deswegen ist die andere Hälfte von eurem Film besser. Mischt ihre Welt auch ein bisschen auf. Wie wär's mit einer Ökokatastrophe?«

»Red weiter.« Das war eigentlich Todbaumes Wahlspruch für sich selbst.

»Macht sie zur Umweltwissenschaftlerin. Sie will ihre Welt retten, er seine. *Beide* stehen unter Druck. Was habt ihr gesagt? Die Uhr tickt?«

Todbaume deutete mit seinem Glas auf Journeyman. »Vielleicht hab ich auf den falschen Duplessis gesetzt. Das ist nämlich echt gut.«

Journeyman verschlug es die Sprache.

»Du hast deine Dystopie in meine Postapokalypse gemacht«, sagte Todbaume. »Du hast deine Postapokalypse in meine Dystopie gemacht. Hey, zusammen schmecken die richtig gut! Das sind die reinen Reese's Peanut Butter Cups für zwei abgefuckte Welten!«

»Jetzt krieg ich aber Prozente«, sagte Maddy.

»Ich geb dir definitiv den nächsten Drink aus.«

»Für einen Blood & Sand bin ich nicht zu kaufen.«

»Mal sehen, wie viele nötig sind.«

Journeyman war die Sache egal. Er war froh, dass die beiden sich mochten, und freute sich, dass er für eine bilaterale Ratifizierung allgemeiner Okayness gesorgt hatte – er hatte dadurch ein besseres Gefühl, was seinen Lebenswandel anging, und die Chancen stiegen, dass seine Schwester ihren Eltern einen erfreulichen Rapport erstattete. Außerdem profitierte der Film von ihrer Idee. Plötzlich war er so klasse, wie sie sich vorher nur eingeredet hatten.

Journeyman sollte sich sein Leben lang fragen, ob er den dritten Abend hätte vorhersehen und verhindern können, aber es war passiert, ehe er sich's versah. Der dritte Abend war ein Freitag. Als es am Starlet-Pool wieder zu den halbherzigen Orgien kam, die Todbaume sonst ablehnte, überraschte er Journeyman mit dem Vorschlag, dazubleiben. Es gab ein paar neue Gesichter, sagte er. Ein paar Knackärsche. Und sie mussten nicht mehr unter Promille fahren, sondern konnten gleich in ihre Zimmer kippen. Journeyman verstand erst später, wie perfekt das zu Todbaumes Plan passte – vorausgesetzt, er hatte das so eingefädelt.

Um vier oder fünf wachte er in einem Liegestuhl auf und hatte Sodbrennen. Todbaume hatte *ihn* mit Alk und Dope abgefüllt und nicht Maddy – wobei doch, die wahrscheinlich auch. Gleichzeitig hatte er ihn vom Koks auffällig ferngehalten. Seine Haare waren verfilzt und rochen nach Chlor, aber irgendwann musste er T-Shirt und Jeans wieder angezogen haben. Entweder hatte er mit einem der passableren Knackärsche rumgemacht, oder er hatte es versucht, war aber übers Knutschen nicht hinausgekommen. Todbaume übte eine fürchterliche Suggestionskraft auf ihn aus. Er war allein und ging nach oben. Die Wohnung war abgeschlossen, und Journeymans Schlüssel lag drinnen. Er hämmerte an die Tür und sagte sich, dass seine Schwester auf der Couch ihn hören musste. Aber nein. Er grübelte nicht lange, sondern latschte die North Pass Avenue zu Bob's Big Boy am Riverside Drive hoch, um die Mischung aus Kater und Restalkohol mit Hackfleisch und Spiegeleiern zu bekämpfen.

Als er eine gute Stunde später zurückkam, war die Wohnungstür offen, aber die Tür zu Todbaumes Schlafzimmer zu und von Maddy nichts zu sehen. Auf dem Küchentresen lagen zwei Zwanziger, darauf eine Nachricht in Todbaumes Handschrift: *Geh ins Kino; wir hätten gern ein paar Stunden für uns.* Handys waren da noch nicht erfunden. Die trostlosen Weiten zwischen Menschen und menschlichen Augenblicken wurden noch nicht vom Geistergeschwätz der Beschwichtigung gefüllt. Man konnte sich noch beim Nichtdenken zuhören. Er sah sich in einer Mittagsvorstellung um 10.50 Uhr *Mein Bruder Kain* an, aß einen infrarotgewärmten Hotdog, schlich durch den Gang zu *Erbarmungslos* und wachte erst beim Abspann wieder auf.

Als er ins Starlet zurückkam, war die Tür erneut offen. Diesmal auch Todbaumes Tür. Er konnte aber keine Hinweise auf etwaige Geschehnisse in die eine oder andere Richtung entdecken. Nur Maddys Rucksack war weg. Und den Rest des Tages ließen weder sie noch Todbaume sich blicken. Auch dessen Wagen war verschwunden.

# 8

## Das Chaos in der Stille

Das Hüpfen und Keckern der Krähen auf einem vorstehenden Ast. Der schlüpfrig grinsende Wahnsinn des an den See der Müdigkeit verbannten Manns. Das Lebensfieber in einem Tier, das kurz vor der Schlachtung zu Tode beruhigt wird. Die Sonne, so beschaulich in den Baumkronen, ein flammendes Inferno, das ewig explodiert oder bis es verpufft. Der perplexe Gleichmut einer geräumten Wohnung in den Starlet Apartments. Die Dystopie in jeder Utopie, das Hirn in jedem Schädel. Das Surren und Rumpeln, von was auch immer ihm da auf der Straße entgegenkam. Das Problem meines Ichs, dachte Journeyman.

# 9

# Drei Städte

Journeyman wohnte in Tinderwick, dem Mittelpunkt der Halbinsel. Vor dem Stillstand war die Stadt deren Nervenzentrum gewesen, wo die alteingesessenen Familien, die Biobauern, die Weltflüchtlinge, die blaublütigen Sommergäste, die Segler usw. zur Entspannungspolitik gezwungen gewesen waren, bevor sie zu ihren auf Gegenseitigkeit beruhenden Abneigungen zurückkehren konnten. In Tinderwick lagen die Bibliothek der Halbinsel und andere alte Institutionen, die so energieabhängig gewesen waren, dass sie jetzt die örtlichen Ruinen bildeten: die Tankstelle und die Autowaschanlage, der Supermarkt und das Postamt, die Feuerwache (es hatte einen Versuch gegeben, die Feuerwehr mit Pferdefuhrwerken wiederzubeleben, der war aber gefloppt). Der Country Club, dessen Golfplatz Ackerland geworden war; eine regionale Rundfunkstation mit hohem Sendemast, der allgemein nachgetrauert wurde; die Restaurants und Bars, die vom Tourismus gelebt hatten. Die Bäckerei und der Fischstand dagegen hatten dank der Umstellung auf Tauschhandel überlebt und suggerierten die Kontinuität der jüngeren Stadtgeschichte. Ansonsten erinnerte Tinderwick wieder ans 19. Jahrhundert, als die Stadt ein freudloser Außenposten und den größten Teil des Jahres von der restlichen Zivilisation abgeschnitten gewesen war.

Selbst im Tinderwick des 19. Jahrhunderts hätte es aber ein Postamt gegeben, Zeitungen aus der weiten Welt hätten regelmäßig ausgelegen, und Besucher hätten mit Booten übergesetzt und die Einwohner zu Bürgern eines größeren Gemeinwesens gemacht. Zu Amerikanern. Zu Neuengländern. Seit dem Stillstand hörte man nichts mehr von komplexeren Vergesellschaftungsformen. Nur zwei Mikrokulturen grenzten an Tinderwick: der Kordon, der die Gemeindegrenze zum Festland bildete, und Esther's Landing, das abgeschiedene Städtchen an der Spitze der Halbinsel. Die Einwohner von Esther's Landing konnten Nachrichten aus der Außenwelt per definitionem nur dann überbringen, wenn diese sie auf dem Wasserweg erreichten. Abgesehen von einem französischen Boot, waren aber keine solchen Kontakte zu verzeichnen gewesen. Das Boot war an Quarry Island zerschellt, und falls es Nachrichten an Bord gehabt hatte, waren sie mit der Mannschaft untergegangen.

Der Kordon richtete sich nach draußen. Seine Mitglieder berichteten manchmal nervenaufreibende Geschichten organisierter Überfälle aus dem Süden und Westen, aus New Hampshire. Die Kordonisten waren stoische, hartherzige Typen; Eke war ein typisches Exemplar. Keine großen Geschichtenerzähler. Machte sie das vertrauenswürdig? Vielleicht, vielleicht auch nicht. Ihre Berichte betonten alle nur die Notwendigkeit ihrer Verteidigungsmaßnahmen, den Ausbau der Außensicherung, die Rechtfertigung ihrer paranoiden Wachsamkeit. Ihre Beweggründe machten ihre Geschichten zweifelhaft. Manchmal fragte sich Journeyman, wie viele hungrige Bettler eine Berserkerhorde ergaben. Vielleicht reichte ein halbes Dutzend.

Bei Granite Head, der zweiten Stadt auf der Halbinsel, lagen die alten Steinbrüche – die geheimnisvollen Betriebe, die über ein Jahrhundert lang zum Wohlstand der Region beigetragen hatten, bevor Boston und New York der Appetit auf Foyers und Brückenfundamente aus Granit vergangen war. Die inzwischen überwucherten tiefen Gruben der Steinbrüche dienten nicht nur der Süßwasserfischzucht und dem Baden. Die von ausreichender Größe und mit glatten Wänden wurden Eishockeyspielfelder, sobald die Eisdecke stark genug war. Grubenhockey war eine Gratisunterhaltung, für die man lediglich robuste Ausrüstung brauchte: Schlittschuhe, Schläger, Hartgummipucks und Winterkleidung.

Maddy lebte in East Tinderwick, wo sich Mitte des 20. Jahrhunderts die Regiotarier und Biobauern angesiedelt hatten. Ihre Gemeinschaft florierte in den Vierzigern, lange vor Hippies und Feinschmeckern, denen sie allerdings den Weg ebnete. Damals hatten die Zurück-aufs-Land-Gurus Seldon und Margot Stevedore zur Verstörung und Entgeisterung der Einheimischen ein paar Hundert Hektar Wald und verwildertes Ackerland gekauft und unter ihren jungen Gefolgsleuten aufgeteilt, sofern diese bereit waren, sich für die Landwirtschaft auf anbaufeindlichen Böden krummzulegen.

East Tinderwick bildete das heimliche Kraftwerk der Gemeinschaft. Die Erhaltung und Neuerfindung uralter Verfahren, das Pilze- und Beerensammeln, das Einkochen und Konservieren, das Einlagern von Wurzelgemüse, all das hatte es ihnen ermöglicht, mit dem Kordon Tauschhandel zu treiben und so zu überleben.

Die Kordonisten hatten Waffen – solange Waffen noch funktionierten. Als sie versagten, blieb ihnen die Autorität der Gewaltbereitschaft. Sie hatten auch Dosenöffner und Bush's Baked Beans mit über Ahornholz geräuchertem Speck, nur wurden die langsam knapp. Auf der Halbinsel gab es Bauernhöfe, die schon vor dem Stillstand auf Pferdekraft gesetzt hatten, einfach, weil die Scheckheftidealisten, Peak-Oil-Prepper und besserbemittelten Hippieenkel der stevedoreschen Farmpächter das angesagter fanden, als ständig schmuddelige alte Trecker zu schmieren und zu reparieren. Auf der Halbinsel gab es Bauern, die eine Ente aufziehen und umbringen konnten – und inzwischen wusste Journeyman aus Erfahrung, dass Enten *zäh* waren –, und eine Wursterin, die keinen Blutstropfen einer geschlachteten Ente verkommen ließ, die Journeyman ihr brachte. Auf der Halbinsel gab es Chutney aus Hagebutten und Krausampfer, geräucherte Makrelen und feinstes Marihuana.

Die Kordonisten mochten das alles, und wer konnte es ihnen verdenken?

Nachdem Journeymans Schwester aus Los Angeles geflohen war, hatte sie in East Tinderwick eine neue Heimat gefunden. Hier hatte sie mit Partnern aus dem Kollektiv im letzten Studienjahr am Baginstock College Ackerland gekauft und die Gesinnungsgemeinschaft namens Spodosol Ridge Farm gegründet. Nach einiger Zeit war es Journeymans Gewohnheit geworden, sie im Sommer dort zu besuchen, und über dreißig Jahre später war er bei Eintreten des Stillstands unfreiwillig auf der Farm gestrandet.

# 10

# Madeleine

Schon lange vor dem Starlet war seine Schwester Journeyman finster vorgekommen. Nicht depressiv oder gruftig, aber schwermütig. Auf dem hilflos von ihr bewohnten Fleckchen Erde schien eine höhere Schwerkraft zu herrschen, oder es schien immer verschattet von winzigen Sturmwolken. Vielleicht auch Schwerkraft *und* Sturmwolken. Sie hatte nicht die Kraft, das schönzufärben oder zu verbergen; es war eine Spannung, die sie spürbar unter Strom setzte, auch wenn sie zur Abwehr alle möglichen Haltungen, Meinungen und Leidenschaften entwickelte – der ganz normale Selbstentwurf einer Pubertierenden eben. Er übernahm es, sie zu ermutigen, indem er sich über sie lustig machte. Vielleicht war es auch umgekehrt, und er machte sich über sie lustig, indem er sie ermutigte. Madeleine blieb nur bei Dingen – Feldhockey, vegetarische Ernährung, gewisse tätowierte und massiv gepiercte Freunde –, die er als lächerlich und wohl kaum von Dauer abgetan hatte. Großzügig enttäuschte sie ihre Eltern, ohne ihnen die Genugtuung zu lassen, sie scheitern zu sehen. Mit dem Geigenspiel hörte sie erst auf, als ihre Fähigkeiten fast zur Erhabenheit ausgereift waren, einem gefeierten Konzert, nach dem sie den Bogen nie wieder anrührte.

Er hatte nie gehört, dass sie sich für Musik interessierte oder gar in ihrem Zimmer spielte.

Im Sommerurlaub in Rehoboth wappnete sie sich und schwamm erschreckend weit in den kalten Atlantik hinaus. Sie weigerte sich, dem Basketballteam beizutreten, machte Journeyman aber im Hinterhof platt.

Sie besaß eine unheimliche Fähigkeit für Problemlösungsstrategien, dank der sie in Mathe und den Naturwissenschaften alle überflügelte. Und das, obwohl sie sich von Abstraktionen ebenso wie von Konkretionen immer fernhielt. Sie hatte ihrem Bruder mal erklärt, wie sie sich mathematische Probleme bildlich vorstellte: als eine Abfolge kaputter Gegenstände, die zu einem gefälligeren Ganzen umgruppiert werden mussten. Ihre Hände bewegten sich, während sie sie löste. Sie mochte Dinge.

In einem Jahr hatte sie die gesamte Aubrey-Maturin-Serie von Patrick O'Brian gelesen und alle zwanzig Romane aus den Regalen ihres Vaters in ihr Zimmer geschleppt. Dabei hatte sie gar nichts übrig für die Marinekultur, die Segelkasper, das küstennahe Delaware, Fishers Island und die Halbinsel, auf die sie sich später zurückziehen sollte.

Auf den Partys an der Highschool hatte Journeyman sie nie einen Tropfen Alkohol trinken sehen, aber im letzten Jahr vor dem Studium hatte sie manchmal ein Glas Wein akzeptiert, das ihr Vater ihr beim Abendessen anbot. Ob sie an der Uni getrunken hatte, wusste Journeyman nicht.

Als Madeleine ihre Mathehände während des Studiums dann im Boden vergrub und anfing, bei Familienbesuchen zu Weihnachten und Thanksgiving von Lehm und Schluff und Hydrostase zu reden, von Kryptoporen und Mollisolen, Alfisolen und Spodosolen, wie hätte Journeyman da ahnen können, dass sie auf ihr zukünftiges Lebensthema einschwenkte, bis hin zum Namen der Farm, die sie und die anderen rechtschaffenen Ökomuhmen schließlich als festen Wohnsitz auserkoren? Ganz zu schweigen davon, dass die Farm grünte und blühte, entscheidend zum Überleben beitrug und eine Nadel wurde, mit der ein zerfleddertes Stückchen Welt festgespießt wurde, als der ganze Rest davonflatterte?

# 11

## Dauerferien

Als Journeyman die Spodosol Ridge Farm das erste Mal besuchte, schaute er nach einer Hochzeit auf Mount Desert Island vorbei, einer Feier, die streng genommen mit einem Charterflug vom LAX nach Bar Harbor begonnen hatte. Nach den Starlet Apartments hatte er Maddy da erst ein Mal wiedergesehen, auf Fishers Island zum siebzigsten Geburtstag ihres Vaters. Journeyman und seine Begleitung – eine Freundin, die schnell Geschichte wurde – hatten einen Wagen gemietet und waren auf derselben Straße über die Halbinsel gekurvt, die er heute entlanggegangen war. Damals war sie noch glatt asphaltiert gewesen und hatte bei Journeyman keinen bleibenden Eindruck hinterlassen, abgesehen davon, dass sie sich ewig hinzog, dass der tiefe Wald an den Straßenrändern immer wieder lotrecht anstieg und er sich wunderte, dass seine Schwester ein Leben in solcher Abgeschiedenheit gewählt hatte.

Seine Begleiterin und er blieben keine zwei Stunden auf der Farm. An den Besuch selbst hatte er kaum Erinnerungen, konnte ihn zeitlich aber genau einordnen: Er hatte in dem Jahr zwei Folgen einer Fernsehserie über eine Familie mit einem sprechenden Toaster geschrieben, und es war das erste und, wie sich zeigen sollte, letzte Mal gewesen, dass er als Drehbuchautor im Abspann einen Einzeltitel bekam. Er erinnerte sich, dass Maddy und ihre sechs oder sieben Mitgehöfter damals noch im Zentralbau schliefen und kochten; von den anderen Häusern der Farm waren erst Fundamente zu sehen. Er wusste auch noch, dass es eine Curry-Reispampe mit kleingeschnittenem Gemüse in Holzschalen gegeben und dass seine Begleiterin nicht viel davon gegessen hatte.

Bei diesem ersten Besuch war es Maddy und ihm gelungen, keine Sekunde unter vier Augen zu sein.

Drei Jahre danach hatte er die Farm richtig besucht. Da steckte er gerade in einem Loch, die Toasterserie war abgesetzt und längst vergessen, seine einst so bunten Projekte waren graue Vorzeit, und sein Agent rief nicht zurück. Todbaume dagegen hatte den Durchmarsch durch die Phalanx der normalsterblichen Arschlöcher mit Schreibtisch und Telefon angetreten, um seinen, wie er fand, rechtmäßigen Platz einzunehmen. Er verwandelte sich Schritt für Schritt in eines der heiligen Monster der Stadt, einen Verpacker, der im Ruf stand, Talent und geistiges Eigentum in fruchtbare Verbindung zu bringen und den obskursten Hintermännern in Osteuropa und dem pazifischen Raum Geld aus den Rippen zu leiern. Er wurde einer von denen, die erfolgreich gegen das Branchengesetz verstießen, selbst Gespräche auf höchster Ebene könnten bestenfalls für die sieben oder zwölf gerade angesagten profitablen Stars etwas auf die Beine stellen. Todbaume stellte Dinge auf die Beine.

Dank seiner Arbeitslosigkeit hatte Journeyman viel Zeit, L.A. hinter sich zu lassen, auch wenn es finanziell langsam eng wurde.

Wenn der zweite Besuch das Verhältnis zwischen Journeyman und seiner Schwester gekittet hatte, dann, weil er an einem kühleren und genauer definierten Ort stattgefunden hatte. Maddy war nicht mehr seine kleine Schwester. Er musste einen Schritt zurücktreten, um ihre neue Persönlichkeit erfassen zu können. Die Spodosol Ridge Farm hatte Erfolg, fünf oder sechs Gebäude waren fertiggestellt worden, aber immer noch aß die Gemeinschaft mehrmals in der Woche zusammen im Zentralbau. Neben den Feldern stand jetzt ein ausgeklügeltes Gewächshaus, in dem die Spodosolier unglaubliche Tomaten der Winterhärtezone 5 anbauten, die im Mai und Juni reiften. Eine Parzelle hatten sie einer Gruppe mexikanischer Beerenpflücker zur Verfügung gestellt, drei Familien, die neben den Blaubeerfeldern schon vor Jahren einen Tamalesstand aufgemacht hatten, mit durchschlagendem Erfolg bei den weitgereisten Migranten, die sich nach einer authentischen Küche sehnten, die nicht aus Pasteten und Hummer bestand.

Aus dem Tamalesstand war mit finanzieller Unterstützung durch die Spodosol Ridge Farm eine richtige Firma geworden, deren Take-away-Betrieb zu Spodosols Haupteinnahmequellen zählte, neben dem wöchentlichen Gemüse-Direktverkauf, der auf der Halbinsel begeistert angenommen worden war. Außerdem belieferten sie Restaurants in Tinderwick und Esther's Landing (East Tinderwick war zu klein für ein eigenes Restaurant, und Granite Head machte seit den glorreichen Zeiten des Granitabbaus einen langen und stetigen Abstieg durch) sowie Privathaushalte. War man nicht zu Hause, legte man ein paar Zwanziger auf die Arbeitsfläche der nicht abgeschlossenen Küche und bekam dafür eine wiederverwendbare Holzkiste mit dem, was die Farmer aus ihren Feldern geholt hatten.

Maddy hatte sich in eine Frau verliebt. Hatte das nahegelegen? Nicht für Journeyman. Astur Guutaale gehörte zu den Somaliern, die, wie er überrascht erfuhr, in Lewiston eine wichtige Bevölkerungsgruppe bildeten. Maddy und sie hatten sich bei der Landwirtschaftsmesse vom Common Ground kennengelernt, einer jährlichen Zusammenkunft der Agrarhippies. Astur arbeitete als Imkerin, war mit einem Vorführbienenstock zur Messe gefahren und hatte Honigproben, Bienenwachssalben und Kerzen präsentiert. In den Dauerferien seines Nachstillstandslebens sollte er sie besser kennenlernen, aber so weit war es da noch nicht.

Todbaume wurde nur ein Mal erwähnt, als seine Schwester und er schwimmen gingen.

Maddy musste ihn regelrecht aufs Meer hinauslocken. Die See, ob nun das Meer vor Rehoboth und um Fishers Island oder die monolithische blaue Faust des Pazifischen Ozeans, war nie sein Ding gewesen. Die hiesige Bucht sei geschützt, erklärte Maddy ihm. Die Brandung werde von einem Dutzend Inseln gebrochen, bevor sie den Meeresarm erreiche. Das Wasser wärme sich über den Felsen auf und sei fast so warm wie in der Badewanne, so pries sie es jedenfalls an. An einem strahlend heißen Tag gingen sie von der Farm an den Strand, stürzten sich ins Wasser und ließen sich hinaustreiben, zwei hüpfende Köpfe über der salzigen Gischt. Doch die Bucht war nicht nur leidlich warm, sie war auch voller grünem Seetang, toter Quallen und rätselhafter Klimawandelgrütze, roter Tide vielleicht oder Kolibakterien. Während er neben Maddy durch die Natur schwamm, hatte er manchmal das Gefühl, sie hätte ihm zu viel biologisches Wissen eingetrichtert, wodurch er gar nicht mehr ausblenden könne, dass alles, bis hin zum Essen auf seiner Gabel, vor Fäulnis und Feuchtigkeit nur so strotzte.

Bevor Todbaumes Name fiel, besprachen sie Journeymans Wehwehchen. Seine berufliche Dürre, seine romantische Dürre. Sie sprachen über ihre Eltern. Ihre Mutter baute geistig ab. An Heiligabend hatte sie eine halb volle Schüssel Fischsuppe abgeräumt und in eine offene Besteckschublade geleert. Die Verleugnung ihres Vaters war flächendeckend geworden: Er hatte die Suppenschublade geschlossen und Journeyman und Maddy mit wütendem Anfunkeln zum Schweigen verdonnert. Was sollten sie dagegen tun? Bald darauf nahm der Stillstand ihnen das Problem ab und enthielt ihnen sogar alle Nachrichten vor, ob ihre Eltern überhaupt noch am Leben waren. Damit standen sie nicht gerade allein.

Er erinnerte sich an das leichte Funkeln der von ihren Köpfen im Wasser verursachten Kräuselwellen. Den Tang und den Glibber, das kühle Wasser unter der oberen, von der Sonne aufgewärmten Schicht und die chromgrünen Bremsen, derentwegen die Geschwister sich immer wieder mit den Händen an die Köpfe klatschten oder untertauchten. Maddy hatte ihn fünf oder sechs Tage lang auf ihrer Farm erlebt; vielleicht vertraute sie darauf, dass er inzwischen sehen konnte, wer sie geworden war. War ihm an dem Tag vergeben worden? Er sehnte sich nach noch mehr von Maddys kühler und scharfsichtiger Anteilnahme, als er schon bekommen hatte.

»Ich arbeite nicht mehr mit Peter Todbaume zusammen«, sagte er. Er hatte die Betonung des Satzes so gewichtet, dass er eher nach einer Grundsatzerklärung klang und nicht nach der Tatsache eines weiteren beruflichen Versagens. Todbaumes Aufstieg war da noch brandneu, und die beiden Männer hatten keinen Kontakt mehr. Dank seiner Ressentiments Todbaume gegenüber konnte er sich einbilden, er hätte sich mannhaft mit seiner Schwester solidarisch erklärt, was nicht der Fall gewesen war.

»Den musst du echt nie mehr erwähnen«, sagte Maddy, nicht unfreundlich, aber doch sehr entschieden.

»Ich wollte ja bloß …«

»Echt nie mehr.« Sie tauchte unter und blieb eine Weile weg. Es gab keine Bremsen.

»Okay«, sagte er, als sie wieder auftauchte.

Später kam es ihm so vor, als hätte Maddy ihm damit erlaubt, auch die Tatsache zu verschweigen, dass er die Zusammenarbeit mit Todbaume nach seiner Rückkehr wieder aufgenommen hatte. Schon bald sollte er Todbaume sogar seine ganze Lebensgrundlage verdanken.

## 12

# Der Blue Streak, Teil 1

Die Pferde schnaubten. Eine Krähe schwirrte davon. Das Superauto kam um die Kurve und den Hügel hoch, glänzte in der Sonne und erzeugte über seinen Metallflächen ein Hitzeflimmern, als wäre es gleichzeitig ganz nah und weit weg. Eke bedeutete Journeyman, von der Straßenmitte auf den Randstreifen auszuweichen und ihm Platz zu machen. Dem funkelnden Höllenkadaver von Menschenhand. Sein erster Eindruck war der eines Düsentriebwerks oder einer Wasserstoffbombe, auf ein fantastisches Fahrgestell montiert, das aus der Paarung mit einem Tier oder Insekt hervorgegangen war. Um dann zumindest teilweise die Innereien nach außen zu kehren. Das Superauto war ein Ungetüm, ein Ausbruch aus Journeymans stabilisierender Daseinsverankerung, seiner Position im Hier und Jetzt. Seine surrende, brodelnde und glitzernde Präsenz gab einen Pesthauch in der Waldluft ab. Es schien die Zeit zu zerstören oder wenigstens kollabieren zu lassen. Das fühlte sich nicht gerade gut an. Nach dem Stillstand hatte es den Anschein gehabt, als wären auch Tätlichkeiten gegen die Zeit – ihre Fragmentierung oder wahnsinnige Beschleunigung – stillgestellt worden. Die Zeit hatte sich wieder sammeln und mit ihrem eigenen Tempo in die Körper fließen können. Das Superauto riss ein Loch in solche Vorstellungen, die dadurch als sentimental entlarvt wurden, wie Journeyman sich eingestehen musste. Es schien sich zu gut an die Vorstillstandswelt zu erinnern und Bruchstücke der zertrümmerten Zeit im Kielwasser mitzuschleppen.

In der Bibliothek fand er später zwei Bilder.

Mit einem Schablonenmesser trennte er sie aus Kunstbüchern heraus und verleibte sie den Erinnerungen ein, die er an das Auftauchen von Todbaumes Superauto hatte.

IN THE DECAYING ATMOSPHERE OF WHAT WAS ONCE A SLUM GARAGE, JIMMY OLSEN EMBARKS ON THE STRANGEST EXPERIENCE OF HIS CAREER AS A REPORTER...
MAN! I DON'T BELIEVE WHAT I'M OBVIOUSLY SEEING!
THIS CAR IS JUST TOO MUCH! IT RATES A HEADLINE ON THE FRONT PAGE OF THE DAILY PLANET --AND YET IT'S NOT THE STORY I WAS SENT TO COVER!
WELCOME TO THE NEWSBOY LEGION H.Q., JIMMY! JUST CALL ME "BIG WORDS!"
WE'LL FILL YOU IN!
HE'S THE CAT THAT CAN, REPORTER! BIG WORDS DESIGNED THIS WILD WHIZ WAGON!
SHE'S SET FOR ANY KIND OF AN ASSIGNMENT!
--EVEN FOR A FRACTION' FROGMAN!
PIPE THE TELEVISION CAMERA! IF WE DON'T GET THAT STORY YER AFTER--WE'LL USE IT TO SHOOT A SITUATION COMEDY!
IF WE DON'T GET THAT STORY, HIS BOSS WILL SHOOT US--ON PRIME TIME!
TAKE OFF, GABBY! THIS SPARE TIRE IS WORTH A BUNDLE OF BREAD!

13

## Noch eine Welt, Teil 1

Todbaume machte sich an das sanfte Einfädeln von Journeymans Karriere, indem er ihn bei verpatzten Projekten als eine Art Triageexperten heranzog. Er wurde mit dem Drehbuchpolieren beauftragt – superlukrativ und kreativ belanglos. Sein Name tauchte nicht mal im Abspann auf, sprach sich aber unter den Agenten herum; er hätte dieses und jenes gerettet, würde immer pünktlich liefern und hätte ein offenes Ohr für Anregungen. Wie sich ein Schiffshalter-Fisch seinen Hai sucht, übernahm er die Arbeit an Todbaumes Hinterlassenschaften und fand in seinem Kielwasser sein Auskommen. Todbaume wiederum wurde zunehmend zur lebenden Legende, unbeliebt, weil er die Leute abkanzelte, malträtierte und ihre künstlerischen Visionen barbarisch verstümmelte, aber seine Anrufe konnte man einfach nicht ignorieren. Journeymans Vorgeschichte mit ihm – Du bist mit Todbaume zur *Uni* gegangen? Menschenskind, wie *war* der damals? War der da schon … *Todbaume?* – wurde zu einem gewissen Faszinosum. Jedenfalls sorgte es dafür, dass bei seinem Agenten das Telefon klingelte.

Zwischen einzelnen Aufträgen zahlte Todbaume ihm ein Fixum und ließ ihn an seinen Lieblingsprojekten arbeiten, die zwar nur auf Sparflamme liefen, von Journeyman aber nach und nach geschätzt wurden. Wenn er genug Arbeitszeit hineinsteckte, erwachten sie irgendwann ein bisschen zum Leben. Seine größte Schwäche war vielleicht, dass er mochte, was er schrieb. Er mochte den ersten Entwurf, er mochte die siebte und die elfte Version, und mit den Überarbeitungsvorschlägen, die er bekam und mehrheitlich ignorierte, hätte man ein Multiplexkino tapezieren können. Es war sinnlos, eingeschnappt auf die Anregungen zu reagieren, mit denen Projektentwickler und Produktionsfuzzis seine Entwürfe überhäuften. Fünf Minuten, nachdem sie die Kommentare ihren Assistentinnen diktiert hatten, erinnerte sich da sowieso kein Schwein mehr dran.

Von ihren strapaziösen Tagen und Nächten im Starlet, ihrem jugendlichen Tatendrang mit Treatments und Pitches, waren nur Rudimente übrig geblieben. Dabei handelte es sich um *Noch eine Welt,* ihre Geschichte der beiden alternativen Erden in der Nahzukunft. Eine Cyber-Dystopie und eine Wüstenei aus Subsistenzwirtschaft und Plündereien, die Ökokatastrophe, um die Maddy ihre Verblendungen bereichert hatte. Für Todbaume war das sein Juwel, sein geheimes ungedrehtes Meisterwerk. Er bezahlte Journeyman dafür, es zu schreiben und umzuschreiben. Eines Tages hievte Journeyman ihm eine Zweihundertfünfzig-Seiten-Version auf den Tisch, ein praktisch unverfilmbares Epos, das Todbaume höchstpersönlich ins englische Hertfordshire schleppte, wo er Stanley Kubrick damit die Tür einrannte. Später kam das Projekt jeweils für kurze Zeit bei DreamWorks und Scott Free unter. Wenn der Deal wieder mal geplatzt war, kaufte Todbaume das Projekt jedes Mal aus eigener Tasche zurück und setzte Journeyman von Neuem darauf an.

Als der Stillstand kam, hatte *Noch eine Welt* die nächste Evolutionsstufe erklommen und war nach dem letzten Schrei der Filmmode zum Treatment für eine Kabelsenderserie im Breitbildformat aufgebläht worden. Ins Zentrum rückten immer mehr die Vorboten der Klimakatastrophe, von Geflüchteten überrannte Grenzen, die Morgenröte der Künstlichen Intelligenz und der *virtual reality* – die zwanzig Jahre alte Geschichte gab sich alle Mühe, der Gegenwart hinterherzuhecheln. Todbaume versicherte, das würde das *Game of Thrones* der Science-Fiction. Genau deswegen musste es aber vollkommen und unanfechtbar werden. Er bezahlte Journeyman für das Schreiben aller zehn Folgen der ersten Staffel bis hin zum unaufhaltbaren, herzzerreißenden Cliffhanger im Showdown. Journeyman hatte nie daran gedacht, seiner Schwester zu erzählen, dass die Geschichte, zu der sie entscheidende Elemente beigesteuert hatte, nicht totzukriegen und in Final Draft auf seinem Laptop so gut wie immer geöffnet war. Oder doch – er dachte oft an ihren Beitrag. In Wahrheit hatte er nur Angst davor, ihr davon zu erzählen.

Als Peter Todbaume in seinem Superauto, dem Blue Streak, erschien – mit seinen Spike-Reifen und Panzerketten fast so breit wie die ganze alte Straße mit ihren Frostaufbrüchen und dem von Unkraut geborstenen Asphalt, seine Motoren und Gebläse surrend wie ein Düsentriebwerk, flankiert von der Kavallerie des Kordons und den spotzenden, kaum fahrtüchtigen Scheißechoppern –, besetzte Todbaumes wunderschreckliches Tschitti Tschitti Bäng Bäng Journeymans Denken wie eine Vision aus der Zukunft der Vergangenheit. Oder aus der Zukunft einer ganz anderen Vergangenheit. Ihm war, als wäre ihr ewig unproduziertes Meisterwerk *Noch eine Welt* endlich umgesetzt worden, nur nicht als Spielfilm oder Fernsehserie, sondern als Wirklichkeit, für die Journeyman zur Verantwortung gezogen werden konnte. Die Grenze zwischen den Welten war niedergerissen worden.

## 14

# Der Blue Streak, Teil 2

»Sie stellen sich besser da vorn hin, Mr Duplessis.« Eke drückte sich gewählt aus. Und bildete sich Journeyman das nur ein, oder waren die ironischen Gänsefüßchen um das »Mr« wirklich verschwunden? Er hatte an Format gewonnen, weil er eine bedeutende Verbindung zum Superauto hatte, auch wenn er noch Ekes Hilfe brauchte, um zu wissen, wo er sich hinstellen sollte. »Am Lüftungsschlitz hört man ihn am besten.«

Journeyman folgte Eke um die breite, komplizierte Flanke des Superautos herum zum besagten Lüftungsschlitz: dem Schalltrichter eines Flügelhorns, der an der Spitze des wuchtig jaulenden Fahrzeugs aus einer ganzen Reihe viereckiger, von einem schweren Kühlergrill geschützter Frontscheinwerfer ragte. Wenn er sich an Ekes Anweisung hielt, stand er direkt vor der tiefergelegten Raketenspitze zwischen den Mammutvorderrädern, beide so groß wie die Hinterreifen eines riesigen Traktors. Dem Fahrzeug schutzlos ausgeliefert, falls es sich plötzlich in Bewegung setzen sollte. Er hatte den Eindruck, dass es kaum ein Zufall gewesen sein dürfte, den Lautsprecher genau dort anzubringen. Mit einem Achselzucken brachte Eke vages Mitgefühl mit seinem Zögern auf, sich dort zu postieren.

Das Superauto dampfte, in einen Cocktail unvereinbarer Gerüche getaucht: Butan, Kahlúa, Kühlmittel, heißer Kupferdraht. Er hatte das Gefühl, vom blendenden Chrom einen Sonnenbrand zu bekommen, als würde das reflektierte Licht ihm hieroglyphisches Gekritzel in die Wangen und blinzelnden Lider ätzen. Stellenweise waren die Metallschale und das äußere Rohrgeflecht eingedellt, angesengt oder verschrammt, was den Eindruck der grundsätzlichen Unbezwingbarkeit des Gebildes aber nur verstärkte.

Glockenrein ertönte Todbaumes unvergessliche Stimme und schien einen Faden an der Stelle wiederaufzunehmen, wo sie ihn vor einer Million Umdrehungen der Galaxie hatte fallen lassen. »Sandy, wie er leibt und lebt. Der letzte Unschuldige auf der Welt, der unversehrt zwischen den Regentropfen und diesen Knatterspacken herumzieht. Wie hast du das bloß gewuppt gekriegt?«

Journeyman sah hoch. Hinter einer Cockpitkuppel aus Panzerglas bewegte sich eine unidentifizierbare Schattengestalt. Konnte das wirklich sein?

»Hat mein Anblick dir die Sprache verschlagen? Oder haben die Burschen dir die Zunge rausgeschnippelt und Antipasti draus gemacht?« Todbaumes Stimme war absolut unverändert: rhetorisch überdreht und aggressiv, Liebe und Kapitulation einfordernd.

*»Peter?«*, fragte Journeyman.

»Na bitte, geht doch. Hat ganz schön gedauert, dich zu finden, Sandmann. Ich war ein Jahr lang jede Nacht auf Achse und hab jede Minute der Reise an dich gedacht. Tut gut, dich zu sehen.«

»Warum kann das noch fahren?«

»Ein Passahwunder.«

»Ich kann dein Gesicht nicht erkennen.«

»Dann komm rauf, lass dich umarmen und schau's dir an. Ich wär dir allerdings dankbar, wenn du der Rip-van-Winkle-Bande verklickern könntest, die Seele mal ein bisschen baumeln zu lassen. Die Cowboys versuchen schon seit zwei Tagen, mir in den Arsch zu kriechen.«

Journeyman hatte nicht den Eindruck, dass die locker gruppierten Kordonisten, ob von Pferden und Bikes abgestiegen oder noch in den Sätteln, kurz vor einem Angriff auf Todbaumes Superauto standen. Vielleicht waren den beiden Parteien nach der ersten Begegnung letzte Reste von Feindseligkeit hierher gefolgt. Vielleicht konnte Todbaume ihr Verhalten vom Cockpit aus auch nur nicht deuten. Jedenfalls sahen die Kordonisten in Journeymans Augen eher genervt aus, als wären sie von der Situation verwirrt und wollten das Problem so schnell wie möglich von der Backe haben.

»Eke?« Er wusste nicht, wie die anderen hießen. Eke war nicht unbedingt ihr Anführer, konnte aber wohl fürs Kollektiv sprechen.

»Ja?«

»Mein Freund fragt, ob ihr wohl ein Stück von seinem Fahrzeug zurücktreten könntet.«

»So ist's recht, Sandy. Das Ohr immer am Puls des amerikanischen Jargons. Praktisch jeder zweitklassige frei laufende Anarchoarsch jiepert ja danach, dass man ihm mal mit Standard-Copsprech kommt.«

Eke knurrte. Er winkte die Männer ein Stück die Straße hinunter. Journeyman wusste nicht, ob er Todbaumes Kommentar mitbekommen hatte. Eke zeigte so etwas wie verdutzten Respekt. Vielleicht war er aber auch einfach nur bedient, weil er Todbaumes Breitseiten aus dem Schalltrichter des Superautos schon den ganzen Tag ausgesetzt gewesen war.

Als Todbaume zufrieden war, dass sich die Schlinge, mit der die Kordonisten ihn umgarnt hatten, lockerte, wies er Journeyman an, dahin zu gehen, wo bei einem normalen Auto die Beifahrertür gewesen wäre. Journeyman hörte ein Ploppen wie beim Öffnen einer Coladose. Die Kuppel hob sich nicht, dafür aber weitete sich direkt unter der Auflage des Cockpits eine Öffnung wie die Blende einer Kamera. Aus verborgenen Höhlungen im polierten Thoraxpanzer des Superautos schoben sich Sprossen und Griffe heraus, die zu der seltsamen offenen Blende führten. Journeyman konnte wie in ein Baumhaus hochsteigen, und das tat er auch. Er stieg in das Scheußlichste hoch, was es gab: einen Bildbruch. Sein Benennungsvermögen meldete sich krank. War das Superauto eine Kamera, ein Insekt, ein Düsenjet, ein Baumhaus, eine Coladose? Er fand ja, dass die Dinge seit dem Stillstand nur noch sie selbst waren. Nur das Superauto war gleichzeitig es selbst und alles andere.

»Immer rin in die gute Stube.« Todbaume sprach, als inszenierte er sich an der Tür seiner Bürosuite und würde Cognac oder erlesene Zigarren anbieten. Journeyman bückte sich von der obersten Leitersprosse hinein und wusste, wie albern und verwundbar er den unten stehenden Männern vorkommen musste. Er duckte sich durch das Portal. Es war eng, aber der in die Panzerwand der Maschine geschnittene Durchgang war nur dreißig Zentimeter stark. Er landete auf dem Boden der hell erleuchteten Kapsel, Todbaume direkt vor den Füßen.

Journeyman hätte schwören können, dass er Kaffee roch.

Todbaume saß in einem niedrigen Schalensitz vor der Konsole, an der er das Fahrzeug steuerte: blinkende Messgeräte und Echolotbildschirme, Kamera-Feeds, auf denen Straße, Reiter und Biker als Fischaugenpanorama zu sehen waren, alle möglichen rätselhaft leuchtenden Knöpfe und Hebel. Strom. Elektrizität. Saft.

Per Zeitmittlung machte Journeyman aus der Knittervisage Peter Todbaumes Gesicht. Als er ihn das letzte Mal gesehen hatte, war Todbaume fett gewesen. Wie so viele andere war er auf Stillstandsdiät gesetzt worden.

Wie niemand anders mehr saß er in einer berauschenden Elektromaschine, deren Energiequelle vorläufig noch unbekannt war.

Wie niemand je zuvor auf Erden war er Todbaume. Er thronte hier oben in seiner fantastischen Maschine, aalte sich im üppigen Wahnwitz ihrer Wiedervereinigung, ignorierte die feindseligen Männer, die sein Gefährt umstanden, und grinste Journeyman an: »Ich kann deine Gedanken lesen, Sandmann. Du brauchst gar nichts zu sagen.«

»Was denk ich denn grade?«, fragte Journeyman hilflos.

Todbaume bohrte sich zwei Finger in die Schläfen und mimte Telepathie. »Du willst einen Espresso«, sagte er. »Wie noch nie ein Mensch einen Espresso wollte.«

»Hast du etwa welchen?«

Todbaume zeigte Journeyman seine Mokkatasse. Leer, aber mit einem frischen Rand, bei dem Journeyman sofort das Wasser im Mund zusammenlief. »Wart mal kurz.« Er schob sie in die dafür vorgesehene Einbuchtung und drückte auf einen Knopf. Aus einer Düse dampfte und fauchte es, und die Tasse füllte sich. »Macht dir hoffentlich nichts aus, aus meiner Tasse zu trinken.«

# 15

# Was Todbaume Journeyman über den Blue Streak erzählte

Später machte sich Journeyman Notizen und hielt fest, was Todbaume ihm am ersten Tag alles erzählt hatte. Nicht nur in den ersten fünfzehn oder zwanzig Minuten, in denen er sich seinem Espresso widmete, sondern auch, als sich der Blue Streak wieder in Bewegung gesetzt hatte.

1. Dass Todbaume das Ding von zu Hause in Malibu bis hierher gefahren hatte. Dass er vor einem knappen Jahr losgefahren war. Vor zehn Monaten.

2. Dass er die ersten drei Jahre des Stillstands überlebt hatte, ohne Malibu je zu verlassen. Zusammen mit ein paar anderen hatte er eine eigene Sicherheitstruppe aufgebaut und sich eine Zeit lang in einer Art gepanzertem Komplex verschanzt.

3. Dass das Superauto aber die ganze Zeit startklar gewesen war und er nur abgewartet hatte. »Während die anderen paranoiden Scheißmilliardäre alles für Privatinseln oder Safe Houses oder Privatinseln mit Safe Houses oder unterirdische Dr.-Seltsam-Bunker verballert haben, hab ich mich gefragt, warum ich eine leichte Beute abgeben soll. Herrgott noch mal, wer will denn in Meetings mit Leuten rumsitzen, die man schon nicht abkonnte, als sie noch Geld hatten, und mit denen beratschlagen, was man macht, wenn der letzte Sack Reis alle ist?«

4. Dass er angeblich gleich vorhergesagt hatte, dass die privaten Söldner vor Gier und Verzweiflung über das Konsortium in Malibu herfallen würden. Dass er als Einziger lebend da rausgekommen war.

5. Dass das Fahrzeug bei freier Bahn rund 110 km/h schaffte, es zwischen West- und Ostküste aber kaum noch freie Bahn gab. Dass er über weite Strecken querfeldein fahren musste, durch abgesperrte Prärien und offene Wüstenabschnitte, über dicht bewaldete Gebirgspässe und dass das Fahrzeug mit allem klarkam, wenn auch im Schneckentempo.

6. Dass er sich manchmal auch ein paar Tage oder sogar Wochen in eine *simpatico* Gemeinschaft zurückgezogen hatte – in Boulder, Colorado; in Bloomington, Indiana; an einem ländlichen See in der Nähe vom Oberlin College in Ohio – und die Wohltaten seines Gefährts mit denen teilte, die es kraft ihrer Nettigkeit seiner Meinung nach verdient hatten, dass aber unweigerlich seine Paranoia ins Kraut geschossen war,

wenn die Verschwörungen ihn zu sehr in die Zange zu nehmen drohten, und er sich wieder vom Acker gemacht hatte.

7. Dass er, egal, in welche Situationen er auf seiner Fahrt geraten war – und huiuiui, könne er da Geschichten erzählen! –, als Endstation immer die Spodosol Ridge Farm vor sich gesehen hatte. Dass er irgendwie immer gewusst hatte, dass er Journeyman und Madeleine dort unversehrt antreffen würde, »und dass ihr den Stillstand formvollendet übersteht«.

8. Dass er sein Gefährt »Blue Streak« nach einem Auto getauft hatte, von dem sein Vater ihm immer Gutenachtgeschichten erzählt hatte. Dass er offenkundig aus dem Stegreif erzählt hatte – in Todbaumes Formulierung »eine nie zu Potte kommende Quatschgeschichte, bei der er keinen Schimmer hatte, wie es am nächsten Tag weitergehen sollte«.

9. Dass der Blue Streak von einem autarken Atomreaktor angetrieben wurde. Dass er auf der Exoskelettstruktur einer Maschine basierte, die bei Tunnelbohrungen im Meeresboden zum Einsatz gekommen war. Dass er nie Treibstoff brauchte und noch nie repariert werden musste. (»Davon hätte ich auch keinen blassen Schimmer. Ich würde wahrscheinlich sofort die Selbstzerstörung auslösen, Ende der Dreharbeiten, Game Over, aus die Maus.«) Dass er sich nicht mehr abschalten ließ, wenn er einmal angelassen worden war. Dass Todbaume in den Anfängen des Superautoprojekts eine gewisse Rolle gespielt hatte, denn er hatte das Design auf Grundlage von *Straße der Verdammnis* vorgeschlagen, einem Lieblingsfilm seiner Kindheit. (Als Todbaume den Film erwähnte,

fiel er Journeyman wieder ein. Er hatte ihn gesehen; George Peppard hatte mitgespielt.) Dass der Konstrukteur nur drei solche Maschinen gebaut hatte, bevor er gekidnappt worden und spurlos verschwunden war. (»Russland, könnt ich wetten.«) Dass Todbaume vierzehn Millionen Dollar dafür bezahlt hatte. Dass er nicht wusste, wo die beiden anderen Exemplare abgeblieben waren.

10. Dass er beim Abstellen der Maschine an einem Ort, den er für sicher hielt, einen Bohrer in Gang setzen konnte, der das Grundwasser anzapfte, um seine Tanks aufzufüllen. Dass er mit demselben Verfahren seinen Abfall so tief im Boden entsorgen konnte, dass etwaige Verfolger keine Fährte aufnehmen konnten. (Journeyman sparte sich die Bemerkung, dass er also überall trinkbares Grundwasser kontaminierte, das andere vielleicht zum Überleben brauchten.) Das Bild des Blue Streak, der an allen Landeplätzen ein Saugrohr in die Erde ausfuhr, erinnerte Journeyman kurz an einen gigantischen Moskito.

11. Dass sein Cockpit und seine Schlafkammer bleiverkleidet waren wie die Röntgenzelle eines Zahnarzts, um ihn vor etwaig austretender Strahlung zu schützen. (Unerwähnt blieb, ob kontaminierte Abgase oder abgelassene Kühlmittel für Menschen *außerhalb* eine Gefahr darstellten.)

12. Dass die tief in den Eingeweiden des Blue Streak gelagerten vakuumversiegelten Kapseln mit gefriergetrocknetem Kaffee auf dem Armaturenbrett ihre eigene Anzeige hatten und bei gleichbleibendem Verbrauch demnach noch für fünf Monate

Espresso reichten. (Den letzten Macallan hatte er dagegen vor Überquerung des Susquehanna River weggepichelt.)

13. Dass das Portal, durch das er Journeyman eingelassen hatte, notfalls als klingenbesetzte Falle verwendet und so geschlossen werden konnte, dass es einen in ihm Feststeckenden umbrachte. Hatte Todbaume es je dafür eingesetzt? »Nein, aber vor Santa Fe hab ich nachts mal ein paar Wichser unter den Panzerketten zermalmt.«

14. Dass der Blue Streak unzählige Angriffe überstanden hatte. All die verschrammten und angesengten Stellen, die Journeyman aufgefallen waren, waren Spuren dieser Attacken – mit mittelalterlichen Katapulten oder Bliden, Brandpfeilen oder, bevor die Schusswaffen dann ausfielen, mit Uzis und Glocks. Todbaume zeigte ihm, wo ein Leuchtspurgeschoss im Doppelschichtpanzerglas seiner Windschutzscheibe stecken geblieben war. Die Kugel war ein vollkommenes Messingandenken, das als spitzer kleiner Nippel ins Innere des Cockpits ragte. Das Panzerglas um die Einschussstelle war dicht versiegelt und zeigte keine Sprünge.

15. Dass der einzige Mensch, den er vor Journeyman in sein Allerheiligstes gelassen hatte, eine Frau gewesen war, die er in Pittsburgh kennengelernt und die ihn bis an die Peripherie von New York City begleitet hatte. Dort hatte Todbaume sich geweigert weiterzufahren. Die Frau suchte jemanden in Manhattan und hatte ihren Weg zu Fuß fortgesetzt. Er hatte natürlich keine Ahnung, was aus ihr geworden war, aber gut war es wohl kaum ausgegangen.

Als Journeyman seinen winzigen Kaffee längst ausgetrunken hatte, waren sie bei diesen ersten Erzählungen unterbrochen worden. Einer der Kordonisten – vielleicht Eke – hämmerte auf den Flügelhornlautsprecher. Das Geräusch pflanzte sich ins Cockpit fort und lenkte ihre Aufmerksamkeit auf die Situation unten auf der Straße. Das Klopfen war zwar kein Morsecode, aber die Botschaft war klar. Man wollte die Verhandlungen wieder aufnehmen.

# 16

# Gründerpark

Todbaume zeigte Journeyman, wie er den Kanal öffnen musste, um hören und sprechen zu können.

»Brauchen Sie unsere Hilfe, Mr Duplessis?«

Todbaume grinste und ließ Journeyman ans Mikrofon.

»Hilfe?«, fragte der.

»Wollte nur wissen, ob bei Ihnen alles klar ist. Hört sich ja so an.« Journeyman fand, Eke klang dem Superauto gegenüber jetzt benommen. Benommen oder kopfscheu, als hätte er Mühe, seine Unruhe zur Normalität zu zügeln.

Aber vielleicht waren das auch seine eigenen Gefühle. »Alles in Ordnung«, sagte er. »Wir sind … alte Freunde.«

»Hatte der Typ Ja gesagt.«

»Genau, hat er gesagt.«

»Gut, dann schätz ich mal, wenn Sie ihn in Gewahrsam nehmen wollen oder solchergleichen, werd ich mit den anderen mal wieder.« *In Gewahrsam nehmen?* Benutzte Eke Standard-Copsprech als Retourkutsche? Irgendwie kam Journeyman das

Kräfteverhältnis instabil und potenziell vermint vor. Musste er beglaubigen, dass Todbaume ab jetzt sein Gefangener war? Und wenn er sich weigerte – galt er dann als Todbaumes Co-Gefangener?

Todbaume drückte Journeyman mit der Schulter vom Mikro weg. »Friss deinen Schwanz, Harley-Davidson-Mann. Ich war keine Sekunde in deinem Gewahrsam, das weißt du ganz genau. Werd du dir mal gewahr, dass du bestenfalls in einer Highschool Flure wischen und Glühbirnen auswechseln kannst. Das dürfte so ungefähr die Karriere sein, um die dich das Ende der Welt betrogen hat. Der Klomann. Oder *solchergleichen.*«

»Mr Duplessis?«

»Ja?«, sagte Journeyman.

»Würden Sie dem Mann wohl sagen, dass wir dann vorläufig mit ihm fertig sind?« Eke musste sich offenbar zusammenreißen, um keine raueren Töne anzuschlagen.

»Klar, mach ich.«

»Die Ältesten wollten bloß sicherstellen, dass ich ihn Ihnen übergeben habe. Er hat sich uns fernzuhalten, sofern keine anderweitigen Vorkehrungen getroffen werden. Wenn Sie nicht runtersteigen wollen, muss ich mich wohl auf Ihr Wort verlassen, dass er Ihnen keine Waffe an den Kopf hält oder …« Journeyman merkte, dass Eke ein abschließendes *solchergleichen* gerade noch runterschlucken konnte. Todbaume ging ihm unter die Haut und stieß ihn vor den Kopf. Damit befand er sich in guter Gesellschaft, nur wusste er das nicht.

»Nein«, sagte Journeyman. »Er hält mir keine Waffe an den Kopf. Ihr zieht also ab?«

»Wie ich eingangs sagte, es gibt da Interessen hinsichtlich des Antriebs dieses Fahrzeugs, Mr Duplessis. In absehbarer Zeit könnte sich eine Abordnung mit dessen Verwendbarkeit befassen wollen.«

»Verstehe«, sagte Journeyman. »Und bis dahin sehen wir uns also zur gewohnten Zeit, ja?« Damit meinte er die Lebensmittelübergaben, die üblichen Tributzahlungen.

»Geh ich mal von aus.«

»Dann freu ich mich aufs nächste Mal, Eke.«

»Schönen Tag noch, Mr Duplessis.«

Damit lösten die Kordonisten die Umzingelung des Blue Streak auf und zogen ab. Todbaume und Journeyman sahen ihnen nach. Journeymans Blick blieb an den rätselhaften Verbänden hängen, den frischen Verletzungen: Hatten Todbaume und sein Blue Streak ihnen die zugefügt? In einiger Entfernung hielten die Kordonisten noch mal an und blickten zurück. Vielleicht wollten sie sich vergewissern, dass sich das Superauto tiefer in Journeymans Revier begab und damit von ihrem entfernte. Dann waren sie verschwunden. Todbaume war Journeymans Problem geworden.

Was sollte er vorschlagen? Die einzige Möglichkeit war, Todbaume nach Süden Richtung Tinderwick zu lotsen. Andere Richtungen gab es nicht. Oder konnte er ihn zum See der Müdigkeit dirigieren, ihn dort bei Jerome Kormentz verstecken? Ihm einreden, das wäre die gesamte Gemeinschaft, die überlebt hätte? Wie würden die beiden miteinander klarkommen? Aber das war eine Schnapsidee. Todbaume wusste von den Städten und von Maddys Farm. Der Kordon hatte ihm das bestätigt.

Todbaume war sowieso schon losgefahren. Das Surren und Brodeln der Maschine ging wieder mit dem Mahlen der Panzerketten einher, dem grimmigen Summen, das Journeyman schon gehört hatte, bevor das Ding zu sehen gewesen war. Bei einem Blick über Todbaumes Schulter sah er, dass es ein Navigationssystem gab.

Seit dem Stillstand hatte er kein funktionierendes GPS mehr gesehen. Wurde die Erde denn noch von Satelliten umkreist? Jeder mit einem guten Fernglas hätte das gewusst, aber wenn er jemanden kannte, der ein gutes Fernglas hatte, wusste er das nicht.

Die Linie, die die Straße nach Tinderwick darstellte, pulsierte blau. Er war nur noch ein Passagier. Aber egal, was Todbaume erwartete, er würde ihm nicht helfen, den Blue Streak zur Spodosol Ridge Farm zu bringen, wo er seine Fress- und Scheißrohre in den kostbaren Ackerboden seiner Schwester stoßen konnte. Auf dem Display war nun schon die Abzweigung östlich der Hauptstraße zu sehen, die nach East Tinderwick führte.

Plötzlich war ihm klar, was er machen würde: Er würde Todbaume und sein Fahrzeug zu einem Platz am Wasser lotsen, in der Nähe der Bootsanlegestelle hinter der alten Post, im Gründerpark, wie sie die Parzelle im Zentrum der kleineren Stadt nannten.

## 17

# Insel und Leuchtturm

Der Blue Streak grummelte mit Todbaume und Journeyman nach Tinderwick hinein. Die Gebäude an der Straße verdichteten sich, sie kamen an Brendas Folly Farm und der Proscenium Farm vorbei, und dann weitete sich vor ihnen die High Street des alten Dorfs mit der Presbyterianerkirche, dem Buchladen und der Musikschule. Tinderwick war mittags steppenhexenstill. Die Farmer waren auf ihren Feldern. Die Tüftler und Einkocher in ihren Schuppen und Küchen. Die Kinder hinten in der Schule. Journeyman kam sich oben im Blue Streak ins Verderben einplombiert vor. Er konnte keine Krähen oder Bienen hören, und die vom Himmelsblau durchtüpfelten Baumkronen wurden von der Cockpithaube gedämpft, die nicht das kleinste Rauschen des Windes durchließ. Sie fuhren die Hauptstraße entlang. Todbaume steuerte nach links Richtung East Tinderwick, ohne dass Journeyman etwas hätte sagen können. Hinter dem Friedhof mit dem Bürgerkriegsdenkmal kehrten sie auf die Waldstraße zurück, und leise streiften die Zweige das Superauto. Niemand hatte sie in der Stadt aufzuhalten versucht. Niemand hatte sie überhaupt gesehen.

Also juckelten sie weiter auf die Spodosol zu.

Journeyman war, als wäre er nicht in Todbaumes Fahrzeug, sondern in das teuflische Hirn seines alten Freunds und Arbeitgebers hineingesogen worden. Oder nicht hineingesogen. Er war ja freiwillig hinaufgestiegen. Hatte vom Asphalt mit seinen Frostaufbrüchen abgehoben, war aus der Routine ausgeschert, deren Beschaulichkeit ihm jetzt übernatürlich vorkam, hatte sich durch Todbaumes mörderisches Bullauge gezwängt, einen atomar gezapften Espresso angenommen und war Anhalter in einer tickenden Zeitbombe auf Ketten geworden. East Tinderwick kam immer näher. Er musste schleunigst seinen dürftigen Plan umsetzen, sein Hinhaltemanöver.

»Wann warst du das letzte Mal am Meer?«, fragte er.

»Gute Frage!«, sagte Todbaume. Machte er sich über ihn lustig? »Nicht, seit ich mich aus Malibu verpisst hab.«

Journeyman blieb am Ball. »Dacht ich mir. Falls du nämlich Lust hast, da erst mal Quartier zu machen, gäb's für dein Ding hier eine gute Stelle unten am Wasser. Ist so 'ne Art Allmende. Da hat keiner das Gefühl, du würdest dich an ihn ranschleichen.«

»Mit Meerblick? Hört sich nach Luxus an.«

»Na ja, Wasserblick, um genau zu sein. Zwischen dem Hafen und dem Ozean liegt noch eine Insel.«

Vor dem Gründerpark lag ein schmaler Landstreifen namens Quarry Island. Die unbewohnte Insel versperrte die Sicht auf den offenen Horizont. Hundert und zweihundert Jahre vor ihnen war ihre Felssohle nach Kräften ausgebeutet worden und hatte rohe Granitblöcke geliefert, die auf Schuten verschifft und dann bearbeitet und poliert worden waren, bis sie in die Foyers der großstädtischen Rathäuser passten. In den Spitzenzeiten hatten Dutzende von Bergleuten da draußen geschlafen. Ihre eingestürzten, von Gebüsch überwucherten Baracken waren die letzten traurigen Überbleibsel. Ein gigantischer herausgebrochener Granitblock stand wie ein fensterloses Bauwerk auf den dem Meer zugewandten Klippen an der Südspitze der Insel. Ob er Strukturfehler aufwies oder als Mahnmal zurückgelassen worden war, wusste niemand.

Er hörte sein eigenes zusammenhangloses Gebrabbel, als wollte er Todbaume mit seinem Pitch bei der Stange halten. »... angeblich sind die Blöcke von der Insel sogar für die Stützpfeiler der Brooklyn Bridge verwendet worden ...«

»Klar sind sie das. Der Platz ist perfekt, Sandmann. Ich werde zum Wellenschlag einschlafen und wissen, dass ich der Einzige bin, der's aus eigner Kraft hierhergeschafft von O- zu Ozean.«

Journeyman dachte an das französische Boot, ein Rätsel, das Todbaume zu schätzen wissen würde.

Es hatte im letzten Winter Schiffbruch auf Quarry Island erlitten, in einer Nebelnacht, in der kein Mond zu sehen und Insel und Küste von Neuschnee bedeckt gewesen waren. Wahrscheinlich hatte die französische Mannschaft Quarry Island nicht vom Festland unterscheiden können; dazwischen lag das Küstenschelf, schlickiger seepockenüberzogener Granit, der die Ebbe so gefährlich machte, dass die hiesigen Seeleute dann nicht einmal tagsüber hinausfuhren. Das Franzosenboot hatte drei Segel gehabt. Wenn es außer den beiden Toten, die man gefunden hatte, keine weiteren Besatzungsmitglieder gegeben hatte, mussten diese bei der Atlantiküberquerung alle Hände voll zu tun gehabt haben. Das Boot war zerschlagen worden, und die Männer waren ertrunken oder erfroren, bevor sie ertrinken konnten. Man hatte sie nicht fragen können, welche Form der Stillstand in Frankreich angenommen hatte.

Journeyman erzählte Todbaume, wie das Boot von den Gezeiten über den Seepocken, die wie eine Säge wirkten, hin- und hergerissen worden war. Die Leichen auch. Er war bei der Säuberungsaktion dabei gewesen. Kein großer Unterschied zu seiner Arbeit für Augustus den Schlachter.

»Hat's euch erspart, die Froschfresser kaltzumachen, würd ich sagen!«

Kaltmachen? Er genierte sich, Todbaume zu erklären, dass die drei Städte seines Wissens seit dem Stillstand niemanden umgebracht hatten. Er würde Todbaumes Lust auf Weltuntergang enttäuschen. »Wir haben keine Waffen gefunden ... Wir wissen natürlich nicht, was sie vorhatten ...«

»War doch nur Spaß, Sandmann! Ihr seid gute Menschen! Das unappetitliche Zeug überlasst ihr den Typen vom Kordon, stimmt's?«

»Wir haben den Kordon noch nie gebeten, jemanden zu töten.«

»Die hätten mich wie einen Knochen zerbrochen und mir das Mark rausgelutscht, wenn sie gewusst hätten, wie.«

*Kein Wunder, wenn du sie wie Stinktiere oder Stachelschweine auf der Straße behandelst* – aber das behielt er für sich. Todbaume konnte ja recht haben. Wer wusste denn schon, was er durchgemacht hatte? Da war immerhin die Kugel in der Windschutzscheibe. Er würde kaum der Einzige bleiben, der vor Neugier auf Todbaumes Reisebericht brannte. In den Städten war wochenlang diskutiert worden, ob die französischen Seeleute vor Gefahren geflohen waren oder Nachrichten von einer Neuordnung auf der anderen Seite der Welt gebracht hätten.

Die Städte hatten dann angefangen, über den Bau eines Leuchtturms auf Quarry Island nachzudenken. Oder wenigstens eines Turms mit einem Dauerfeuer, das man in einer Nebelnacht anzünden konnte, wie sie dem Franzosenboot zum Verhängnis geworden war.

»Ein paar Leute glauben, dass irgendwann wieder ein Boot aus Frankreich kommt«, erklärte er Todbaume. »Die Aussicht darauf, zu erfahren, wie es auf der anderen Seite des Atlantiks gelaufen ist … Verlockend, findest du nicht?«

»Da kommt definitiv noch ein Boot aus Frankreich. Die Franzosen machen doch alles in Dreierserien, ist das nicht die Regel?«

Journeyman hatte von einer solchen Regel noch nie gehört. »Man denkt jetzt an einen Leuchtturm, wenn wir den …«

Das Superauto hatte den alten Dorfkern von East Tinderwick inzwischen hinter sich gelassen – die Grange Hall, die Post, die Werft. Das Zentrum war klein und wie ausgestorben. Der dynamische Teil von East Tinderwick lag dank der Mitgehöfter von Seldon und Margot Stevedore am Ende der langen Wirtschaftswege auf den Biobauernhöfen. Zu denen würde Journeyman Todbaume aber nicht führen, ganz zu schweigen von der Spodosol. Stattdessen dirigierte er ihn nach links, am Postamt vorbei in den Gründerpark.

»Ein Leuchtturm!« Todbaume wirkte ganz begeistert. »Ihr seid echt genial! Befeuert von Menschenkot, was?«

»Meine Schwester sitzt im Ausschuss.« Journeyman zuckte zusammen. Er hatte vorgehabt, Maddy nicht zu erwähnen. »Wir müssten nur eine Möglichkeit finden, an der Spitze immer ein Feuer brennen zu lassen …«

»Wir könnten ihn doch wie die Freiheitsstatue bauen! Nur schief wie am Ende von *Planet der Affen*.«

»Ha.« Der Blue Streak ruckelte jetzt zum Wasser, zum Park und

Richtung Quarry Island. Dann hielt Todbaume an. Links von ihnen lag, was vom Spielplatz übrig geblieben war: eine Schaukel, eine Rutsche, auch eine Reifenschaukel und ein Basketballring ohne Netz über einem Betonsegment. Im Gründerpark wurde kein Rasen mehr gemäht. Das Gras stand hoch und gelb. Journeyman hätte sich mehr Deckung gewünscht, aber es gab keine. Das Superauto war ein bunter Hund, außer er konnte Todbaume dazu bringen, weiterzufahren und ihn im Hafenschlamm zu versenken.

»Echt jetzt, das kommt saustark, Sandmann. Das hat jede Menge Potenzial.«

»Potenzial? Aha …« *Potenzial wofür?*, hätte er am liebsten geschrien.

Wollte Todbaume, der Großproduzent, hier etwa ein Spektakel inszenieren?

War er als Location Scout unterwegs?

# 18

# Bevor Journeyman ging, wurde Todbaume sentimental

Journeyman erklärte Todbaume, er müsse los. Fragte ihn, ob er klarkäme. Irgendwas Bestimmtes bräuchte. Er meinte, Todbaume könne seine Maschine jederzeit verlassen und sich die Beine vertreten, durch den Gründerpark und sogar in die Stadt spazieren. Todbaume lachte. »Ich lebe seit fast einem Jahr in dem Ding hier, Sandmann.« Journeyman meinte, hier in East Tinderwick würde ihm niemand etwas tun, und wieder lachte der andere. »Ich ihnen auch nicht.« Als Journeyman Anstalten machte, die Maschine zu verlassen, wurde Todbaume plötzlich sentimental. Er legte ihm die Hände auf die Schultern und hielt ihn zurück.

»Fragst du dich manchmal, warum?«

»Warum was?«

»Warum was? Warum *das* hier! Die ganze Scheiße! Anders gesagt: An wen wendet sich ein Mensch? An ein Buch? Wonach greifst du, Sandmann: nach Philosophie? Drogen? Dostojewski? Ich meine, in der Stunde des Wolfs, wenn alles vorbei ist … Gibt es für dich dann einen Guru unter einem Baum? An einem See?« Journeyman war einen Augenblick verwirrt: Dachte Todbaume etwa an Jerome Kormentz? Todbaume starrte ihm ins Gesicht, verzog den Mund und produzierte ein Geräusch: *»Ffaaachhh.«* Den Laut kannte er: Todbaumes oral furzende Verwerfung allen überlieferten Wissens. Früher hätte er damit das Wissen gemeint, das in der von ihm erwählten Sphäre der Filmbranche das typische Handeln diktierte.

»Ich glaube, ich war das«, sagte er.

»Was?«

»Ich glaube, mein Hass hat das angerichtet. Ich hab das alles so sehr gehasst, Sandy. Was ich geworden war. Diese Wichser in Malibu mit ihren Privatinseln und Tapetentüren. Die übelste Menschensorte der Welt. Ich war einer von ihnen, auch wenn ich tausendmal schlauer und größer war als sie.«

Ach so. Mit Kormentz hatte das nichts zu tun. Todbaume hatte keine Ahnung, dass es einen Kormentz gab.

»Also sag schon, Sandy, wo suchst du?«

»Wenn ich über den Stillstand nachdenke?«

»Genau.«

»Weiß ich nicht. Vielleicht hat die Natur ein uns unbekanntes Gebot. Selbst, wenn wir ein Teil von ihr sind, sind wir eben nur ein Teil.« Er war überrascht, dass er diese Worte gefunden hatte. Sie waren aus den vermeintlichen Anschauungen seiner Mitmenschen zusammengestoppelte Notlösungen.

»Puh, animistisches Spintisieren? Netter Versuch, das muss dir der Neid lassen. Für mich ist es Bewusstsein. Das einzige Rätsel, das keiner je gelöst hat. Und insbesondere mein eigenes Bewusstsein. Ich hab kein Problem damit, im Untergeschoss rumzustöbern. Wenn ich ›größer als die Wichser in Malibu‹ sage, meine ich unvorstellbar größer, wie ein Tesserakt – innen größer als außen. Wenn ich da hineintauche, sehe ich *viele* Entsprechungen.«

»Entsprechungen zwischen …?«

»Na, über welche Geschichte hab ich mir denn ewig Gedanken gemacht? *Noch eine Welt.* Liegt doch auf der Hand.«

»Du meinst, wir leben in deinem Projekt?«

»Das stammt alles aus meinem Kopf. Bis auf einen Teil.«

Bei so viel Durchgeknalltheit erwähnte Journeyman lieber nicht, dass Todbaume wohl die zigtausend Seiten meinte, auf denen er, Journeyman, das in Form gebracht hatte, was aus Todbaumes Kopf gequollen war. »Und welcher Teil wäre das?«

»Madeleines. Weißt du doch.«

Wusste er. Und sagte nichts.

»Da sind wir jetzt. Ich meine, schau dich doch mal um, Sandmann.«

»Im Kopf meiner Schwester?«

»In einer Kombination der beiden. Darauf will ich raus. Ich und sie. Nicht der eine oder die andere.«

»Maddy und du, ihr habt diese Welt gemacht?«

»Erst haben wir in meiner gelebt, und jetzt leben wir in ihrer. Wir sind durch das Portal geschritten. Weißt du, was ich hier draußen suche, Sandmann?« Todbaume hatte Tränen in den Augen.

»Was?«

»Etwas Nachhaltiges.« Aus dem Mund des Piloten einer atomar betriebenen, Espresso kochenden Guillotine klang das Wort obszön. »Zusammen können wir das lösen, das hab ich im Urin. Wir können die Hälften wieder zusammenfügen.«

Todbaume glaubte, er hätte den Stillstand kommen sehen; das war wieder mal typisch. Mit seinem Riecher dafür, dass sich der kulturelle Appetit auf Tentpole-Filme mit gigantischen Robotern aus dem Weltall richtete, hatte er früher Milliarden gescheffelt. Jetzt machte er geltend, das einzige funktionierende Superauto zu haben – er war der einzige Todbaume. Warum sollte er sich nicht auch einreden, er hätte Besseres verdient als ein Leben von Stillstands Gnaden? Journeyman merkte, wie sich Todbaumes Albtraumlogik in ihm festsetzte wie die Hookline eines alten Songs. Todbaume wollte den Stillstand knacken und ihm seinen Stempel aufdrücken. *Ihm ins Zelt pissen*, um es in seiner Stillage zu sagen.

Todbaume umarmte Journeyman. Hier fand sich endlich das, wofür das Superauto gestaltet worden war, was es hatte wiegen, nähren und in den Osten bringen sollen – der Dotter in der Eierschale. Journeyman spürte Todbaumes dünne Schultern. Seinen blöden, sturen Bauch, der sich an seinen drückte. An der Uni war Todbaume ein dürrer Schlaks gewesen, ein wandelndes Fragezeichen. Dick und rüstig während seiner Vorherrschaft, in den Jahren, wo er Personal Trainer, Koch und Masseurin beschäftigt und sämtlichen je erfundenen Gelüsten und Gewohnheiten gefrönt hatte, in denen jede Nacht dem Selbstmord und jeder Morgen der Reanimation der Leiche gegolten hatte. Jetzt hatte er eine Auberginenstatur und sackte Journeyman auch wie eine überreife Aubergine in die Arme. Wenn auch kein Nutznießer der körperlichen Post-Stillstandsarbeit – was hatte er als Gefangener seines Superautos schon anderes gemacht als Knöpfchen gedrückt? –, hatte er doch wie der Rest der Welt abgenommen.

Sie verabschiedeten sich mit der Formel jetzigen Lebens: Journeyman würde mit leckerem Essen wiederkommen. Ein Versprechen, das er halten konnte. Todbaume öffnete die Blende, und er war frei, die Außenleiter des Superautos wieder hinunterzusteigen.

Als er durch den Park ging, scheuchte er ein paar wilde Truthähne auf, die im Schilf ruckten. Unwahrscheinliche Vögel, darwinsche Witze, Fertignahrung. Seit einiger Zeit explodierte ihr Bestand, weil die Klimaerwärmung das Schicksal ihrer Fressfeinde besiegelt hatte. Er ließ ihnen nicht den Vortritt wie sonst immer, und sie flüchteten in den sonnenweichen Wald.

Warum hatte er zugelassen, dass Eke Todbaume in seine Obhut gab? Warum hatten sie ihn nicht einfach umgebracht?

Der Blue Streak war zu stark; sonst hätten sie es wohl getan.

Er musste seine Schwester schützen, ihre Farm und die gegenwärtige Wirklichkeit.

Er, Journeyman, der Stadttrottel, der Päckchenbote, der Lieferant.

Der Tag, die Stadt, die Straße – alles war, wie er es zurückgelassen hatte: friedlich, beschaulich, anhaltend. Stillgestellt. Er durfte sich nur nicht umdrehen und anschauen, was hinter ihm lag: der Blue Streak, der die Allmende in Besitz genommen hatte. Als er über das kaputte Pflaster ging, wo eben noch der Pulk Truthähne entlanggetobt war, und den umwobenen Weg zur Spodosol Ridge Farm einschlug, um dort die verrückte Nachricht von der Ankunft des Blue Streak zu verbreiten, trauerte er um seine jetzige Welt mit dem stechenden Schmerz des Bewusstseins in der Brust, sie schon verloren zu haben.

## 19

# Die Starlet Apartments, Teil 2

Rief Journeyman die Polizei? (»Zwei Uni-Absolventen haben sich miteinander verkrümelt. Ich befürchte, die Anziehung beruht nicht auf Gegenseitigkeit.«) Nein. Rief er seine Eltern an? (»Dad, die Sache ist die, mein Freund ist ein …«) Ja, was war Todbaume denn?

Er musste nichts entscheiden. Er machte sich einfach selbst auf die Suche, erst zu Fuß und dann beschämenderweise per Taxi. Er klapperte die Bars ab, die große Runde, das Dresden, den Viper Room, Musso & Frank, Lokale, die Todbaume und er besucht hatten, und andere, die sie hatten besuchen wollen. Er fiel ins Chateau Marmont ein. Kurz gesagt, er malte sich aus, seine Schwester und sein Freund wären zusammen auf Sauftour. Als hätte Todbaume ihn einfach weggeschubst und an seiner Stelle Maddy angeschlossen – vielleicht versuchten sie ja *zusammen*, Frauen abzuschleppen. Das Bild hatte vielleicht nicht die größte Wahrscheinlichkeit, aber ein besseres konnte er sich nicht ausmalen.

Das letzte Taxi musste er an einem Bankomaten in der Nähe des

Starlet halten lassen, um zahlen zu können. Er hatte keine fünfhundert mehr auf dem Konto. Er ging wieder zu Bob's Big Boy, schon zum zweiten Mal an diesem Tag, der zur Nacht geworden war, seiner ersten Nacht in Los Angeles, die er nicht in Gesellschaft von Todbaume verbrachte. War seinem Freund und seiner Schwester etwas passiert? Die Frage war eher, ob Maddy etwas passiert war. Als er zurückkam, kontrollierte er den Stammparkplatz von Todbaumes Wagen. Der BMW war zurück.

Auf der Suche nach ihnen lief er in die Wohnung hoch. Sie war immer noch so leer, wie er sie verlassen hatte. Seine Hilflosigkeit, die darauf beruhte, Los Angeles stundenlang ohne Auto ausgeliefert gewesen zu sein, war selbstverursacht. An der Uni hatte er gelernt, dass man diesen Zustand als »erlernte Hilflosigkeit« bezeichnete. Todbaumes BMW schien sich aus freien Stücken zu bewegen. Jetzt schlossen sich auch die Wohnungstüren aus eigenem Antrieb ab und auf, und die Menschen verweigerten das Wiederauftauchen. Stumpfsinnig starrte er die leeren Zimmer an, als betrachtete er eine Zeichnung von M. C. Escher.

Als sich schließlich sein Schlafbedürfnis meldete, streckte er sich auf der Couch aus, auf der Maddy geschlafen hatte. Dahinter steckte nicht direkt Solidarität. Mehr der Gedanke, dass ein Rückzug in sein Zimmer nur weitere Faxen auf seine Kosten herausfordern würde. Er wollte den Eingang observieren. Vielleicht sollte er Kissen und Bettdecke auf die Straße runterschleifen und auf der Motorhaube des BMW schlafen, damit der nicht noch mal ohne sein Wissen gestartet werden konnte. Aber nein. Damit begann der Abstieg in den Wahnsinn. Er schlief ungestört und wachte erst spät am nächsten Morgen auf.

Sofort stand ihm des Rätsels Lösung klar vor Augen. Sie war kinderleicht: In den Starlet Apartments waren jede Menge Zimmer frei. Die Finte passte nur zu gut zu Todbaume. Sie passte zu seiner Selbstgefälligkeit, seiner erklärten Vorliebe für die Verwendung »verfügbarer Mittel« sowie dafür, Geld aus dem Fenster zu werfen. Journeyman hatte in den Klamotten geschlafen, musste sich nur die Turnschuhe zubinden und lief hinaus. Die Anlage war so gebaut, dass er vom Pool aus beide Etagen sehen konnte. Vielleicht ließ sich ja auch am helllichten Tage sagen, welche kürzlich noch leer stehende Wohnung Anzeichen neuer Bewohner zeigte.

Die tägliche Party hatte schon angefangen. Oder die vom Vorabend noch nicht aufgehört. Wenn man das Party nennen konnte. Zwei Frauen saßen mit vor dem Zwerchfell verknoteten T-Shirts und Bikini-Höschen auf den Stufen zum Kleinkinderbecken, bis zur Taille im Wasser, und rauchten American Spirits. Ein Glas mit schmelzenden Eiswürfeln diente ihnen als Aschenbecher. Die eine war Journeymans Filmriss-Knackarsch.

»Was ist denn aus deinem Anzug geworden?«

»Habt ihr Peter oder Maddy gesehen?«

»Das sind fleißige kleine Karnickel.«

»Wie meinst du das?«

»Keine Zeit für dich oder mich, Süßer. Die sind in der Schummerzone.« Dann merkte sie, dass er den Blick über die Galerien schweifen ließ und von links nach rechts die Vorhänge las. »Stimmt was nicht?«

»Ich muss mit ihnen reden.«

»Na, dann red mal mit ihnen.« Ihr Blick reichte aus. Er folgte ihm zur richtigen Tür.

Sie war abgeschlossen, die Vorhänge zugezogen. Aber Journeyman ließ sich nicht abwimmeln. Er rüttelte absichtlich laut an der Klinke und klopfte ans Fenster. Da hörte er, wie die vorgelegte

Kette entfernt wurde, und als die Tür einen Spalt aufging, streckte Todbaume den Kopf heraus.

»Prima Timing«, sagte Todbaume. »Uns sind gerade die Eiswürfel und sonst noch so einiges ausgegangen …« Er trug denselben indonesischen Morgenrock aus Seide, in dem er auch in ihrer Wohnung immer herumlief und diktierte, während Journeyman an der Tastatur der Typestar saß, hatte aber sein Portemonnaie in der Hand. Er nahm ein paar Zwanziger heraus und schob sie durch den Spalt. »Ich hol dir den Autoschlüssel, bin gleich wieder da …«

»Ich will mit Maddy reden.«

»Nicht jetzt, Sandmann.«

»Ich mein's ernst, Peter.«

»Mann, ey, muss ich dir das erst ausbuchstabieren? Du brichst mir das Herz. Wir stehen hier so, weil Maddy mich gebeten hat, dafür zu sorgen, dass du weggehst.«

»Das soll sie mir selber sagen.« In einem Drehbuch hätte Journeyman den Satz gestrichen. Sollte er Todbaume durch den Türspalt am Kragen packen? Er ließ es bleiben.

Todbaume senkte die Stimme. »Hier herrscht nichts als beiderseitiges Einverständnis, Galahad. Hör auf, deine Schwester zu bemuttern.«

»Sitzt ihr … am Treatment? *Noch eine Welt?*«, hörte Journeyman sich sagen. War er wirklich so bekloppt?

»Das hat Maddy mit keinem Wort erwähnt. Nicht seit ihrer Ehrfurcht gebietenden Intervention. Ich glaube, sie hat da auch null Interesse dran.«

»Was macht ihr denn dann?«

»Ja, was glaubst du denn? Dampf ablassen. Eine Nummer schieben. Wenn ich nicht völlig danebenliege, hast du das auch dringend nötig, aber nicht gekriegt. Stimmt's, oder hab ich recht? Bist du am Pool übergangen worden?«

»Ich will mit ihr reden.«

»Bei den Dreharbeiten dieses großartigen Spielfilms wurden keine Tränen vergossen, und es kamen keine Fohlen zu Schaden.«

Sie feilschten, aber Journeyman handelte sich mit seinen Bitten nur Todbaumes Spott ein. Der war jetzt aus der Wohnung getreten und stand neben ihm auf der Galerie. Als sie gerade die Aufmerksamkeit der Frauen am Pool auf sich zogen, wurde beiden die Luft abgelassen – hinter Todbaume fiel die Tür ins Schloss.

# 20

# Sein letzter Flug

Wenn Journeyman Maddy besuchte, nahm er immer den Nachtflug vom LAX nach Boston und flog dann morgens die letzte Etappe nach Bangor. So hatte er sich das auch beim letzten Mal gedacht, im Juni vor dem Stillstand. War die Fluggesellschaft JetBlue gewesen? Hätte die Erinnerung etwas genützt? Bemerkenswert an diesem letzten Flug war eine große Seltenheit: Er war nicht überbucht. Vielleicht war das kurz vor dem Stillstand, wo schon so vieles anders geworden und auf unerklärliche Weise durcheinandergeraten war, auch keine große Seltenheit mehr. In den ersten Wochen auf der Spodosol hatten sie das oft diskutiert: Hatte es Warnsignale gegeben? Ja. Ein Jahrzehnt oder ein Jahrhundert lang hatte es von Warnsignalen nur so gewimmelt. Aber hatte es auch unmittelbar am Horizont Hinweise gegeben? Ein Prodrom des Stillstands? Wahrscheinlich auch das.

Trotzdem war es eine neue Erfahrung, in ein Flugzeug zu steigen und verstreut freie Plätze vorzufinden.

Der Nachtflug war nur halb voll. Vielleicht nicht einmal das –

viele Passagiere hatten eine ganze Reihe für sich. Er auch. Wie in alten Zeiten. Alle waren aufgedreht und sogar die Flugbegleiterinnen unbeschwert. Die Passagiere wechselten die Plätze und schliefen ohne Sitzgurte. Ein kleines Kind rannte immerzu den Mittelgang auf und ab. Er schenkte sich selbst hinten im Flieger Kaffee nach und erntete bloß ein wissendes Lächeln.

Nur wurden sie beim Landeanflug darüber informiert, dass sie in Boston nicht am üblichen Flugsteig andocken würden, und Passagiere mit Anschlussflügen täten gut daran, sich nach Alternativen umzusehen. Ihr Flugzeug wurde in eine spezielle Quarantänezone gelotst, und die Menschen an Bord wurden zunehmend unruhig, weil es dort lange herumstand, bevor es auch nur freigegeben wurde. Dann waren die Passagiere schockiert, und alle Verspieltheit verflog, als sie von Menschen in Chemikalienschutzanzügen in Empfang genommen wurden.

Journeyman sollte nie erfahren, wonach sie eigentlich suchten, ob sie es fanden und ob Panik hinter ihm ausbrach, als er den Flughafen verließ.

Einen Anschlussflug nach Bangor gab es nicht mehr. Journeyman ließ sich per Lyft zum Busbahnhof fahren, stieg in einen Bus der Concord Lines und bekam sieben Stunden geballte Langeweile geboten, denn der Bus hielt in jedem Kaff an der Route 1. Er rief Maddy an, und sie holte ihn in Belfast ab. Astur begleitete sie. Sie hatten ihr Coming-out als Paar gehabt. Hatte sich Astur über die Homophobie ihrer Gemeinschaft hinwegsetzen müssen? Oder hatte es die gar nicht gegeben? In Belfast, Maine, gab es die garantiert nicht. Zu einem späten Mittagessen setzten sie sich in ein süßes kleines Restaurant namens Chase's Daily.

Flugzeug, Smartphone, Auto, Restaurant. Alles vorbei.

Der vollständige Stillstand trat sechs Wochen später ein.

# 21

# Astur

Das seltsame Gefühl, sich quer durch die Zeit zu bewegen, hatte Journeyman an seinen letzten Flug erinnert. Todbaumes Superauto hatte es ausgelöst. Genau wie Journeymans Flugzeug hatte sich der Blue Streak von Westen nach Osten bewegt. Und auch die Armaturen in Todbaumes Cockpit schienen verschiedene Jahrhunderte und Bereiche vor und nach der Naturwissenschaft zu überblenden.

Auf dem Weg zur Spodosol, bepackt mit dem Telluride-Rucksack und der Last seiner unmöglichen Nachricht, begegnete er als Erstes Astur. Er erschrak, als die Partnerin seiner Schwester auf ihn zukam. Eine Wand aus reifendem, seidig feuchtem Getreide hatte sie verdeckt, und als sie hervortrat, wogten die fingerartigen Ähren hinter ihr ganz leicht in der Sommerluft. Astur war nicht ganz so groß wie Maddy, aber auch sie war groß. So groß wie er.

»Grüß dich, Sandy.«

»Astur! Ich will gerade zu euch!«

»Wir haben dich erst heute Abend zum Essen erwartet. Ich hoffe, du kommst!«

»Ja klar.« Dienstagsabends aß er regelmäßig auf der Spodosol an der dortigen offenen Tafel. Jetzt fiel ihm auch wieder ein, dass heute Dienstag war. Für alle, die das Superauto noch nicht zu Gesicht bekommen hatten, ein ganz normaler Dienstag. »Ich wollte gerade … Ich geh zu mir und komm heute Abend mit dem Fahrrad …« Abends fuhr er meist mit dem Fahrrad zwischen den Städten hin und her.

»Du kannst auch eins von unseren Rädern nehmen«, sagte Astur. »Wenn du Lust hast, auch den Nachmittag bei uns zu bleiben.«

»Danke, aber ich lauf ganz gern … und mir ist da noch was dazwischengekommen.« Im Cockpit des Blue Streak war er so mühelos hierhergebracht worden. Zeit und Raum, Entfernungen auf einer Straße, waren nicht mehr dasselbe wie vor Todbaumes Ankunft. Außerdem hatte er sich sofort in einen unbeholfenen Lügner und Todbaumes Komplizen verwandelt. »Weißt du zufällig, wo ich Maddy finden kann?«, fragte er.

»Ja, in der Grange Hall.« Astur klang, als erinnerte sie ihn an etwas, das er wissen müsste. Er konnte oft nicht sagen, ob sie ihn gerade auf den Arm nahm. Das untergrub sein Vertrauen darauf, sie je richtig zu verstehen. Er wusste, dass er selbst leicht zu verstehen war.

»Ach ja?«

»Heute Nachmittag ist doch das Treffen vom Dorfverein. Sie diskutieren Theodore Nowlins Vorhaben.« Sie verdrehte kurz die Augen, rechnete mit seinem Einverständnis.

»Ach, richtig.« Nowlin, ein großer, bärtiger Klotz von Mann, ein Witwer in den Siebzigern, war auf die Halbinsel zurückgekehrt, um seinen Ruhestand auf dem Hof seiner Familie in East Tinderwick zu verbringen, wo er neben dem Gemüse- auch ein großes Blumenbeet angelegt hatte. Vorher hatte er jahrzehntelang als Lichtbogenschweißer bei Bath Iron Works gearbeitet und Marinezerstörer gebaut. Nowlin betonte gern die meersalzhaltige Authentizität, dass seine Familie seit fünf Generationen in Maine ansässig war, was Journeyman etwas nervte.

Nowlins Vorhaben bestand in einer Meeresexpedition. Er war der erklärten Ansicht, der Kordon bestehe aus Landratten, die nichts von Seefahrt verstünden. Sie taugten nicht zur Küstenwache. Daher machte er sich dafür stark, ein hochseetüchtiges Schiff um den Einflussbereich des Kordons herum nach Bath und Brunswick segeln zu lassen und Kontakt zu den guten Menschen aufzunehmen, die seiner Meinung nach dort den Laden schmissen. Er versuchte schon seit Monaten, East Tinderwicks technische Kapazitäten vom Leuchtturmprojekt auf Quarry Island abzuziehen und in seinen großen Bootsplan zu investieren. Niemand hatte es bisher übers Herz gebracht, ihm den ganzen Schwarm an Unbekannten vorzuhalten, auf denen sein Traum beruhte.

»Stimmt was nicht, Sandy?«

»Nein, ich glaube, ich warte dann einfach auf der Farm.« Er hatte nichts Konkretes vor. Zur Grange Hall zu eilen und Maddy in Gesellschaft all dieser verantwortungsbewussten East Tinderwickers zu finden, war aber auch nicht verlockend. Entweder enthüllte er ihnen kollektiv seine irrsinnige Neuigkeit, oder er musste sie aktiv hintergehen. Er wollte die Nachricht Maddy zuflüstern. Als wäre sie nur ein Gerücht.

»Mit der Arbeit bist du schon fertig?«

»Ja«, sagte er. »Ich war nur am See der Müdigkeit.« Lüge durch

Auslassung. Aber Astur hatte sich nach der Arbeit erkundigt. Nicht danach, ob er per Anhalter unterwegs gewesen war.

Astur runzelte die Stirn. »Aha.« Seine Besuche bei Kormentz würgten todsicher jedes Gespräch ab. »Dann komm doch mit mir aufs Wasser raus. Der Wind ist heute ideal.«

»Ach, das hast du vor?«

»Ich würd mich freuen, wenn du mitkommst.«

»Du meinst, in einem *Boot?*« Astur war neunzehn gewesen, als ihre Familie und sie Somalia auf einem Boot verlassen hatten. Trotz der grauenhaften Überfahrt – oder deswegen? – mochte sie Segelboote und das Meer und fuhr oft allein hinaus. Als die Trümmer des französischen Boots entsorgt und die Leichen bestattet werden mussten, hatte sie Journeyman und andere Nichtseeleute nach Quarry Island übergesetzt. Sie konnte einen Hummerfänger wie eine Weltmeisterin vom Ufer zu einem vertäuten Segelboot rudern, besser, als er sich das je zugetraut hätte.

»Warum nicht, Sandy?« Astur lächelte unglaublich warm. »Alle anderen sind bei der Versammlung, und mit meiner Arbeit bin ich fertig. Oder wirst du irgendwo gebraucht?«

»Ähm …«

»Du wirkst bedrückt.«

»Ja?« Er fühlte sich nicht bedrückt, eher schwerelos, schwebend und unsichtbar. Oder wäre gern unsichtbar gewesen. Er merkte, dass es schwierig würde, auf der Farm einfach nur Däumchen zu drehen, bis Maddy zurückkam: Wenn sich Astur nicht umstimmen ließ, würde sie den Blue Streak vom Wasser aus sehen. Panik stieg in ihm auf: Er konnte das nicht verhindern. Wer wusste denn, was Todbaume gerade machte und mit wem.

»Warum bist *du* eigentlich nicht bei der Versammlung?«, fragte er sie. »Der Leuchtturm ist doch auch dein Projekt.«

»Eben. Meine Anwesenheit ist nicht erforderlich, weil meine Position gut vertreten ist. Für Theodore Nowlin bin ich sowieso kein Mensch, dessen Meinung je von Maddys abweicht.« Er wusste, dass sie eigentlich sagen wollte, dass sie für Nowlin sowieso kein Mensch war, Punkt. Er hütete sich, das auszusprechen.

»Du hast eine Stimme«, sagte Journeyman. »Komm, wir gehen hin und überstimmen ihn.«

»Unsere Stimmen sind nicht nötig, Sandy. Beschlüsse werden per Konsensentscheid gefasst, was du wüsstest, wenn du jemals an einer Versammlung teilnehmen würdest.«

»Ich wohne nun mal in Tinderwick.« Er hatte das Gefühl, sich verteidigen zu müssen.

»Was interessiert es dich dann? Komm lieber mit mir mit.«

»Aufs Boot?«

»Ja, Sandy, aufs Boot! Warum findest du das bloß so lächerlich? So ein Tag, so wunderschön wie heute! Egal, warum du dir Sorgen machst, es kann warten.«

Er kam in Versuchung. In Versuchung, sich ablenken, zerstreuen, auf andere Gedanken bringen zu lassen. Warum sollte er nicht mit der Freundin seiner Schwester einen Bootsausflug machen und draußen auf See Abstand zu der ganzen Sache bekommen? Dann könnte er die Küste und hinter dem dichten Wald die Spuren ihres Städtchens sehen: die Bootsanlegestelle, den ehemaligen Spielplatz, Todbaumes albernes Fahrzeug – alles anschauen, alles … Ja, was? Anschauen. Vielleicht würde das reichen.

Nur eins war *nicht* möglich – die Küstenlinie seines Ichs hinter sich zu lassen. Er mochte beispielsweise keine Boote. Es machte ihm einfach keinen Spaß, auf einem Boot zu sein. Wusste Astur das und neckte ihn deshalb, oder meinte sie ihre Einladung ernst, und seine Ablehnung würde sie enttäuschen? Ein idiotischer

Gedanke – natürlich meinte sie es ernst. Todbaume war erst vor einer Stunde wieder in seinem Leben aufgetaucht, und schon projizierte er den zwischenmenschlichen Machiavellismus des Mannes auf jeden x-beliebigen Menschen.

»Bis zur Anlegestelle komm ich mit«, sagte er. »Ich möchte dir etwas zeigen.«

»Dann freue ich mich über den gemeinsamen Spaziergang. Und bis zur Anlegestelle überlegst du es dir ja vielleicht anders.«

»Kann sein.«

»Ich habe zwei Schwimmwesten.«

Klar, dachte er, aber hast du auch eine eingebaute Espressomaschine?

# 22

## Die Starlet Apartments, Teil 3

Es war die reine Komödie, aber leider nicht komisch. Todbaume stand im Morgenrock da und war ausgesperrt. Er wandte sich nacheinander an die geschlossene Tür, an Journeyman, an die Zuschauerinnen, an den nirgends zu findenden Hausmeister. Die Frauen am Pool mischten sich ein und zeigten sich erstaunlich begabt, in einer Krise betrunken zu wirken, ohne zu trinken. Vielleicht zapften sie unsichtbare Reserven an. Es dauerte nicht lange, und ihre Quasi-Boyfriends tauchten auf. Sie nahmen Todbaume mit, um mit ihm zu reden und ihn zu beschwichtigen. Die Frauen wollten durch die Tür mit Maddy sprechen, ihr versichern, dass Todbaume weg war und dass sie ruhig aufmachen könne. Todbaume kam zurück und verlangte den Autoschlüssel. Der Beschwichtigungsprozess fing wieder von vorn an. Den Autoschlüssel bekam Journeyman. Maddy sollte nach unten geschmuggelt werden – sie weigerte sich, auf dem Anwesen mit ihrem Bruder zu sprechen, er durfte sie aber zum LAX fahren. Er sollte im Wagen warten. Er ging davon aus, dass auch er manipuliert wurde, obwohl er nicht fand, dass er oder überhaupt jemand sich danebenbenommen hatte – er hatte das Gefühl, als hilfloser Beobachter nur blöd herumgestanden zu haben. Gingen die strengen Auflagen wirklich von Maddy aus oder von diesen durchgeknallten Mittelsleuten? Kurz darauf kam Maddy fertig angezogen zum Wagen und hatte den vollgestopften Wanderrucksack dabei, den sie auf dem Rücksitz verstaute. Sie trug einen Rollkragenpulli, der für den Tag viel zu heiß war. Hatte sie davon so rot angelaufene Wangen? Es erinnerte ihn daran, wie sie sich als Teenager angezogen hatte, um die abschuppende Haut am Hals zu verstecken.

»Fahr.«

Er protestierte. Doch Maddy machte unmissverständlich klar, dass er fahren musste, wenn er auch nur ein weiteres Wort von ihr hören wollte. Er fuhr los.

»Wohin?«

»Zum Flughafen.«

»Wow«, sagte er. »Hast du schon ein Ticket?«

»Die verkaufen sie da.«

»Ich bin also nur dein Taxifahrer? Nachdem du zwei Tage lang verschwunden warst?«

»Verschwunden? Ich war verschwunden?«

»Keine Ahnung, Maddy. Vielleicht ist das das falsche Wort. Verrätst du mir, was da drin eigentlich passiert ist?«

Er merkte, dass sie seinen Blick nachdrücklich ignorierte, als er Todbaumes Wagen auf den 101 lenkte. »Nein, ich verrate dir nicht, was da drin passiert ist.« Die Worte standen wie eine Ziegelmauer zwischen ihnen.

»Meinetwegen, dann eben nicht. Das heißt, du lässt dir von Peter einfach den ganzen Aufenthalt ruinieren? Ich wollte dir

L. A. zeigen.« Es war heiß im Auto. Er drehte die Klimaanlage hoch. Ausnahmsweise herrschte kein dichter Verkehr.

»L. A. hast du mir nicht gerade gezeigt. Du hast mir – wie heißt das hier? Burbank? Toluca Lake? Die Starlet Apartments gezeigt. Aber vielleicht ist das für dich auch dasselbe.«

»Du klingst …«, setzte er wider besseres Wissen an und fuhr auch so fort. »Du klingst wie Peter.« Am liebsten hätte er den Wagen zu Schrott gefahren, den ganzen Dreck verschrottet, der hier gerade ablief. Er wollte mit seiner Schwester zurückgehen, so, wie er auf der Suche nach ihr von einer Bar zur anderen gegangen war.

»Das liegt in der Natur der Sache; sonst hab ich ja auch tagelang keinen gehört.«

Die Hitze im Auto strahlte von Maddys Gesicht ab, den aufgestauten ungeweinten Tränen, während ihre Blicke die Hügel schleiften.

»Du hättest ja nicht tagelang zuhören müssen«, sagte er. »Ich hab dich da nicht drum gebeten.«

»Nein, Sandy, hast du nicht.«

Er konnte ihren Sarkasmus nicht einordnen. »Warum bist du nicht einfach gegangen? Er hat dich ja wohl kaum festgebunden.« Er hatte Angst, sich Todbaumes Vorlieben denken zu können.

»Jedenfalls nicht so, wie du dir das vorstellst.«

Er streckte die Hand aus und zog ihr den Kragen des Pullis runter. Er konnte Todbaumes Bissspuren erkennen, rote Druckstellen, die schon lila wurden. Sonst war ihre Haut glatt, keine Anzeichen von Schuppenflechte. Sie schlug seine Hand weg.

»Sag jetzt ja nichts, Sandy …«

»Was?« Er hätte wütend werden sollen, war aber nur ratlos.

»Darum geht's nicht. Das spielt keine Rolle.«

»Magst du das?«

»Das mag ich.« Jetzt war sie wütend. Er verstand, dass er immer nur an der Schwelle zu Leuten mit Vorlieben stehen würde, wie Todbaume und seine Schwester sie hatten, und sich blöd vorkommen würde, weil er sie nicht verstand. Weil er nicht einmal an dieser Schwelle etwas zu suchen hatte.

»Was hast du denn dann?«, fragte er mürrisch. Er hatte noch keine Lust, zerknirscht zu sein.

»Manchmal bekommt man etwas, das man mag, aber auf die falsche Weise.«

»Hat er dich also doch gefangen gehalten? Dich davon abgehalten zu gehen?«

»Er hat mich abgehalten, aber anders, als du glaubst.«

»Nämlich?«

»Mit Worten.«

»Was für Worten?«

»Halt an.«

»Was?«

»Ich ruf mir ein richtiges Taxi. Oder ich trampe, das müsste auch gehen. Ich möchte nicht mehr in diesem Auto sitzen, Sandy.«

»Ich fahr dich, wohin du willst. Meinetwegen auch zum Flughafen. Weißt du wenigstens, welche Fluggesellschaft?«

»Irgendeine mit Inlandsflügen.«

»Eine mit Inlandsflügen, gut.«

Schweigend fuhren sie weiter, und bald darauf standen sie in der Kurzparkzone schweigend in der grellen Sonne. Er konnte sich nicht vorstellen, dass sich ein anderer Flughafen so anfühlte wie LAX, mit einem sechsspurigen Kiss-and-Ride-Areal als erstem Stock vom Turm zu Babel. Plötzlich sprang Maddy aus Todbaumes BMW, öffnete die Fondtür und riss ihren Riesenrucksack auf den Gehweg, bevor er helfen konnte. Trotzdem stieg auch er schnell aus und entschuldigte sich. Was hielt sie davon, dass er ihnen eine andere Unterkunft suchte? Würde sie dann wenigstens noch ein paar Tage bleiben? Sie konnten nach Disneyland fahren, schlug er vor. Ihre Cousins in San Diego besuchen. Ein Kabrio mieten und den Pacific Coast Highway langfahren. Sie schüttelte den Kopf.

»Schon gut, Sandy. Ich … ich möchte einfach nur weg.«

»Hat das was mit dem Projekt zu tun?«

»Welchem Projekt?«

Genauso wie bei Todbaume an der Tür konnte er das Weiterfragen nicht lassen. »Mit dem Film, *Noch eine Welt.* Peter findet, dass es zur Hälfte dein Film ist.«

»Mir doch egal.«

»Habt ihr darüber geredet?« Bitterkeit stieg in Journeyman auf, ein erstes Aufflackern seiner lebenslangen Krankheit. Es entging Maddy nicht.

»Kann sein. Weiß ich nicht. Kann er haben. Mir egal. Darum geht's nicht.«

»Wenn es nicht darum geht und auch nicht um …«

»Sandy, pass auf. Hör mal gut zu.«

»Sag's mir. Alles. Ich hör zu.«

Sie wurden von einem gleichgültigen Flughafen-Gepäckträger gemustert. Das Wort »Skycap« fiel ihm ein. So wurden die genannt. Vielleicht konnte er dem den Schlüssel zum BMW geben und Maddy begleiten. Dann sagte sie ihm aber das Letzte, was sie ihm je darüber sagen sollte, was in den Starlet Apartments zwischen Peter Todbaume und ihr vorgefallen war. Oder jedenfalls in den nächsten dreißig Jahren.

»Er hat mir nichts angetan, was er nicht auch dir antut.«

»Und was soll das sein? Was tut er mir an?«

»Sandy, siehst du das wirklich nicht?«

»Was denn?«

»Er übt.«

»Er übt? Was denn?« *Das Verschlingen der Welt,* hörte Journeyman sich denken.

Maddy überließ es seiner Fantasie. Bevor sie hineinging, ließ sie sich von ihm umarmen, ohne aber den Rucksack noch einmal abzustellen. Eine herzzerreißend steife Umarmung, eine solche Sprödheit in Maddys eingeklemmten Armen. Seine Hände fanden sich nicht hinter ihrem vollen Rucksack, tasteten nur die klobigen Konturen ihrer Wanderstiefel ab. Er wechselte einen kurzen Blick mit dem Skycap, der ihn aber ausdruckslos ansah und nicht mal ein Grinsen für ihn übrighatte; er hatte schon zu viele solche Szenen gesehen. Dann war Maddy verschwunden.

# 23

## Journeyman war ein Vermittler

Journeyman war ein Vermittler, ein Mittelsmann. Immer zwischen den Dingen zu verorten und dadurch ein besonderer Zeuge in beide Richtungen, zwischen entlegenen Polen, ein einfühlsamer Makler zwischen unversöhnlichen Extrempositionen – schmeichelte er sich jedenfalls selbst. Vielleicht war er aber auch nur ein Vermischer. Bekam alles durcheinander, bleich und kompromittiert, erfolglos und unplausibel in jeder Hinsicht. Für den Mann von der Straße mochte er beispielsweise ein beeindruckender Drehbuchautor sein: Er gehörte zu den wenigen Menschen, die vom Schreiben leben konnten. Wenn echte Drehbuchautoren aber erfuhren, dass er die Skripte anderer nur umschrieb und Produzentennotizen einarbeitete und dass keine seiner Arbeiten je grünes Licht bekommen hatte, war er keiner. Der sprichwörtliche nicht schreibende Schriftsteller. Oder ein anderes Beispiel: Er mochte Verheiratete, hatte aber nie geheiratet. Heute wischte er das Blut ermordeter Tiere auf, die er niemals mit eigenen Händen hätte ermorden können, und lieferte dann die daraus entstandenen Produkte aus, den Speck, die Wurst und das Rauchfleisch, die er niemals hätte herstellen können. Nichts verankerte ihn in irgendeiner Überzeugung oder Philosophie; sein Tun war irrelevant, sogar für ihn selbst. Es war schieres Glück gewesen, dass er den Stillstand überlebt hatte. Sogar sein Allerweltsname Sandy machte ihn ambivalent: Weder gehörte er richtig zum Festland, noch war er der Küste vorgelagert. Trotzdem war er jetzt hier. Vor der Küste. In Asturs Segelboot.

# 24

## Jedes Fahrzeug findet irgendwann Grund

Das vergaß Journeyman immer. Das Meer war weniger ein Boden als ein umgestülpter Himmel, über dessen alles verschlingende Gleichgültigkeit er nicht nachdenken wollte. Gab es einen Namen für seine Furcht? Voluminophobie? Er konzentrierte sich lieber auf das in die Dünung eingesponnene Geflecht aus glitzernden Sonnenlachen, die den Eindruck einer Oberfläche erzeugten. East Tinderwick verschwand hinter ihnen, und Asturs Boot rauschte auf Quarry Island zu. Als sie nach Westen schwenkten, brachte die Schneise im Wald jedoch das kultivierte Ufer des Gründerparks zum Vorschein. Die Kletterwand, den Pavillon, die Schaukel und den Basketballring. Und Todbaumes Auto. Den Blue Streak. Auch der flimmerte in der Sonne, als wäre er aus Wasser.

»Siehst du ihn?«, fragte er sie. Er hatte ihr Todbaume und den Blue Streak beschrieben, als sie zum Kai kamen, an dem sie ihr Ruderboot vertäut hatte.

»Klar sehe ich ihn, Sandy. Hast du gedacht, du hättest ihn erfunden?«

»Ich hab's gehofft.«

»Dann tut's mir leid. Hast du Angst vor deinem Freund und seiner Maschine?«

Konnte sie Gedanken lesen? »Natürlich«, sagte er. »Du vielleicht nicht?«

Astur legte den Kopf auf die Seite. Was wohl heißen sollte, sie sähe noch keinen Grund, Angst zu haben, sagte er sich. Schließlich hatte sie nicht ihr Geburtsland verlassen und den Atlantik überquert, war nicht Imkerin und die Liebste seiner Schwester geworden und hatte auch den Stillstand nicht mit einem Achselzucken abgetan, nur um sich jetzt von Todbaumes atomarer Kaffeekanne ins Bockshorn jagen zu lassen.

»Wir müssen zurück. Ich muss Maddy Bescheid sagen.«

»Ich mach in der Bucht der Insel eine Halse. Wir haben starken ablandigen Wind.«

»Was ist, wenn wir aufs Meer hinausgeblasen werden?« Das war ein Gedankenspiel. Sie konnten zur Spiegelung des französischen Boots werden, zum seltsamen Paar, das Richtung Alte Welt getrieben wurde. Eine Chance, das ihm drohende Urteil außer Kraft zu setzen.

»Jedes Fahrzeug findet irgendwann Grund«, sagte Astur.

»Zählt der Meeresboden mit?« Er machte sich an einem nach Salzbrühe stinkenden Seil zu schaffen, dessen Funktion er nicht kannte und das er nicht einmal ansatzweise hätte verknoten können. Auf dem Wasser zeigte sich immer mit drastischer Komik, dass er zwei linke Hände hatte.

Astur lachte. »Nein, Sandy, so war das nicht gemeint. So *meine* ich das nicht.«

»Wie denn dann?«

»Vielleicht möchte dein Freund uns etwas Wichtiges über die Orte erzählen, an denen er gewesen ist.«

Hatte sie mit »Fahrzeug« auch das Superauto gemeint? Auf jeden Fall hatte er jetzt das Gefühl, dass ihr Aphorismus auch Todbaumes Gefährt einschloss. Ihre Gemeinschaft war also der Grund, den das groteske Fahrzeug gefunden hatte. East Tinderwick. Den Gründerpark.

»Irgendwo sind wieder Kämpfe ausgebrochen«, erklärte er ihr. Er war erleichtert, dass er auch Informationen hatte, die nicht direkt auf seinen Aufenthalt in Todbaumes Cockpit zurückgingen. »Ein paar von den Kordonisten waren ganz schön ramponiert. Du kennst doch Eke, oder? Der war ausnahmsweise richtig neben der Kappe.«

»Uns war doch immer klar, dass wir von der Außenwelt nicht ewig unberührt bleiben würden. Da sind doch schon andere gekommen, Sandy, vergiss das nicht. Die Frau in der Bibliothek.«

»Klar. Aber die *mag* ich.«

»Deswegen müssen wir ja den Leuchtturm bauen.«

Er fand, das war kein logischer Anschluss an seine Bemerkung. Aber vielleicht ging es Astur auch nur ums Prinzip.

# 25

# Verlust

Ein paar Monate nach dem Stillstand bekam Maddy eine Stinkwut auf Journeyman. Sie hatte versucht, ihm das Pilzesuchen beizubringen, aber er stellte sich als komplette Fehlbesetzung heraus. Er war absolut unfähig und drückte sich vor der Arbeit. Er stolperte auf den überwucherten Waldwegen hinter ihr her, blieb stehen, um sich nach eingebildeten Zecken abzusuchen, und hatte Angst vor Schlangen in den Frühlingstümpeln. Er vergaß, was sie ihm gezeigt hatte, und konnte die Pilze nie richtig bestimmen. Seine Unfähigkeit war vielleicht der Auslöser ihres Wutanfalls, aber die eigentliche Ursache lag woanders.

Die eigentliche Ursache war der Verlust. Sie fand, dass er dem Grundton des Verlusts in der Gemeinschaft, in der Welt außerhalb seines Ichs, nicht genug Respekt entgegenbrachte. Er hatte sich wieder einmal über seine verlorene Beziehung ausgeheult, obwohl die längst auf den Hund gekommen war.

»Sandy, warum glaubst du eigentlich, du wärst der Einzige, der jemanden verloren hat?«

Das glaubte er ja gar nicht, und das versuchte er, ihr auch klarzumachen. Maddys Frage war aber nur der Auftakt zu einer ganzen Kaskade gewesen. »Alle hier haben jemanden verloren, alle bewegen sich hier tagtäglich durch einen Graben der Trauer. Nur du glaubst, weil du zufällig gerade Urlaub hattest, wärst du Mr Phantomschmerz, Sandy. Wir sind hier doch alle halbe Gespenster.«

»Ich hab doch gar nicht gesagt …«

»Du brauchst auch gar nichts zu sagen, tust es aber trotzdem. Als wärst du ein auserwählter Anzeiger der verlorenen Welt, ihr Alleininhaber. Wir *alle* haben Menschen verloren. Eltern, Geliebte, Bezugsgruppen in dieser Facebook-Scheiße, egal wo. Keiner ist da was Besonderes. Astur hat ihre ganze Gemeinschaft verloren. Und das schon vor dem Stillstand, sie hat mehr verloren, als du dir überhaupt vorstellen kannst.« Er wusste, dass Astur und ihre Familie, die zunächst zu einem Zufluchtsort im Jemen gesegelt waren, in den Niederlanden Asyl erhalten hatten. Ihre Brüder waren dortgeblieben, während Astur mit ihren Eltern nach Boston weitergezogen war. Zur Gemeinschaft in Lewiston war sie dann allein gekommen.

»Ich würde mich niemals mit Astur vergleichen«, sagte er leise.

»Nein, du vergleichst dich mit *mir.*«

»Wie meinst du das?«

»Du bist Mr Sondertrauerkloß.« An diesem Punkt brannten Maddy alle Sicherungen durch. Er merkte, dass sie sich schämte, aber auch sie konnte seine Gedanken lesen. »Ich hab den Kanal voll von deinem Selbstmitleid, deiner Larmoyanz, diesem Weh mir!, wie konnte ich mächtiger Script Doctor und toller Hecht nur so tief sinken, dass ich Enten abmurksen muss …«

»Hör mal …« Aber er hatte gar nichts zu sagen. Es war seltsam, dass seine Schwester und er plötzlich in Verlustkonkurrenz standen, wo sie ihre grundlegendste Verwundung doch teilten: Beide mussten sie sich mit der ewigen Ungewissheit abfinden, ob ihre Eltern den Stillstand überlebt hatten. Auch eine etwaige Verschlechterung ihrer Verbundenheit hatte absolut dieselben und wechselseitigen Ausmaße. Sie standen sich nicht mehr so nahe wie in ihrer Kindheit. Das hieß aber nicht, dass sie nicht mehr miteinander reden oder lachen konnten. Trotzdem.

Nur – wechselseitig? Er hatte Maddys Bewunderung verloren, ihre bedenkenlose Begeisterung über seine beruflichen Erfolge. Das war ein unerklärlich trauriges Gefühl. Und peinlich. Dass er in ihren Augen vom Sockel des großen Bruders gestürzt worden war, ging vielleicht bis zur Ernüchterung in den Starlet Apartments zurück. Hatte Maddy den schlimmeren Verlust erfahren? Oder er, weil er seinem Selbstbild die Erkenntnis integrieren musste, die Achtung seiner Schwester verwirkt zu haben?

Darüber dachte er lieber nicht nach.

# II.

# Oktober

# 26

# Oktober

Als Erstes verfärbten sich die alten Ahornbäume. Ab Ende August rosteten sie blattweise, wo die Meeresbrisen sie zerschrammten. Paulo, der Baumwart, hatte Journeyman mal erklärt, die ersten Bäume, die sich verfärbten, bildeten eine Schadenskarte. Die ersten, die gelb wurden, waren krank oder vom Blitz getroffen worden. Seitdem sah er den Wechsel der Jahreszeiten als Theater des Erliegens. Die beißenden Winde forderten jeden Baum zur Solidarität mit den Schwächsten auf. Nur die immergrünen waren Totalverweigerer. Dinosaurierbäume – in ihren verklebten Herzen toter als die Bäume, die sich verfärbten.

Es war eine Jahreszeit des brennenden Laubs und des brennenden Lichts. Haufenweise wurden Dinge verbrannt. Oben auf den Haufen lag, was nicht verbrannte, sondern nur qualmte und schwitzte: Hufe, Eingeweide, Halloween-Kürbisse. Nur eine Farm baute noch Kürbisse an, was für die Ritualfetischisten ausreichte. Nach ein paar Pasteten schmeckten sie nicht mehr besonders. Die Landwirtschaftsmesse von Tinderwick hatte früher Wettkämpfe veranstaltet, Pasteten-Esswettkämpfe, aber auch für das Anbauen der Dinger. Blaue Schleifen für aufgequollene orangene Oschis, die man auf Wägelchen transportieren musste und deren Fruchtfleisch nichts taugte.

Nicht nur Smartphones und Fernsehübertragungen von den roten Oscar-Teppichen konnte man nachtrauern. Auch das Messegelände war staubiges Brachland geworden. Was hatte man da zu suchen? Jemand hatte mal vorgeschlagen, alle liegen gebliebenen Autos an Pferden festzumachen und dort auf Tinderwicks einzigen Parkplatz zu bringen. Das war aber zu viel Arbeit. Die Autos rosteten in den Gräben und auf den Feldern vor sich hin und wurden langsam von Unkraut überwuchert. Die Kinder spielten auf ihnen.

Manchmal hatte er das Gefühl, die Welt wäre auf Solitäre geschrumpft. Eine Farm, die noch Kürbisse anbaute. Ein Baumwart, Paulo, der auch der einzige Klavierstimmer in den drei Städten war. Ein Lehrer, der alle Klassen unterrichtete, wie es vor langer Zeit schon einmal gang und gäbe gewesen war. Journeyman schätzte, dass es keine vierzig Kinder mehr gab, allerhöchstens fünfzig. Nicht alle gingen zur Schule. Homeschooling war auf der Halbinsel schon vor dem Stillstand beliebt gewesen und danach einfach lückenlos fortgesetzt worden.

Nils reparierte Fahrräder und ließ sich damit Zeit. Journeyman versuchte, sich nicht verdrießen zu lassen.

Needra stellte schubweise Deos, Tampons und Zahnpasta her, auch Zahnbürsten und Zahnseide. Sehr beliebte Frau, die Needra.

Jane und Lucius züchteten Marihuana. Erstklassiger Stoff, also machte sich sonst kaum jemand an eigene Pflanzen. Die meisten bauten Kartoffeln, Tomaten und Kohl an.

Ein Schlachter, ein Schlachtergehilfe und Aufwischer. Victoria kochte Wurst.

Andy war der einzige Psychiater. Er machte weiter wie früher, nur erhielt er dafür jetzt eher Almosen oder Tributzahlungen: Mahlzeiten von den Farmern; aufpolierte Schuhe von Osgood, dem Schuster, der offenbar sehr viel Therapie brauchte. Andy war bekannt dafür, dass er überschüssige Schuhe verschenkte.

Natürlich gab es Ausnahmen von der Regel. Diverse Berufe hatten mehr als einen Vertreter. Andere gar keinen. Politiker beispielsweise. Renate, Tinderwicks frühere Bürgermeisterin, war zurückgetreten und arbeitete wieder als Tierärztin. Niemand hatte sie ersetzt. Einen Polizisten gab es nicht. Das hätte besorgniserregend sein können, war es aber nicht. Der Stadtpolizist hatte sowieso nicht in Tinderwick, sondern in Snowport gewohnt. Nach dem Stillstand war er zum Kordon gegangen. Soweit Journeyman wusste, gab es auch keinen Kriminellen. Jedenfalls nicht im Sinne eines Taschendiebs oder Straßenräubers.

Sie hatten keinen Geschichtenerzähler. Er hatte die Stelle nicht ablehnen müssen. Sie war ihm gar nicht erst angeboten worden.

Sie hatten ein Monster, das sie an den See der Müdigkeit verbannt hatten. Für ein zweites war kein Platz.

# 27

## Die erste Geschichte

Peter Todbaume hatte seine Schutzkapsel verlassen. Warum auch nicht? Es war ein schöner Tag. Er hatte sein kleines Lehen im Gründerpark auf den Pavillon und den Picknicktisch ausgedehnt. Er saß mit dem Rücken zum Wasser, damit er, wie Journeyman annahm, den Blue Streak im Auge behalten und sehen konnte, wer, wie er jetzt, von der Straße in den Park kam.

Kerzengerade und streng wie immer saß Theodore Nowlin im Schatten des Pavillons bei Todbaume; seine Haltung strahlte puritanische Tugend und Rechtschaffenheit aus. Nur seine Augen waren hingerissen und verzückt. Journeyman kannte diesen berauschten Blick von anderen Gesichtern. Er stellte sich ein, sobald Todbaumes Lippen in Bewegung kamen.

Bei ihnen saß ein Mann, den Journeyman nicht kannte. Nein, ein Teenager. Ihm fiel ein, dass es bei den Weltflüchtlingen, die ab vom Schuss im Binnenland von East Tinderwick hausten und sich nur selten in der Stadt blicken ließen, ein jugendliches Zwillingspärchen gab. Einer von denen musste das sein.

Dann sah er, dass Todbaume seinen Zuhörern Espresso angeboten hatte. Ein Kaffeekränzchen im Pavillonschatten am Ende der Welt. Das musste der erste Kaffee sein, den der Teenager je probiert hatte.

»… der ganze Staat steht unter Schutzherrschaft«, sagte Todbaume gerade. »Klar, kann man sich ja denken, dass die örtlichen Preppergruppen da ein Monopol drauf haben und allen anderen gegenüber im Vorteil sind, aber ich sag euch, gegen diese Mormonen kommt keiner an; das sind reine Kompetenzfanatiker, die müssen die Blaupausen für den Weltuntergang in der Schublade gehabt haben, seit sie ihrem Engel Moroni die goldenen Tafeln zurückgegeben haben. Howard Hughes wusste schon, was er tat, als er sich in die Hände der Mormonen begab. Hast du schon mal von Howard Hughes gehört?«

Der Teenager sah ihn verständnislos an.

»Der reichste Mann der Welt, Erfinder des trägerlosen BHs, Schutzheiliger der amerikanischen Verschwörungstheoretiker. Er hat die Mormonen als seine private CIA angesehen, nur könnten die Agenten den Spieß irgendwann umgedreht und ihn zum Aushängeschild gemacht haben, wer weiß das schon. Zuzutrauen wär's ihnen. Als ich da durchgewalzt bin, gab es in ganz Utah nur ein Fleckchen, das sie ihrem Herrschaftsbereich noch nicht einverleibt hatten. Ein Fleckchen, das in puncto Ressourcen was hergab, wohlgemerkt – der Staat besteht ja großenteils aus Wüste und Salzebenen, nichts, was man beackern oder bewohnbar machen könnte, nicht mal Vieh kann da weiden. Erst ab einer bestimmten Höhe gibt's dann Obstplantagen – schon mal einen Apfel aus Utah gegessen?«

»Gute Äpfel«, sagte Theodore Nowlin gewichtig.

»Superäpfel«, sagte Todbaume. »Ich bin da mit einem Korb

voller Fujis raus, die haben mich durchs halbe Nebraska ernährt. Ich hätte die Kerne aufbewahren sollen, aber hinterher ist man ja immer schlauer. Ihr hier hättet gewusst, was sich damit anfangen lässt. Hey, Sandmann, brauchst du 'n Kaffee?«

»Nein danke«, sagte Journeyman. Er hatte mit dem Fahrrad nah genug gehalten, um ein Seihtuchpäckchen neben ihnen auf den Tisch zu legen. Ein Dinkelbrot. Abgestiegen war er nicht.

»Unterwegs zu Madeleine?«

»Ja, genau.«

»Grüß sie von mir. Oder nee, lass mal lieber.« Das war zum Running Gag zwischen ihnen geworden, oder eher zum Running Gag zwischen Todbaume und Todbaume. »Ich möchte sie überraschen.«

Todbaume war inzwischen seit zehn Tagen hier, hatte Journeymans Schwester aber noch immer nicht gesehen.

»Okay.«

Er nahm seine Geschichte wieder auf. »Es gibt da ein Privatunternehmen, das sich im Oquirrh-Gebirge einen ganzen Campus gebaut hat. Da oben gibt es Süßwasserbäche. Die sind völlig autark und haben praktisch ihre eigene Minisekte, eine Firmensekte, als hätten sie die Mormonen mit ihren eigenen Waffen geschlagen. Die treibt das natürlich die Wände hoch, dass es da unmittelbar neben ihrem Einflussbereich so eine Geheim-Holding gibt. Die heißt Weiße Walnuss. Als ich mit den Mormonen ins Geschäft gekommen bin, haben sie mich richtig bekniet, ich soll mit dem Blue Streak mal da rauffahren. Die sind von einer Überzeugungskraft, das glaubt man nicht, und ein bisschen neugierig war ich selber ja auch, so à la, was ist, wenn die haben, was ich habe – Nuklearturbinen? Was ist, wenn die was haben, was ich *nicht* habe? Ich also den Berg hoch. Nur war diese Weiße Walnuss umwölkt. Keine Ahnung, wie die das anstellen. Absolutes Rätsel.«

»Wie meinst du das – *umwölkt?*«, fragte Theodore Nowlin aufgeregt.

»Genau wie ich's sage. Die sind quasi unsichtbar. In ihrer Höhe herrscht undurchdringlicher Nebel. Die ganze Anlage liegt in dichten Wolken. Keine Ahnung, ob die da durchsehen können oder blind herumlaufen, ich jedenfalls konnte absolut nichts …«

Journeyman fuhr weiter. Die Geschichte verstörte ihn in mehrfacher Hinsicht. Aber bevor er genauer darüber nachdenken konnte, fiel ihm etwas auf, das ihm vorher entgangen war: Außen am Blue Streak kletterten zwei Kinder herum, ein Junge und ein Mädchen. Der Junge saß auf der Leiter zur Luke. Journeyman bekam Angst um die beiden, weil er sich an Todbaumes Beschreibung des Portals erinnerte, dessen Klingen den Eingang bewachten. Der Junge versuchte aber gar nicht hineinzusteigen, sondern saß nur auf einer Leitersprosse. Vielleicht hatte auch das Mädchen die Leiter hochsteigen wollen, aber jetzt turnte sie in ihrem zerfledderten Kleidchen nur herum und hielt sich an einer vertikalen Lüftungsklappe fest, die an riesige Haifischkiemen erinnerte und gleich neben den glänzenden Triebwerken lag. Die Kinder drehten sich um, weil sie merkten, dass er sie musterte. Beide waren barfuß. Er nahm an, dass sie die kleinen Geschwister des Teenagers bei Todbaume im Pavillon waren. Er hätte sich gern an ihren Nachnamen erinnert, um Maddy nach ihnen fragen zu können. Wussten ihre Eltern, dass sie hier waren? Aber in seinem früheren Leben hätte man mit zunehmender Frequenz gesagt, dass solche Fragen über seiner Gehaltsklasse lagen.

## 28

# Journeymans Runden waren größer geworden

Journeymans Runden waren größer geworden. Ärgerlicherweise hatte Nils sein Fahrrad nicht repariert, sondern ihm nur ein Ersatzrad geliehen. Das brauchte er. Nach der Vormittagsarbeit beim Schlachter lieferte er Glückshaube und Fleischabfälle bei Victoria ab, nahm ihre fertigen Produkte entgegen und machte sich auf den Weg zu den Farmen und immer mehr Empfängern. Er brachte Lebensmittelpäckchen zum See der Müdigkeit, zur Frau in der Bibliothek – und neuerdings auch zu Todbaume, den ganzen Weg bis nach East Tinderwick. Auf inoffizielle Weise und infolge grummelnder Übereinkunft war Todbaume nämlich als Stadtwächter akzeptiert worden. Was er beizutragen hatte, stand zwar noch nicht fest, aber bis es so weit war, würde er versorgt werden.

# 29

## Die Frau in der Bibliothek

Es hatte unverfänglich angefangen. Das war ein paar Wochen, vielleicht einen Monat, vor Todbaumes Ankunft im Superauto gewesen. Augustus Cordell, der Schlachter, hatte zu Journeyman gesagt: »Eine Frau ist in die Bibliothek gezogen.«

Er war überrascht gewesen: »Wo kommt die denn her?«

Augustus zuckte die Achseln. »An der Anlegestelle vom Golfplatz hat sie ein Ruderboot liegen gelassen.« Hinter dem überwucherten Golfplatz vom Country Club lag ein kurzer Streifen Strand, der zum Anlanden praktisch nutzlos war, weil es keine richtigen Anlegeplätze gab und eine Mauer das Ufer von der Straße trennte, sodass man dort nichts, was schwerer war als etwa ein tragbarer Plastikkajak, zu Wasser lassen konnte.

»Sie ist hergerudert?«

Augustus zuckte wieder die Achseln. Für Vermutungen war er nicht zu haben.

»Und sie kennt hier keinen?«

»Auf der Proscenium Farm haben sie gesagt, ich soll ihr was

zu essen bringen, aber ihren Namen kannten sie auch nicht. Du nimmst sie diese Woche besser in deine Runde auf.«

»Klar, mach ich.« In Sachen Begrüßung war das in der Gemeinschaft das höchste der Gefühle, es war aber auch die Aufforderung, seine Ziele zu erklären: Hier hast du einen Korb mit Wurst, Brot und Eingemachtem, und jetzt sag mal: Wo siehst du dich in einer Woche oder einem Monat? Der Schlachter wusste auch, dass Journeyman die Bibliothek gern besuchte. Damit stand er kaum allein. Journeymans erste Befürchtung war, die Ruderfrau könne einen wichtigen Bestandteil des Post-Stillstands-Gemeinguts kaputt machen.

Sie hatte die Tür von innen verriegelt, also musste er laut klopfen, rufen und warten. Als sie aufmachte, verlangte sie immerhin nicht, dass er sich auswies. Sie wirkte eher verärgert als ängstlich.

»Ja?«

»Ich hab Essen für dich.«

»Wer hat dich geschickt?«

»Keiner. Wir machen das einfach so.«

»Okay, danke.«

»Ich heiße Alexander Duplessis.«

»Okay, gut zu wissen.«

»Wir … viele Leute kommen her, um sich Bücher zu holen.«

»Suchst du was Bestimmtes?«

Bist du Bibliothekarin?, hätte er fast gefragt. »Was ich suche, weiß ich manchmal erst, wenn ich's gefunden hab.«

»Das ist heutzutage eine ziemliche Luxuseinstellung.«

»Na ja, die Stadt hier hat auch … also, Luxus ist vielleicht zu viel gesagt. Aber wir haben Zeit für gewisse Freuden.« Flirtete er mit ihr? Und wenn ja, bekam sie das mit? »Und dazu gehören Bücher in der Bibliothek.«

»Da seid ihr ja richtige Glückspilze«, sagte sie. »Wisst ihr überhaupt, wie viel Glück ihr gehabt habt?«

»Also ich bestimmt nicht.« Er hatte gedacht, sie würde erwähnen, wo sie mit ihrem Ruderboot hergekommen war oder ob es überhaupt ihr gehörte.

»Ihr solltet einen solchen Ort nicht unbeaufsichtigt lassen.«

»Die Bibliothek, meinst du?«

»Ich pass ab jetzt auf sie auf.«

Auf tautologische Weise hatte sie damit das gesagt, was er im Auftrag des Schlachters herausfinden sollte: Im Tausch für Essen erbrachte die Frau in der Bibliothek die Dienstleistung, die Frau in der Bibliothek zu sein.

»Verrätst du mir, wie du heißt?«, fragte er.

»Ein andermal.«

»Okay.«

# 30

## Die zweite Geschichte

»… und auf wen stoß ich da? Zwei drittklassige abgewrackte Boulevardstars halten da Hof, das Königspärchen vom Scheißabschlussball. Echt jetzt, in meiner Stadt hätten die keine Kleingruppe zusammengekriegt, da hätten die's nicht mal geschafft, verhaftet zu werden. Aber in irgendeiner Form haben wir ja alle Schwein gehabt; und das war eben ihrs. Sie hatten einen Tourneevertrag, hatten die *Wir spielen liebend gern Theater*-Karte ausgespielt, und dann steckten sie eben in Cheyenne, Wyoming, diesem gottverlassenen Drecksnest, als alles abkackte, statt mit dem Rest der Welt in L. A. in der Falle zu hocken. Hätte man sie vorher in so einem Kuhkaff ausgelacht, hätten sie einen auf Knien angefleht, das für sich zu behalten, aber jetzt konnten sie dieses Posemuckel um den kleinen Finger wickeln, weil ihr tümelndes Charisma und ihre botoxerstarrten Verbrechervisagen sich nach unendlichen geisttötenden Wiederholungen auf AMC den Leuten in die Hirne gebrannt hatten. Ruhm ist eine Scheißwährung, meine Freunde …«

Vielleicht war das nicht die zweite Geschichte, sondern nur die zweite, die Journeyman zu hören bekam. Weiter hörte er aber nicht zu. Er musste seine Runden machen. Theodore Nowlin und auch der Teenager saßen wieder bei Todbaume, aber der Kreis war gewachsen: Diesmal hörte auch Mike Raritan zu. Victoria war gekommen. Und Nils. Sollte der nicht Fahrräder reparieren? Tat er jedenfalls nicht. Er trank Todbaumes Kaffee. Todbaume teilte den Kaffee aus dem Blue Streak an jeden aus, der auf einen Sprung bei ihm vorbeikam.

# 31

## Und Maddy ging zum Gründerpark

Als es dann schon über eine Woche her war, spürte Journeyman es wie ein Metronom der Angst in der Brust. Er spürte es bei jedem Halt auf seinen Runden, wenn er das Gefühl zu jenem milden Septembermorgen zurückverfolgte, an dem er erst auf der Straße vom Kordon überrascht worden und dann als Gefangener oder Gast an Bord der herrlichen Höllenmaschine in die Städte zurückgekehrt war. Jeder Tag krümmte sich um die eine Frage: Wann *würde* sich seine Schwester aufmachen, um Todbaume und sein Gefährt zu sehen?

Als er an jenem Dienstagnachmittag mit Astur von ihrem Bootsausflug zurückgekommen und Maddy auf der Farm begegnet war, hatte seine Schwester Todbaumes Besuch auf der Spodosol strikt verboten. Im beiläufigsten Sinne des Wortes verboten. Als er erwähnte, Todbaume hätte als sein Ziel ihre Farm erwähnt, hatte sie abgewunken. Ohne sich richtig aus der Hocke aufzurichten, in der sie Läuse von den Blattunterseiten der hochgebundenen Tomatenranken las, hatte sie nur gesagt: »Also hier kann er nicht herkommen.«

Er brauchte Zeugen. Astur unterhielt sich am anderen Ende des Gewächshauses mit Renee und Ernesto. Renee war vor dem Stillstand eine eigenbrötlerische Anstreicherin und ein Mädchen für alles gewesen. Im Zuge der Veränderungen hatte sie sich in Ernesto verliebt, der jünger war als sie, zu den Ex-Beerenpflückern gehörte und den Tamalesstand mitgegründet hatte. Auf die Farm war sie gekommen, um die Landwirtschaft zu erlernen. Die beiden waren tüchtig und unzertrennlich; wie geschaffen für die neue Welt. Anscheinend hatten diese anderen Spodosolier – Astur, Renee und Ernesto – aber nichts mitbekommen. Er hatte das Gefühl, wenn er der einzige Ohrenzeuge der einstweiligen Verfügung seiner Schwester war, dann war es auch seine Aufgabe, sie durchzusetzen.

Gleichzeitig bedeutete ihre Gegenwart, dass er Maddy nicht um Verzeihung bitten konnte, weil er Todbaume hergebracht hatte. Jedenfalls nicht jetzt. Stattdessen versuchte er, sich dem ungerührten Ton seiner Schwester anzupassen.

»Natürlich nicht.«

»Vorläufig kann er im Park bleiben.«

Ihre Unerschütterlichkeit erstaunte ihn. Es war fast, als hätte sie Todbaume erwartet.

»Klar«, sagte er ausweichend. Was konnte den Blue Streak fernhalten, wenn er nicht ferngehalten werden wollte? War Todbaume überhaupt im Ernst ein Gefangener der Kordonisten gewesen, die ihn auf der Straße eskortiert hatten? Oder hatte er sie benutzt, wie ein Präsidentenkonvoi den Secret Service benutzte? »Und dann?«

Sie zuckte die Achseln. »Kommt drauf an, Sandy, oder nicht? Kommt drauf an, was er will.«

»Er hat gesagt, er will hier leben.«

Da drehte sie sich endlich zu ihm und lächelte: »Wer will das nicht?«

Das war alles. Sie wechselten das Thema.

Er hatte gedacht, es könnte ein paar Tage dauern, bis sie sich dazu herabließ, Todbaume aufzusuchen. Er stellte sich vor, dass sie dann zusammen hingehen würden, seine Schwester und er, vielleicht mit Astur oder anderen Farmern. Als Abgesandte, nicht als Stoßtrupp. Er irrte sich. Eine Woche verstrich und dann noch eine.

Als Nächstes stellte er sich vor, dass sie vielleicht eine quasioffizielle Reaktion vorbereitete, einen spontanen Ausschuss für die Begrüßung oder Entgrüßung. Seit Todbaumes Ankunft war Journeyman häufiger in East Tinderwick, aber deswegen wusste er noch lange nicht alles, was dort geschah. Zwei-, dreimal die Woche aß er abends auf der Spodosol, bekam aber wohl kaum alle Pläne mit, die bei Allmendetreffen oder spätabends am Feuer ausgeheckt wurden.

Auch damit lag er falsch. Maddy ließ auch andere so im Ungewissen wie ihn – und Todbaume. Aus dieser Unterlassung, dieser Haltung der Ungerührtheit erwuchs ihr Macht. Je länger sie Todbaume nicht aufsuchte, desto mehr galt den anderen ihre Reaktion auf seine Ankunft als entscheidend und definitiv. Eine Schachpartie. Je länger sich die Dame von East Tinderwick nicht vom Fleck rührte, desto mehr trat die Hilflosigkeit der Bauern zutage.

Journeyman hatte allerdings den Eindruck, dass auch Todbaume durch seine Unnachgiebigkeit Macht zuwuchs. Die Menschen wurden auf dieselbe seltsame Weise von ihm angezogen wie früher. Kinder, Teenager und Theodore Nowlin. Alle, die sich nach der verlorenen Welt der Maschinen sehnten. Todbaume hatte dieses Ding, das sie sehen und anfassen wollten, den Blue Streak. Das funktionierte wie ein Magnet. Dass es keinen Konsens über Todbaume und seine Maschine gab, dass es nach dem Stillstand keine Vermittlung und Bündelung der Meinungen der Leute gab, war auch ein Weckruf: Man musste das alles selbst gesehen haben.

Das Ding schimmerte auch nachts. Es war, als liefe in einem Mondkrater ein Fernsehgerät.

Als Maddy endlich in den Gründerpark ging, war sie die Letzte. Nein, das stimmte nicht ganz. Manche Leute waren ungefähr so interessiert, als hätte der Dorfverschönerungsverein von East Tinderwick vor dem alten Postamt eine neue methanbetriebene Ampel aufgestellt. Die Waldschrate scheuten das Stadtzentrum. Das waren die, die den Stillstand vorausgesehen und vorweggenommen hatten und jetzt versuchten, noch eins draufzusetzen. Sie brüsteten sich nicht nur mit ihrer Autarkie, sondern auch mit ihrer freiwilligen Selbstbeschränkung auf eine kulturelle Raumzeit, in der man ein »Woanders« oder »Davor« kaum zur Kenntnis nahm. Wie die Kletterkinder waren sie oft barfuß und trugen so wenig Kleidung, wie das Wetter nur zuließ. Falls sie überhaupt von Todbaumes Ankunft erfahren hatten, verboten sie sich alle Neugier. Für sie war auch das nur ein dämliches Aufblitzen der Zivilisation derer, die immer falschlagen.

Anderen in Tinderwick und mehr noch in Granite Head war die Anreise vielleicht zu weit. Da sie weder Fahrräder noch Pferde hatten, mussten sie sich vorläufig mit Klatsch und Tratsch begnügen. Vielleicht würden sie das Superauto unter die Lupe nehmen, wenn sie das nächste Mal Anlass hatten, sich auf den Weg zu machen. Aber die Bewohner von East Tinderwick, die sich auch bei Versammlungen oder einem Tanz auf der Tenne blicken ließen, waren alle schon vor Maddy im Gründerpark gewesen. Alle hatten sie die Maschine wenigstens von fern mal angaffen wollen. Viele waren näher rangegangen. Und von denen wiederum waren viele eine Weile geblieben. Sie waren geblieben, um Todbaumes Espresso und Schmonzes zu probieren oder um eine seiner Geschichten von den Dingen zu hören, die jenseits ihrer gütigen Einhegung lagen und denen er auf seiner Kontinentalfahrt begegnet war.

Als Journeyman es nicht mehr aushielt, versuchte er, Maddy das zu erklären. »Er macht deine Freunde zu seinen Freunden«, sagte er. »Du weißt doch, wie er ist.«

»Ich kann mich dunkel erinnern«, sagte Maddy. Sie waren bei ihr in der Küche. Ihre Hände waren wie immer beschäftigt und schoben Maiskolben durch einen handbetriebenen Rebler, um die harten Samenkerne herauszutreiben. Ihr neuestes Projekt, Popcorn. »So was wie Geschmack des Monats, jeden Monat neu. Egal, ob man den Geschmack mag.«

»Ich fürchte, manche Leute mögen den Geschmack«, sagte er. »Im Vakuum fährt man auf alles Neue ab.«

»Gut«, sagte Maddy kryptisch. »Gut für ihn und gut für sie.«

»Inzwischen plant er das zeitlich. Wenn das so weitergeht, wird es zum Ritual. Mike Raritan hat über Lagerfeuern in der Grube schon seine schrägen S'mores gemacht.« Die schmeckten allerdings herrlich, erst recht zu einem Blue-Streak-Espresso und dem Geruch des Rauchs, der zu den Sternen über der Insel emporstieg.

»Was plant er?«

»Seine Erzähl-Sessions oder Kundgebungen. Als würde er Wahlkampf machen.« Er merkte, dass er selbst Wahlkampf machte, um seine Schwester zum Handeln anzustacheln.

»Der Mensch braucht Rituale«, stimmte Maddy zu. Einer ihrer konversationellen Judogriffe. Er ärgerte sich, als säße er in der Sprechstunde seines Anthropologieprofessors und versuchte, dessen Interesse für die Beerpong-Turniere in seinem Wohnheim zu wecken.

»Es könnte mehr als bloß ein Ritual sein«, erklärte er. »Manche von uns haben schon … eine ganze Weile auf Nachrichten von … draußen gewartet.«

Jetzt grinste Maddy. »Andere von uns gehen jeden Tag nach draußen. Wie ich jetzt. Dodie Metzger hat gesagt, sie hat im Wald am Drunkard's Path neulich Matsutake gesehen.«

»Was sind …?« Er versuchte gar nicht erst, es nachzusprechen.

»Ein Pilz, der beste Pilz. Wir haben wieder Pilzsaison. Möchtest du mitkommen?«

Er lehnte dankend ab. Er war mit seiner Runde noch nicht fertig. Außerdem schämte er sich, weil er es nicht geschafft hatte, der Pilzfurier der Stadt zu werden.

Sein letzter Versuch, Maddy für die Lage im Park zu interessieren, war dann doch noch halbwegs erfolgreich. »Ich hab den Eindruck, da klettern jeden Tag mehr Kinder auf dem Ding herum. Solltest du mal sehen, Maddy.«

»Hab ich schon gehört. Er ist der geborene Rattenfänger.« Als er gekommen war, hatte seine Schwester mit einem Buch in der Hängematte gelegen, sogar einem, das er ihr empfohlen hatte. *Leben ohne Ende* von George R. Stewart. Das Buch lag jetzt aufgeschlagen zwischen Ellbogen und Brustkorb. An ihrem Pullover klebten ein paar herabgefallene orangerote Ahornblätter. Er setzte die Hängematte sanft in Bewegung.

»Er ermutigt sie nicht, soweit ich sehe. Aber er entmutigt sie eben auch nicht.«

»Worauf willst du hinaus, Sandy?«, fragte sie schroff. »Dass er den Kindern wehtun wird?«

»Das hab ich nicht gesagt. Aber die Maschine wird von irgendwelchen Brennstäben angetrieben. Er schläft da oben drin in einer bleiverkleideten Kammer. Das könnte gefährlich sein.«

»Wahrscheinlich sicherer als das Schwimmen in den Steinbrüchen«, sagte sie verstimmt. Zwei Jahre zuvor war ein Kind dabei ertrunken.

»Klar.«

»Viele Dinge sind gefährlich.«

»Klar, Maddy. Ich weiß.«

»Ich bin nicht für die Kinder anderer Leute verantwortlich.«

»Sag ich ja auch gar nicht. Übrigens, hast du von dem Zelt gehört?«

»Welchem Zelt?«

Endlich konnte er ihr mal etwas Neues erzählen. »Direkt am Waldrand östlich vom Park steht ein Zelt. Eher schon ein Lager. Sieht wie ein Jägerversteck aus.« Er wusste nicht genau, ob man das wirklich so nannte.

»Wessen Lager?«

»Erinnerst du dich an Eke? Der gehörte zu der Gruppe, die Todbaume damals hergebracht hat. Er und noch ein Kordonist, den ich nicht erkannt hab.« Eigentlich hatte er beide nicht genau gesehen. Dass der eine Eke war, wusste er nur von Paulo.

»Machen die irgendwas?«

»Nicht, dass irgendwer wüsste. Sie observieren Todbaume quasi nur. Waren ein paarmal zum Fischen am Wasser. Sie versuchen nicht mal groß, sich zu verstecken, aber sie hängen auch nicht bei ihm rum, jedenfalls nie, wenn ich vorbeikomme. Nicht bei seinen Geschichten.«

»Irgendwer muss mal mit denen reden.«
»Find ich auch.«
»Ich geh mal hin«, sagte sie endlich.
»Soll ich mit …«
»Nein. Ich geh allein.«

# 32

# Die achte oder zehnte Geschichte

Journeyman wusste nicht, ob es die achte, die zehnte oder die x-te Geschichte war. Es waren viele erzählt worden. Er hatte Teile von mindestens drei mitbekommen und wusste, dass er weitere verpasst hatte. Wie die Geschichte über Utah, die Mormonen und den seltsam undurchdringlichen Nebel um die Konzern-Redoute in den Bergen ausgegangen war, hatte er nie erfahren – sie hatte sich nur immer weiter hingezogen. Als er einige der Zuhörer um eine Nacherzählung gebeten hatte, merkte er, dass sich die Geschichte bei der Wiedergabe veränderte. Sie schrumpfte irgendwie, wurde bizarr und hoffnungslos, als könnte nur Todbaume sie richtig erzählen. Vielleicht war die Geschichte selbst in undurchdringlichen Nebel gehüllt.

Nachdem er Maddy endlich aufgerüttelt und ihre Aufmerksamkeit erregt hatte, war er auf dem Nachhauseweg von der Spodosol bei Todbaume vorbeigefahren. Er war auf seinem Ersatzfahrrad unterwegs gewesen, als er die Funken vom Lagerfeuer über die Schatten der Baumwipfel zum blass umwölkten Mond emporschweben sah. Eine ansehnliche Menge hatte sich versammelt, mehr als er dort je zuvor gesehen hatte. Er hoffte, am Rand im Dunkel stehen und zuhören zu können, ohne herausgegriffen zu werden, wie Todbaume das manchmal mit ihm machte. Er hatte das Gefühl, seine Schwester wäre vielleicht gar nicht so weit hinter ihm, befände sich schon im Anmarsch zur neuen Welt im Gründerpark. Wenn Maddy kam, konnte er sie beobachten und erfahren, was zwischen Todbaume und ihr vor sich ging. Wo er das jetzt in die Wege geleitet hatte, war er auch verantwortlich für die Folgen, fand er.

Todbaume hatte gerade losgelegt. »Wenn ich unterwegs irgendwas gelernt habe, dann das: Vor der einzigen Stadt in der absoluten Walachei muss man sich hüten. Schlimmer als die City-Tristesse, schlimmer als der Siedlungsbrei der Vorstädte und die Gebiete, wo nie mal was auch nur ein paar Kilometer weit gleich ist, obwohl alles gleich *aussieht*. Die kleinen Städte waren noch schlimmer als die bewachten Siedlungen, diese Wohnfestungen, hinter deren Mauern sich die Typen mit ihren Waffenarsenalen und unterirdischen Vorratstanks vielleicht auf irgendwelche abgeschmackten Faschobibeln stützen, aber auch, wenn sie sich immer noch auf Reddit-Memes zu George Soros einen runterholen – wenn sie erst ihr Stück vom Kuchen abgezwackt haben, spielen auch die nur ihre Version von *Minecraft* oder meinetwegen den *Sims*. Ihr wisst schon, die Leute ernähren, für Disziplin sorgen, das kleine Ökosystem ausbalancieren. Jedem Mann seine Frau oder zwei, Hungern gibt's bei mir nicht, der übliche Scheiß. Wie …« Hier senkte Todbaume die Stimme zum Bühnenflüstern und sah zum Waldrand hinüber, wo die beiden Zeltbewohner, Eke und sein Freund, an ihrem orange glühenden Privatfeuer saßen. »Wie eure Nachbarn im Süden.«

Journeyman schob sich näher heran. Er ließ seine Blicke über die Gesichter schweifen, auf denen nicht nur der Feuerschein, sondern auch der Schimmer der spiegelnden Chromflächen des Blue Streak lag. Viele erkannte er und viele nicht. Neu erschienen waren Sophie Thurber und Edwin Gorse, die er nicht erwartet hätte und deren Auftauchen vielleicht etwas zu bedeuten hatte. Sophie Thurber war die versauerte Matriarchin der Häuser von Thurber's Corner. Der Name ihres alteingesessenen Halbinselgeschlechts stand auf Dutzenden von Grabsteinen auf dem Friedhof von Tinderwick. Im Gegensatz zu Theodore Nowlin war sie aber keine Gschaftlhuberin und neigte auch nicht zur Vereinsmeierei, sondern sprach kaum je ein Wort mit anderen Menschen. Es hieß, sie wäre ein Geizhals und hätte in ihrem Haus ein Vermögen gehortet, das heute aber nur noch theoretischen oder virtuellen Wert hatte. Ein Vorrat an trockenen Überallzündhölzern war jetzt allemal mehr wert. Er fragte sich, wer es wohl geschafft hatte, Sophie für das Treiben im Gründerpark zu begeistern. Und wie? Ein Rätsel.

Bei Edwin Gorse sah die Sache anders aus. Der Erfinder eines pharmazeutischen Dukatenscheißers hatte sich zwei Jahre vor dem Stillstand frühpensionieren lassen und eine von den Geldschluckervillen gekauft, die an der High Street von Tinderwick vor sich hin bröckelten. Er hatte sie saniert und war mit seiner Frau und zwei kleinen Mädchen eingezogen, obwohl er praktisch niemanden auf der Halbinsel kannte. Nicht, dass sie deswegen unwillkommen gewesen wären. »Transplantate« – wie man sie früher zur Unterscheidung von bloßen Sommergästen genannt hatte – wurden in den Städten mit offenen Armen empfangen. Nachdem er Stillstandswitwer geworden war – seine Frau war auf einer Dienstreise verschollen –, hatten sich Gorse und seine

Töchter zurückgezogen und verschanzten sich hinter einer Hecke. Um seinen Beitrag zu leisten, pflügte Gorse den großen Rasen des alten Herrenhauses um und wurde ein ausgezeichneter Kartoffelbauer. Journeyman war mit ihm nie warm geworden. Aber jetzt hatte er zu Todbaumes Lagerfeuer gefunden. Journeyman dachte an die beiden Mädchen, die in dem großen Lebkuchenhaus eine Stadt weiter jetzt allein waren. Vielleicht hatte Gorse ihnen einen Babysitter besorgt. Vielleicht war die Große inzwischen alt genug, um auf die Kleine aufzupassen. Was wusste Journeyman schon von Kindern?

»Also Paper Moon, Kansas, ein totes Kaff in der wüsten Prärie, eine Landkartennadel am Arsch der Welt. Wenn ihr glaubt, Kansas wäre früher schon öde gewesen, als da nur Mais wuchs und man dreihundert Kilometer zum nächsten Handelsplatz für Kickapoo-Mokassins und Karamell fahren musste, solltet ihr das heute mal sehen. Ich hab Lebenszeichen bemerkt und angehalten – mein Fehler. Ich glaube, in der Scheißstadt bin ich in die schlimmste und albtraumhafteste Gehirnwäschesekte aller Zeiten geraten, und ich hab so einige erlebt. Eine Eiersekte. Nein, ihr habt euch nicht verhört.«

Journeyman sah wieder zum Zelt im Wald und zum Zigarettenspitzenglühen des dortigen Lagerfeuers hinüber. Er bildete sich ein, den leckeren Fisch riechen zu können, den die Männer gefangen und über ihren Kohlen gegrillt hatten. Todbaume hatte die Stimme unnötigerweise gesenkt, um sich dem spärlichen Wind in den Bäumen, dem Prasseln des Feuers und der schwachen Brandung anzupassen. Aus dem hiesigen Lichtkreis konnte Journeyman da drüben nur das Kordonistenfeuer ausmachen – wer konnte schon sagen, ob sie dort geblieben oder nicht wie er hergeschlichen waren?

»Neben den Bahngleisen hatten die ein riesiges Ei aufgerichtet. Drei oder vier Stockwerke hoch, angemalt wie ein Osterei der guten alten Zeit. Daneben stand ein Schild: ›Das größte tschechische Ei der Welt, Paper Moon, Kansas‹. Sie hatten Stacheldraht um das Ding gezogen, Wachtürme gebaut wie bei der Berliner Mauer, die Stadt wurde von den Gleisen geteilt, und das tschechische Ei war Checkpoint Charlie. Die Stadt war und ist eine Hühnerstadt. Überall diese gigantischen Legebatterien, ihr wisst schon. Zehntausend Hühner, jedes in seiner 550-Quadratzentimeter-Zelle, kein Licht, kein Kontakt, vollautomatisierte Versorgung, und die Eier kullern in Rinnen. Wenn die Stadt Berlin war, waren die Hühner in den Konzentrationslagern, würd ich mal sagen. Nur funktionieren Hühnerfabriken nicht ohne großindustrielle Kraftquellen; Belüftung, Fütterung, das ganze Pipapo kollabiert sonst. Anlagen für zehntausend Hühner kann man nicht gerade mit Fahrraddynamos oder Sonnenkollektoren betreiben, die sie auch gar nicht gehabt hätten. Das geht nur mit Benzin oder Diesel, war also alles Schrott. Also hatten sie alle Hühner auf der Seite der Gleise freigelassen, wo die Männer und die Kanonen waren. Sie ließen sie in der ausgestorbenen Innenstadt brüten, im Kramladen, im brettervernagelten Kino, in Geschäften, die wahrscheinlich schon fünfzig Jahre vor dem Stillstand dichtgemacht hatten, die alte amerikanische Leier. Auf Schritt und Tritt Hühner, die an Steinen pickten und die Kadaver von ihresgleichen fraßen. Nur zu eurer Information: Nein, mir ist auf meiner ganzen Kontinentalfahrt kein einziger Fall von Kannibalismus untergekommen. Damit will ich nicht behaupten, es *gäbe* keinen, ich bin nur nicht so bescheuert, dass ich freiwillig Gegenden aufgesucht hätte, die für Nahaufnahmen düster genug gewesen wären. Bis auf den Hühnerkannibalismus in Paper Moon, Kansas, ist mir kein Fall von Kannibalismus untergekommen. Die *Menschen* haben Eier gefuttert, Tag und Nacht. Und die mit den Kanonen und dem Stacheldraht auf der Nordseite der Gleise, die Männer vom tschechischen Ei, die haben am Zaun Bittgesuche entgegengenommen. Hungernde und angearschte Leute wanderten kilometerweit zum Zaun und tauschten alles Mögliche – Katzenfutter in Dosen, sexuelle Gefälligkeiten – gegen Eier von diesen frei laufenden kannibalistischen Geisterstadthühnern. Sagen wir einfach, dass es nicht direkt mein Lieblingsort war.«

Todbaume hatte es noch fest in der Hand, musste Journeyman zugeben. Das Muschelhorn, das Horn des Erzählens. Er selbst musste aber noch in der Dunkelheit in seine Stadt zurückfinden. Als er aufs Rad stieg, hatte er auf lästige Weise Todbaumes Stimme im Ohr. Und im Kopf. Bildete er sich das nur ein, oder hatte Todbaume seine, Journeymans, Stimme nachgeahmt?

Vielleicht hatte Todbaume gar keine eigene Stimme. Vielleicht hatte er die einzige Stimme heraufbeschworen, die ihm zu Gebote stand, indem er den tyrannischen Ton seines Vaters mit Journeymans beklopptem Greinen überblendete und noch ein paar Prisen Jack Nicholson, Christopher Walken und sonst wen dazugab. Er schüttelte den Gedanken ab und fuhr los.

Madeleine war nicht gekommen.

# 33

## Aufnahmen, Serviette

Am Nachmittag darauf ließ Todbaume Journeyman ins Cockpit hochkommen, und er erfuhr vom Besuch seiner Schwester. Todbaume sagte nicht viel, sondern zeigte ihm die Aufnahmen der Überwachungskamera. Er fand sofort den richtigen Anfang, als hätte er sich das Material am Vormittag schon ein paarmal angesehen.

Das Fisheye-Objektiv hatte Panoramaaufnahmen gemacht. Maddy tauchte erst am Rand und dann plötzlich im Mittelpunkt des Bildfelds auf. Sie hatte eine Leiter dabei. Es war dunkel, nur der Mond sorgte für ein wenig Licht, trotzdem zeigte die Kamera alles so gestochen scharf wie ein Nachtsichtgerät. Andere Personen waren nicht zu sehen, die Versammlung hatte sich aufgelöst, das Feuer war erloschen und Maddy allein. Sie bediente sich der Klappleiter eines Malers, die sechs oder sieben Meter lang werden konnte. Sie hatte Werkzeug am Gürtel, kam auf die Kamera zu, klappte die Leiter auseinander, lehnte sie an den Blue Streak und ruckelte sie fest. Obwohl sie vermutlich bewusst nicht an der Außenseite des Superautos hinaufgeklettert war, was auf Vorsicht – oder Abneigung? – schließen ließ, schien es ihr egal zu sein, ob sie einen Alarm auslöste oder das Objektiv ihre Aktivitäten aufzeichnete. Sie ging zielgerichtet vor.

Eine Armeslänge von der Cockpitkuppel entfernt, griff sie nach einem am Gürtel hängenden Zimmermannshammer. Ohne zu zögern und ohne einen sanften Testschlag, holte sie weit über die Schulter aus und drosch den Hammerkopf auf die durchsichtige Kuppel. Beim zweiten Mal noch härter. Und noch einmal. Ihre Schläge regneten nur so herab, hatten aber keine sichtbare Wirkung. In diesem Augenblick kam Todbaume, wohl von der Hammerattacke aufgescheucht, aus seiner bleiverkleideten Schlafkammer in die Kuppel. Maddy winkte ihm zu, lächelte mit schmalen Lippen – und hämmerte weiter.

Versuchte Todbaume, sie auf sich aufmerksam zu machen? Schrie er sie an? Die Aufzeichnungen hatten keinen Ton. Sie runzelte leicht die Stirn, lächelte wieder und steckte den Hammer in den Gürtel zurück, aber nur, um nach einem anderen Werkzeug zu greifen, einem kleinen Schweißbrenner. Sie entzündete seine blauweiße, spitze Lichtklinge und setzte sie an der Kuppelkrümmung an. Sie runzelte konzentriert die Stirn, schmunzelte aber vergnügt.

Auch jetzt gab die Kuppel aber nicht nach, und sie steckte den Schweißbrenner in den Gürtel zurück. Journeyman sah, dass sie auf etwas reagierte. Brüllte Todbaume sie an? Maddy warf ihm einen kurzen Blick zu, achtete aber gar nicht richtig auf ihn, stieg die Leiter wieder hinunter, klappte sie zusammen und ging über die Wiese im Mondschein davon.

Das waren alle Nachforschungen, die Maddy im Gründerpark anstellte. Offenbar ohne Ergebnisse. Todbaume zog eine zusammengefaltete Papierserviette aus der Tasche.

»Sie ist gut, das muss ihr der Neid lassen.«

»Gut bei was?«

Todbaume drückte Journeyman die Serviette in die Hand. Sie war in Todbaumes Sauklaue bekritzelt. In den Jahren ihrer Zusammenarbeit war Todbaume handschriftlich nur aktiv geworden, um unentzifferbare Randnotizen in seinen Drehbüchern unterzubringen und Schecks zu signieren.

»Was ist das?«

»Ein Angebot – nein, eigentlich ein Vertrag. Sie braucht ihn bloß zu unterschreiben. Du bist Zeuge. Ich werde wieder mit ihr zusammenarbeiten – sofern wir die Zusammenarbeit je eingestellt hatten.«

»Arbeiten? Woran?«

»Hieran.« Todbaume breitete die Arme aus und umfasste – alles. »*Noch eine Welt.* Der Titel kann irgendeine literarische Anspielung nach deinem Geschmack werden – *Das Muster im Teppich … Die Schlange … O Rose, du bist krank*, was du willst. Ich hatte immer das Gefühl, dass unser Titel nur ein Platzhalter war.«

»Du willst einen Film drehen?«

»Viel mehr als einen Film, Sandy. Maddy und ich werden die Geschichte wieder auf Touren bringen, und zwar als Tentpole-Film. Dystopie und Postapokalypse schmecken gut und zusammen noch besser. Der Bruch zwischen mir und ihr, der ist das Problem, oder? Also ist er auch die Lösung. Letzte Nacht hat sie mir klargemacht, dass sie das weiß.«

Journeyman musterte die Serviette. Auf den ersten Blick waren nur vereinzelte Wendungen zu lesen. *FRAKTALfrakturen Realitätsstorung = Abschottung: fruktul benebeltes Leben/STASIS* vs. *DYNAMIK* – an dem Punkt gab er das Entschlüsseln auf. Ein anderes Serviettensegment war mit Zahlenkolonnen schraffiert.

Vielleicht hatte Todbaume die Produktionskosten aufgelistet. Oder einen Vorschlag zur Gewinnaufteilung gemacht.

»Du willst, dass sie … eine Serviette unterschreibt?«

»Warum nicht? Ich hab doch auch unterschrieben. Komm schon, Sandmann, wo bleibt dein Gespür für den Lauf des Schicksals? Alle unsterblichen Deals sind auf Cocktailservietten festgehalten worden. Die Gettysburg-Rede wurde auf Bonbonpapier notiert, fünf Minuten, bevor Abe auf die Bühne ist. Ich übertreibe.«

Todbaume übertrieb.

Journeyman schob die Serviette in die Tasche.

## 34

# Journeyman gönnte sich einen Discoschlaf

Journeyman gab Todbaumes Serviette nicht an seine Schwester weiter. Sie blieb in seiner Hosentasche gefangen, eine lodernde Ranke von Todbaumes Wahnsinn.

Warum sollte er den Vermittler spielen? Er wusste, warum: Er hatte die Rolle an dem Tag übernommen, an dem er das Superauto in den Gründerpark gelotst hatte, wenn nicht schon Jahrzehnte zuvor. Er hatte geradezu darum gebettelt, der Mittelsmann zu werden. Er hatte es nicht anders gewollt.

Er hatte nie bis zum Ende von einer von Todbaumes Geschichten durchgehalten. Das Treiben im Gründerpark endete erst nach seiner üblichen Schlafenszeit. Nach der Geschichte wurden meistens noch Fragen gestellt. Oder Todbaume setzte noch eins drauf, ging in die Details und hielt seine Zuhörer in Bann. Am Morgen danach sah Journeyman sie in der Stadt – sie bewegten sich wie verkatert.

Er musste mehr erfahren. Wenn er die Ernennung zum Mittelsmann akzeptierte – und er wusste nicht, wie er sie hätte ablehnen sollen –, musste er das Treiben im Park besser kennenlernen. Wer ging als Letztes? Wurde das Feuer gelöscht, oder ging es von allein aus? Würde Maddy wiederkommen? Er gönnte sich einen Discoschlaf, wie das früher geheißen hatte. Als es dämmerte, legte er sich ein paar Stunden hin und fuhr dann nachts wieder rüber – Nils hatte endlich sein Fahrrad repariert.

War das jetzt die vierzehnte Geschichte? Die zwanzigste? Das Ende bekam er noch mit. Er versteckte sein Fahrrad im Wald und blieb am äußersten Rand des Lichtkreises stehen. Eine mondlose Nacht. Er zählte nur drei Köpfe am Lagerfeuer, die letzten Getreuen. Die unverkennbar zerfurchte Gestalt von Theodore Nowlin. Die anderen konnte er nicht erkennen. Todbaume redete mit den Händen und zeichnete Konturen über den Flammen. Der Blue Streak flimmerte im Feuerschein. Der Wind verwehte Todbaumes Stimme, bevor sie Journeymans Versteck erreichte, aber er hatte den Eindruck, der Geschichte anhand der Gesten folgen zu können. Vielleicht brach sich darin seine Übung Bahn, denn er hatte ja jahrelang Todbaumes Diktate und Randbemerkungen aufgenommen und eingearbeitet. Er fröstelte und wäre gern näher ans Feuer gegangen.

Schließlich gingen auch die letzten drei, und Todbaume blieb allein zurück. Der Impuls, sich zu zeigen und zu erfahren, was Todbaume dann wohl sagen würde, kämpfte gegen den Impuls, versteckt zu bleiben und vielleicht etwas zu sehen, das Todbaume ihn nicht wissen lassen wollte oder selbst nicht wusste. Er wartete.

Zwei Männer kamen in Ufernähe aus dem Wald und erschreckten Journeyman. Eke und sein Freund. Sie selbst hatten diese Nacht kein Feuer gemacht. Vielleicht waren sie auch gar nicht in ihrem Lager gewesen. Todbaume grüßte sie wie alte Bekannte, hatte Journeyman den Eindruck. Er fühlte sich offenbar keine Spur bedroht. Die beiden blieben am Feuer stehen. Todbaume stieg die Leiter am Blue Streak hoch, kam mit etwas wieder herunter und reichte jedem der beiden einen Teil von dem Etwas, und sie nahmen es. Tassen. Dann goss er aus einem anderen Teil des Etwas ein, einer Flasche oder Thermoskanne. Hatte er gelogen, als er gesagt hatte, sein Scotch sei alle? Oder war das Kaffee?

Nachtkaffee.

Journeyman hätte auch gern einen Kaffee getrunken, blieb aber in seinem Versteck.

Todbaume stieg wieder ins Cockpit hinauf. Eke und sein Freund blieben noch einen Augenblick am Feuer stehen und tranken, was er ihnen eingeschenkt hatte. Dann zogen sie sich aus. Journeyman beobachtete sie und konnte es nicht fassen. Er musste es auch nicht fassen können, damit es geschah: Es passierte einfach. Die beiden bärtigen jungen Männer zogen sich nackt aus, warfen ihre Kleidung auf einen Haufen und gingen näher ans Feuer. Der eine warf weitere Zweige aus dem gesammelten Holz hinein, das Todbaumes Anhänger als Tribut aus ihren eigenen knappen Reserven mitgebracht hatten. Die beiden Nackten fingen an zu tanzen.

Sie waren keine guten Tänzer, fand Journeyman. Aber inspiriert. Sie hüpften möglichst nah an den Flammen herum, um warm zu werden. Sie tanzten auch um den Blue Streak herum, tanzten in manischer Ekstase, huldigten dem Fahrzeug mit ihren Körpern, stachelten sich gegenseitig an, es zu berühren, als wäre es glühend heiß. Das Glimmen im undurchdringlichen Cockpit verblasste, und nur das Nachleuchten des Superautos selbst blieb. Falls Todbaume zusah, saß er jetzt im Dunkel, während der Tanz weiterging.

Als er endete, lagen zwei nackte Körper auf dem niedergetretenen Gras ganz nah am ersterbenden Feuer. Der eine – unterscheiden konnte er sie nicht – lutschte dem anderen den Schwanz. Journeyman konnte sich nicht rühren, war vor Kälte und Scham erstarrt. Er bewegte sich erst wieder, als die beiden sich angezogen hatten und zu ihrem eigenen Lager im Wald zurückgegangen waren. Die letzte Glut des Feuers war erloschen. Die mondlose Nacht wurde nur noch vom sanft leuchtenden Superauto ein wenig erhellt, das einen dichten Nebel aus Motten, Moskitos und behaarten Fluginsekten aller Art anzog.

Nachtkaffee.

Schwuler Kordonistensex.

Ach, das Treiben im Gründerpark.

# 35

# Manchmal versuchte Journeyman, über den Kordon nachzudenken

In den Städten hatte es noch nie Exilanten aus dem Kordon gegeben. Hatten sich die beiden Männer für das Waldleben am Parkrand entschieden, weil sie wegen ihres Begehrens unerwünscht waren? Oder war das dem Kordon gegenüber unfair? Journeyman hatte keine Ahnung.

Wenn es so war und sie bei ihnen Solidarität suchten, hätten sie Nils aufsuchen können. Oder andere – sogar Maddy und Astur. Das seltsame Lager in Todbaumes Nähe wäre nicht nötig gewesen. Hatte es beim Kordon denn gar keine Vorbilder für sie gegeben?

Manchmal versuchte Journeyman, über den Kordon nachzudenken, und fand es schwierig. Todbaumes Publikum bewies, dass Journeymans Nachbarn nach Bildern von dem gierten, was außerhalb ihrer Sphäre lag. Auch wer im Stillstand nicht viel verloren hatte, sehnte sich nach Nachrichten aus der großen weiten Welt. Und dann war da der Kordon: das nahe Beispiel von Menschen, die anders waren als man selbst. Eine anders organisierte Gruppe und Gegend. Die Kordonisten machten sich unsichtbar, sie waren Ärgernisse, mit denen man klarkommen musste, Mäuler, die gestopft werden wollten.

Einige Dinge ließen sich dennoch eindeutig sagen:

Sie waren mit dem abgeschlossenen Handel zufrieden und hatten keine Lust, die ihnen fehlenden Fähigkeiten zu erwerben.

Sie stellten ihre Bereitschaft zur Gewalttätigkeit aus und zeigten auch ihre Geringschätzung, handelten aber nicht ohne Grund.

Sie ließen gewisse Geschäfte zu, waren aber nicht bereit, Neuigkeiten oder Berichte weiterzugeben. Städter, die sich in die Region des Kordons gewagt hatten – und am Anfang waren das viele gewesen –, waren nie zurückgekommen, aber kaum jemand ging davon aus, dass der Kordon ihnen etwas angetan hatte.

Sie definierten, was nötig war – vor allen Dingen das, was *sie* nötig hatten.

Ansonsten umgab den Kordon etwas Stummes oder Unvollkommenes. In ihrer Verbohrtheit wiesen sie anscheinend sogar Journeymans Neugier zurück. Wobei er annahm, dass er damit nicht allein war.

## 36

# Wir verlieren uns

Kormentz bestand neuerdings darauf, Journeyman aus seinem in Arbeit befindlichen *Kopfkissenbuch* vorzulesen, immer neu ermüdende Seiten über Dinge wie das Spiel des Spätoktoberlichts auf dem See der Müdigkeit. Diesmal rezitierte er eine Passage, die aus der Wendung *wir verlieren uns* eine Art Litanei machte. Er insistierte, dass sich Journeyman neben ihn ans Ufer setzte, während er las, die Seiten mit seiner winzigen säuberlichen Handschrift zerknitterte und ihn nach jedem Vers, mit seinen Glupschaugen Beifall heischend, ansah. Während er immer neue Varianten vortrug, wie wir uns verloren, verlor Journeyman vor allem die Geduld.

»Wir verlieren uns zuletzt in diesen ungezählten Tagen / Wir verlieren uns an unsere Aufgaben und unsere Freunde / Und an Wiedergutmachungen / Wir verlieren uns an uns selbst / Und an die Kunst des Verlierens / Und an das Festhalten unserer Verluste in Versen / In diesen ungezählten Tagen …«

»Jerome, hey, sorry.«

»Ja?«

Journeyman stellte sich vor, einen Bulldozer zu fahren und Kormentz und sein salbungsvolles Gedicht auf Nimmerwiederhören in den See zu schieben. »Ich muss los, ich hab noch Dinge zu erledigen. Außerdem ist heute noch eine große Versammlung.«

»Nur noch ein bisschen. Ich hab auch noch Dinge zu erledigen.«

»Ich kann echt nicht länger bleiben.« Er hätte schreien können. *Was für Dinge?* Kormentz hatte nichts zu erledigen. Eigentlich plagte Journeyman aber etwas anderes: Für ihn waren diese Tage nicht mehr ungezählt. Seit der Ankunft von Todbaume und seiner Maschine wurden sie vielmehr neu gezählt.

Er schob die Hände in die Hosentaschen und spürte Todbaumes Serviette. Er konnte sie herausziehen, vorlesen und Kormentz ratlos machen. Behaupten, es wäre ein Gedicht oder Koan. Aber nein. Auf der ganzen Halbinsel gab es nur einen einzigen Menschen, der von Todbaumes Ankunft absolut unberührt blieb: Kormentz. Dabei beließ er es besser. Journeyman machte sich frei. Wenn er eine Vertraute brauchte, sollte er lieber zur Bibliothek gehen und versuchen, die dort eingezogene Frau zu sprechen. Er beschloss, das heute gleich nach der Versammlung zu machen.

Er bekam Kormentz' Gedicht aber nicht mehr aus dem Kopf. Den ganzen Tag lang, sogar bei der eigens anberaumten Unterredung mit dem Kordonistentrupp, schusterte er Variationen zusammen: *Wir verlieren uns in unseren Geschichten / Und beim Waschen unserer Hände in Unschuld / Wir verlieren uns bei Vermutungen / Wer uns oder sich belügt / Und wenn wir sie belügen / Und uns selbst …*

## 37

# Eine große Unterredung, Teil 1

Die Städte sammelten Waren für den Kordon – reifes Gemüse, Säcke mit Getreide, in Stoff gewickelten Käse, Wurst und Rauchfleisch, Einmachgläser mit Eingelegtem, Konserviertem, Fermentiertem oder Destilliertem, dampfversiegelte Wachspapierpackungen Tamales – und übergaben sie jeden Freitagnachmittag an der North Grange Hall. Journeyman konnte nicht alles tragen. Andere halfen mit Pferden und Fahrrädern. Trotzdem war er der auserkorene Mittelsmann. Andere luden vielleicht Waren ab, aber beim Tausch selbst war er dann oft der einzige Anwesende, neben Quentin Maslow, der allein in der Grange lebte.

Quentin hatte genau wie Journeyman Urlaub auf der Halbinsel gemacht, als der Stillstand kam. Ein schräger, scheuer Vogel, der vielleicht eine Depression simulierte und danach eindeutig nicht auf Dauer bei seinen Gastgebern bleiben konnte. Er konnte auch keine Verwandtschaftsbeziehungen vorweisen, von denen Journeyman dank Maddy und ihrer Farm profitierte; nicht einmal seine ehemaligen Freunde in Tinderwick schien er sonderlich zu mögen. Ihn schien es kaltzulassen, dass sein Leben eine solche Nebensächlichkeit geworden war. Er rauchte viel von Janes und Lucius' erstklassigem Marihuana und animierte Journeyman zum Mitkiffen, wenn der zum Übergabetreffen mit den Kordonisten kam. Er war der Hausmeister der Grange Hall, soweit die einen brauchte. Journeyman sagte sich, dass Quentin eine inoffizielle Grenzwache der drei Städte war und als Erster sah, was die Durchgangsstraße entlangkam – auch wenn er daran dann nichts ändern konnte und an jenem folgenreichen Dienstag nicht gerade losgerannt war, um irgendjemanden über die Ankunft des Blue Streak zu informieren. Quentin war bei den Treffen mit den Kordonisten oft dabei, sagte aber kaum je ein Wort, während die Güter aufgeladen wurden.

Andere hielten sich fern. Journeyman hatte den Eindruck, seine Nachbarn sahen ungern der Tatsache ins Auge, dass ihre Sicherheit durch regelmäßige Ratenzahlungen kostbarer Lebensmittel verpfändet wurde. Der Tatsache, dass ihre Farmen in gewisser Hinsicht Plantagen waren. Die beiden Seiten waren sich nicht grün. Die Kordonisten, die die Güter abholten, erbrachten die Gegenleistungen für ihre Abhängigkeit von den Städten widerwillig und voller Geringschätzung. So fand an der North Grange am Freitagnachmittag immer eine Gratwanderung statt, sie war eine schlecht verarbeitete Nahtstelle, wo das Feilschen um Existenzgrundlagen fadenscheinig wurde. Wie so oft fungierte Journeyman auch hier als Scharnier und Kontaktperson.

Heute war das anders.

Seit sie Todbaume auf die Halbinsel und in seine Obhut geschleust hatten, betrachteten die Kordonisten ihn mit wiedererwachter Neugier. Sie erwarteten eine Offenbarung. Journeyman sagte ihnen aber nur, Todbaumes Fahrzeug sei geparkt worden.

Der Besucher habe nichts Ungehöriges verlangt und sei zurzeit willkommen. Wenn die Kordonisten skeptisch waren, hakten sie nicht nach. Dass sich Eke und sein namenloser Freund ins Stadtgebiet abgesetzt hatten, blieb unerwähnt. Vielleicht wusste man beim Kordon gar nicht, wohin die beiden Männer verschwunden waren.

Als er in der Vorwoche jedoch einer Kordonistin namens Carol Leeds beim Bepacken ihres Pferds geholfen hatte, hatte sie gesagt: »Die Ältesten hoffen nächste Woche um diese Zeit auf eine Unterredung.«

Carol Leeds war eine energische Mainerin in den Sechzigern mit Tätowierungen, die unter ihren Blusenärmeln hervor bis auf den Handrücken krochen und über die Kehle hoch bis zur Kieferpartie züngelten. Er fand sie so einschüchternd wie beeindruckend, auch weil sie nur selten an den Expeditionen zur North Grange teilnahm.

Er hatte fragend die Augenbrauen hochgezogen.

»Können Sie das in die Wege leiten?«

»Das sollte gehen.«

Sie nickte. Damit war es an ihm, die Städte zu benachrichtigen. In ihrer faktischen Anarchie gab es natürlich keine gewählte Autorität, die er verständigen konnte. Die Zusammensetzung der diplomatischen Abordnung, die den Ältesten der Kordonisten neben Journeyman gegenübertreten würde, hing ausschließlich davon ab, wem er Bescheid sagte. Und wem dieser das weitersagte.

Journeyman dachte, er hätte sogar Todbaume Bescheid sagen können. Durch sein Geschichtenerzählen und seinen Kaffee war der Gründerpark zu einer ähnlichen Allmende geworden wie die anderen Versammlungsorte, die die Städte seit den ersten Tagen des Stillstands dazu auserkoren hatten.

Er sagte Todbaume nicht Bescheid.

Am Tag der Unterredung bestand die Abordnung dann aus Quentin und ihm. Hinzu kam Mike Raritan, der Garkoch der alten Hummerhütte an der Straße, mit dessen Makrelen-und-Kartoffelpuffern die Städte den Kordon von Anfang an betört hatten. Hundekuchen für die Wachhunde der Halbinsel, hatte Journeyman oft gedacht. Auch dieses Mal hatte Mike einen ganzen Korb davon mitgebracht. Der vielseitige Paulo, ihr Baumwart und Klavierstimmer, war ebenfalls dabei.

Auch die Spodosol hatte eine Abgeordnete entsandt: Cynthia Pitchings, einen Schützling von Seldon und Margot, eine Hüterin der alten Weisheit. Cynthia war das letzte Überbleibsel der alten Garde, die im Bann des Zurück-aufs-Land-Manifests der Stevedores, des Bestsellers *Das echte Leben leben,* die hiesige Biobauernbewegung aus der Taufe gehoben und freiwillig in einer Welt gelebt hatte, die der des Stillstands schon sehr nahe gekommen war. Als Cynthias Sekundantin war Astur mitgekommen. Granite Head hatte zwei Männer geschickt, Eugene und Paul, die Journeyman nur flüchtig kannte.

Aus East Tinderwick kamen zwei Überraschungsgäste. Delia Limetree, die Mutter einer der Waldschratsfamilien, die sich kaum je blicken ließen. Sie hatte ihren Sohn mitgebracht, den Teenager und Einzelzwilling, der bei der ersten Geschichte bei Todbaume im Park gewesen war. Heute erfuhr Journeyman auch seinen Namen: Sterling. Er hatte einen Rucksack dabei und wirkte aufgedreht, seine Mutter schwermütig. Was hatte sie hergetrieben?

Aufseiten des Kordons wurde Carol Leeds von zwei weiteren Ältesten begleitet, Cyrus und Deloit. Die beiden hatten lange Bärte und trugen Biker-Leder, Halbfingerhandschuhe und Clip-Ons auf ihren Brillen, mit denen sie jedem, der sich nicht schnell genug verdrückte, ihre Road-Warrior-Träume ins Ohr grölten, aber die Augen unter den Clip-Ons waren abgehärmt und nässten wie pochierte Eier, als hätten sie geweint. Auch jüngere Kordonisten waren dabei, eine Gruppe von fünf Männern und Frauen, die sich bei den Reibekuchen bedienten und erste Pakete vom Tisch nahmen, um sie schon mal zu verstauen, danach aber draußen blieben und sich halblaut unterhielten.

Einem der jungen Männer fehlte eine Hand samt Unterarm. Er bewegte versuchsweise den dick verbundenen Ellenbogenstumpf und musterte ihn verwundert, ganz anders als die Achtlosigkeit, die Journeyman mit den Veteranen der Vietnam- und Golfkriege assoziierte, die an Straßenecken mit ihren vor Jahrzehnten verlorenen Gliedmaßen herumfuchtelten. Als er den Mann das letzte Mal gesehen hatte, hatte ihm noch nichts gefehlt, da war er sicher.

Die drei Ältesten, Leeds, Cyrus und Deloit, hatten steif an einem der Tische Platz genommen. Sie nahmen sich keine Reibekuchen, obwohl die Jüngeren das Eis bereits gebrochen hatten. Die Städter standen oder saßen etwas weiter weg. Journeyman schaltete widerstrebend, dass er als Verbindungsmann angesehen wurde. Also zog er das Tuch vom Korb und reichte die Reibekuchen herum. Sie rochen gut. Die Ältesten fielen ausgehungert über sie her. Im Geiste der Geselligkeit schlossen Paulo und Astur sich ihnen an. Sie befolgten Journeymans Andeutung und schoben ihre Stühle an die lange Tafel heran. Aus einer Thermoskanne goss Paulo Hagebuttentee in Becher aus der uralten Grange-Küche.

Sterling Limetree und seine Mutter hielten sich vorläufig aus der Schusslinie.

»Um gleich zur Sache zu kommen«, sagte Deloit. »Es dürfte Sie kaum überraschen, dass es um Ihren Mann und sein Kernkraftauto geht.«

*Das ist nicht unser Mann*, lag Journeyman auf der Zunge. Er ging um den Tisch herum, stellte Eugene und Paul dampfende Becher hin und zog sie so in die Runde. Er sagte aber nichts. Er gehörte nur zum Inventar und wollte nicht als Wortführer angesehen werden. »Ihr Mann hatte Freunde«, fuhr Deloit fort, »wobei Freunde wohl das falsche Wort ist. Waren vor rund einem Monat scharenweise hinter ihm her, auf derselben Straße, auf der ich jetzt gekommen bin.«

»Welche Straße ist das eigentlich?«, fragte Paulo.

Deloit hatte schon Angst, ausgetrickst zu werden, und kniff die Augen zusammen. »Die sind aus Rangeley gekommen, von den Seen her, vielleicht über die White Mountains. Jenseits unseres Einflussbereichs.«

»Nicht aus den Städten?« Paulo dachte an den alten I-95, den zerstörten vierspurigen Highway von Portland und noch weiter her – Boston und vielleicht sogar New York City. Dem Vernehmen nach hatten die Kordonisten den Asphalt selbst aufgebrochen, um jeden Angriff zu vereiteln oder wenigstens zu verlangsamen, zu dessen Abwehr ihnen die Feuerkraft fehlte. Ironischerweise.

»Wenn er die Route genommen hat, muss er einen Abstecher ins Binnenland gemacht haben, bevor er hergekommen ist.«

»Haben Sie versucht, mit seinen Verfolgern zu reden?«, fragte Mike Raritan. Journeyman dachte: Wir haben eine Regierung. Paulo und Mike sind unsere Regierung. Heute.

»Denen ist nicht so nach Reden.« Als Deloit das gesagt hatte, merkte Journeyman, dass die Ältesten alle durchs Fenster der Grange blickten, hinter dem die jungen Männer und Frauen auf den Stufen standen, darunter auch der, der immer wieder seinen bandagierten Stumpf und die leere Stelle darunter ansah. Kämpfte der Kordon also doch mit mehr als einem nur vorgeschobenen Widersacher? Wünsch dir das ja nicht zu laut, dachte er.

»Was haben Sie vorzuschlagen?«, fragte Cynthia Pitchings. Jetzt gehörte auch sie zur Regierung. Oder hatte schon immer dazugehört. Vielleicht war sie ein letzter Rest der alten Regierung, der Generation, die in der Haut ihrer enttäuschten Utopien verledert war.

»Wir wollen die Maschine«, sagte Deloit. »Wir könnten sie gut gebrauchen, wie ich gern zugebe.«

»Um sie bei denen abzuliefern?«

»Um sie ihnen achtkantig in den Arsch zu rammen, wenn ich das mal so sagen darf, Ma'am.«

»Und das halten Sie für das Beste?«

»Ich will Ihnen ja nicht zu nahetreten, aber es gibt Leute, die lassen sich nicht mit guten Worten und Fischpuffern abspeisen, und mit denen haben wir es da zu tun. Wenn Sie die Arbeit uns überlassen wollen, und das wollen Sie, dann verlassen Sie sich auch auf uns.«

»Sie wollen, dass wir ihn *zurückschicken?*«

Das war Journeymans Stimme – hoch, jäh und erschreckend. Er hatte gar nicht mitreden wollen.

Draußen wieherte ein Pferd.

# 38

# Was wollte Journeyman?

Was wollte Journeyman? Konnte er wirklich wollen, dass der Kordon Todbaume fortschleppte? Wollte er Todbaume warnen?

Geriet er in Panik, weil er Angst hatte, Todbaume könne sich nicht verteidigen, oder weil er Angst hatte, er wäre dazu imstande?

Träumte er davon, zusammen mit Todbaume in seiner unbezwingbaren und unwahrscheinlichen Maschine in die Schlacht zu ziehen, in dieser letzten echten Maschine auf dem Planeten Erde? Und wenn ja, würden sie *mit dem* oder *gegen den* Kordon in den Kampf ziehen?

Wollte er wider besseres Wissen einfach sehen, was aus dem Gründerpark wurde, wenn Todbaume mit seinem beelzebübischen Kaffeeklatsch weitermachte?

Was er definitiv nicht wollte, war die Aufmerksamkeit, die sein Aufschrei ihm einbrachte. Er ging mit der leeren Teekanne in die Küche der Grange, stellte sich dann im Durchgang zu Quentin und versuchte, sich unsichtbar zu machen. Als er in der Hosentasche nach Todbaumes Serviettenvertrag tastete, merkte er, dass seine nervöse Hand ihn durchgeschwitzt hatte.

# 39

# Eine große Unterredung, Teil 2

Deloit lehnte sich mit halb geschlossenen Augen zurück und fuhr sich durch den Bart, als wollte er ihn auswringen. Journeymans Frage wurde von Cyrus beantwortet: »Nein. Ihr Mann interessiert uns nicht. Der ist ein zu heißes Eisen. Macht sich nur Feinde. Wir wollen, dass uns seine Scheißmaschine leer übergeben wird.«

»Und wie sollen wir das anstellen?«, fragte Mike Raritan.

Cyrus zuckte die Schultern. »Ihr Problem. Wenn wir ihn nie wieder zu Gesicht kriegen, soll uns das nur recht sein.«

»Keiner von uns weiß, wie man das Ding fährt«, sagte Mike.

»Wir alle haben ihm zugesehen. Da braucht man keinen Nobelpreis für.« Cyrus warf einen Blick zu Journeyman hinüber, der schlecht verborgen im Durchgang zur Küche stand. »Eke sagt, Sandy ist ein Stück mit.«

»Nur ein Mal«, sagte Journeyman.

»Also: Sandy ist der Auslieferer, dann soll er auch liefern. Wir stehen in gutem Kontakt.«

»Eke und sein Freund«, sagte Cynthia Pitchings. »Die leben im

Wald in der Nähe vom Gründerpark. Steckt dahinter etwas, wovon wir wissen sollten?«

»Wir wollen keine Gewalt«, sagte Paulo.

Deloit fletschte die Zähne. »Klar, dafür habt ihr ja uns.«

»Was machen die da?«

»Fragt sie doch selber. Eke und Walt handeln nicht in unserem Auftrag. Die sind aus eigenem Antrieb abgehauen. Vielleicht schämten sie sich zu töten. So wie ihr.«

Die bislang einvernehmliche Unterredung lief aus dem Ruder. Vielleicht war sie auch plötzlich beendet. In diesem Augenblick machten sich Delia und Sterling Limetree bemerkbar. Der Teenager stand kurz vor einem Ausbruch, hatte Journeyman den Eindruck. Welches Problem führte ihn her? Vielleicht war er als Todbaumes Stellvertreter gekommen. Stellvertreter oder Marionette. Dann meldete sich aber seine Mutter zu Wort.

»Sie müssen mir etwas versprechen«, sagte sie. »Ich kann ihn nicht mehr zurückhalten, aber jemand muss mir versichern, dass auf ihn aufgepasst wird. Er ist jünger, als er aussieht.«

Der letzte Satz ergab keinen Sinn: Sterling sah sehr jung aus. Der Junge trat vor und stellte den Rucksack ab. »Ich will kämpfen«, sagte er.

Mike Raritan, Paulo, Astur und Cynthia Pitchings – alle, die auf Journeymans Seite zur Unterredung gekommen waren, warteten auf eine Erklärung. Den Ältesten der Kordonisten war keine Überraschung anzumerken.

»Ich werde auf Ihren Jungen aufpassen«, sagte Carol Leeds ausdruckslos.

»Sehen Sie, das ist doch *eins a*«, jubilierte Deloit plötzlich. Hätte er einen Humpen Bier gehabt, hätte er ihn zur Bekräftigung auf den Tisch geknallt. »Wir brauchen Männer, schlanke Männer. Wir geben zwei Waldschmuser her und kriegen dafür einen Jungen, der den Arsch in der Hose hat. Willkommen an Bord!«

Das klang nach einem rituell stattfindenden Ereignis. Den Städten neu, vom Kordon vielleicht schon hundertmal durchgespielt. Ein Skript, das Journeyman umgeschrieben, aber nicht unterschrieben hätte.

»Er ist fünfzehn«, sagte Delia Limetree.

»Vor fünf Jahren war Eke vielleicht auch erst fünfzehn«, sagte Deloit. »Der war damals auch schon ziemlich gut. Besser als das, was aus ihm geworden ist. Du bist ein Zwilling, Bursche?«

»Ja, Sir«, sagte Sterling.

»Hätt ja nichts gegen zwei von deiner Sorte. Wir haben schließlich auch zwei eingebüßt.«

»Sein Bruder ist nicht interessiert«, sagte Delia.

»Frag ja bloß.«

»Vielleicht können wir diese Unterredung dann langsam beenden«, schaltete Astur sich zum ersten Mal ein. »Wir haben Ihr Ansinnen zur Kenntnis genommen. Jetzt müssen wir uns das weitere Vorgehen überlegen.«

»Okeydokey«, sagte Deloit.

»Sie hat recht«, sagte Carol Leeds. Als sie den Mund aufmachte, klappte Deloit seinen zu. Hatte in Wahrheit sie das Sagen? »Die Leute hier haben ein Problem, für das sie eine Lösung finden müssen«, fuhr sie fort. »Wir warten die Ergebnisse ab. Wird also Zeit, uns für die Lebensmittel zu bedanken, und dann ab nach Hause.«

»Und wir kümmern uns gern um die beiden Männer, die aus Ihrem Schutz entlassen worden sind«, fuhr Astur fort, als hätte sie beim Abschluss der Unterredung plötzlich die Regie übernommen. »Sie müssen natürlich arbeiten. Alle müssen ihren Beitrag leisten.«

»Seh ich genauso, Fräulein«, sagte Deloit. Er schnappte sich noch einen Reibekuchen aus dem Korb und stand auf. »Dann wollen wir mal.« Er legte Sterling die behandschuhte Hand auf die Schulter, schnallte ihn sich quasi an Tonnenbrust und Wampe, und der Junge schmiegte sich förmlich in Deloits Ausstrahlung.

»*Er ist zu jung*«, gellte Delia Limetree. Allein und nirgends zugehörig stand sie in ihrem Abschiedsschmerz da. Wen flehte sie an? Carol Leeds? Unsichtbare Geschworene, die ihnen allen das Urteil fällten? Aber ein solches Gremium gab es nicht.

Es wurde still im Raum. Das Gemurmel der jüngeren Kordonisten, die draußen geblieben waren, drang herein. Die angeleinten Pferde schnaubten unruhig. Der Versammlungsort war nur ein alter Kasten, festgetretener Boden mit Schindeln, im 19. Jahrhundert zusammengeklatscht von Leuten, die seit einer kleinen Ewigkeit unter der Erde lagen. Vernachlässigter Wald wucherte von allen Seiten an die Grange Hall heran. Wenn sie lange genug still blieben, konnten sie ihn womöglich wachsen hören.

Journeyman merkte, dass seine Finger in der Hosentasche hilflos Todbaumes weltverändernde Serviette bearbeiteten.

Den Stupor dieser falschen Welt durchdrang plötzlich eine völlig unerwartete Stimme. »Ich geh mit ihm mit«, sagte Quentin und schob sich hinter Journeyman hervor. Er klang so mürrisch und quengelig wie immer. Journeyman hörte aber auch Entschlossenheit heraus. »Ich pass für Sie auf ihn auf.« Er wandte sich an Delia Limetree *und* an Deloit. »Dann haben Sie Ihre zwei für die beiden Verlorenen.«

»Gut«, sagte Deloit, als hätte er auch das vorausgesehen. »Prima. Willkommen bei der Revolution.«

# 40

# Nachspiel einer großen Unterredung

Dann zogen sie ab und nahmen Sterling Limetree und Quentin mit. Quentin hatte im Handumdrehen eine kleine Tasche gepackt – oder hatte er das alles vorbereitet? Das geschrumpfte Grüppchen von der Halbinsel ging in den Sonnenschein hinaus und löste sich in einem Nachmittag auf, über dem sich eigentlich ein Vorhang hätte senken sollen. Es gab aber keinen. Paulo, Mike Raritan und Cynthia Pitchings waren auf Pferden der Spodosol Farm hergeritten. Sie machten sich auf den Rückweg, wobei Paulo Delia Limetree aufsitzen ließ. Auch Eugene und Paul, die beiden Männer aus Granite Head, hatten Pferde, blieben aber noch einen Augenblick bei Journeyman und Astur stehen und sahen den anderen nach.

Journeyman hatte stechende und zugleich unbestimmte Schuldgefühle. Hätte er sich an Quentins Stelle zusammen mit Sterling Limetree den Reihen des Kordons anschließen müssen? Ich habe einen Job, wollte er laut protestieren. Ich bin Auslieferer und Schlachtergehilfe. Ich werde am See der Müdigkeit gebraucht. Aber niemand warf ihm vor, sich vor der Anwerbung gedrückt zu haben.

»Die spinnen«, hörte er sich sagen. »Ich weiß nicht, wie man den Blue Streak steuert. Keiner weiß das.«

»Vielleicht sollten wir uns glücklich schätzen, dass sie ihn uns abnehmen wollen«, sagte Paul. Journeyman kannte ihn nicht besonders gut. Er kannte niemanden aus Granite Head besonders gut.

»Ich könnte mir denken, dass man Spracherkennung braucht, um ihn überhaupt anzulassen«, sagte er und versuchte, die aufsteigende Panik in seiner Stimme zu bekämpfen. »Wie denken die sich das, wollen die ein paar Hengste anschirren und ihn nach Belfast ziehen?«

Eugene lachte grunzend. »Was das angeht, reichen auch ein paar Reißer.«

»Sollen wir ihn für die umbringen?«, fragte Journeyman. »So hört sich das für mich nämlich an.«

»Pass auf, Mr Duplessis.« Paul sprach mit beängstigender Tonlosigkeit. Journeyman spürte die Entfremdung zwischen Granite Head und East Tinderwick. Granite Head konnte sich den Luxus leisten, mit Todbaume nichts zu tun zu haben.

»Ja?«

Journeyman sah sich kurz nach Astur um. Sie holte ihre Fahrräder, die sie am Randstreifen an ein paar Birken gelehnt hatten. Paul fuhr leise fort: »Wir haben das diskutiert. Unserer Meinung nach braucht es diesmal keinen breit abgestützten Konsens. Unsere Gemeinschaft partizipiert nicht an ausgleichender Gerechtigkeit.« Der Mann aus Granite Head verwendete den Begriff neutral und nicht abschätzig. Journeyman merkte, auf wen der Vergleich gemünzt war, bevor Paul es aussprach: »Anders als Kormentz ist das keiner von uns.«

Partizipation an ausgleichender Gerechtigkeit? Kormentz' sogenannter Prozess war eine Katastrophe gewesen. Nach wochenlangem Hausarrest in seiner Jurte hinter den Obstwiesen der Spodosol hatte er anfangs am eigens gebildeten Schiedsgericht teilgenommen, war dann aber wegen seiner Verschleppungstaktik vom Prozess ausgeschlossen worden. Er hatte bewusst nie die Klappe gehalten, um ein Urteil ad infinitum hinauszuzögern. (Allein die Vorstellung, Todbaume bekäme eine ähnliche Bühne …) Am Ende hatte eine der von Kormentz sexuell belästigten Jugendlichen vorgeschlagen, er solle in das Blockhaus am langen Nordteich ziehen und von den Städten überwacht und versorgt werden, statt ihn zu einem absehbaren Tod jenseits ihrer Grenzen zu verurteilen. Die junge Frau hatte auch gleich den Namen geprägt: *Verbannt ihn an den See der Müdigkeit.* Vielleicht hatte sie ihnen allen damit das Urteil gesprochen.

»Wie lautet eigentlich die Anklage gegen ihn?«, fragte Journeyman. Astur kam zurück und schob beide Räder an den Lenkerschäften. Er bezweifelte, dass er das so elegant hinbekommen hätte.

»Es geht weniger um eine Anklage als um das, was er uns eingebrockt hat. Wozu er imstande ist. Schau dir doch an, wie er den Kordon gegen sich aufgebracht hat. Und so wie's aussieht, hat er auch schon vor dem Kordon scharenweise Leute gegen sich aufgebracht. Er und seine Maschine müssen weg, ob zusammen oder nicht.«

»Ich bin allen Vorschlägen gegenüber aufgeschlossen«, sagte Journeyman.

»Von wegen. Der geht auf euer Konto. Das von dir und deiner

Schwester.« Paul warf Astur einen Blick zu. Sie lächelte. Schwer zu sagen, was sie mitbekommen hatte.

Dann ritten Eugene und Paul los, und Journeyman und Astur blieben als Einzige zurück. Er war schon aufs Fahrrad gestiegen, bevor er merkte, dass die North Grange abgeriegelt werden musste, wenn Quentin nicht mehr hier wohnte. Sie gingen noch einmal hinein und brachten das schmutzige Geschirr in die Küche. Er überlegte, ob sich wohl ein anderer Streuner hier an ihrer Grenze einnisten oder ob das Gebäude von nun an leer stehen würde. Der Verlust machte ihm zu schaffen. Der Verlust der beiden Nachbarn, die so verrückt gewesen waren, zum Kordon überzulaufen. Es war ein besonderer Verlust, eine Delle in der Geometrie der Städte. Von jetzt an musste er die Grange vor dem Warentausch selber aufschließen, sagte er sich.

Astur und er fuhren die Straße entlang. Keine Pferde in Sicht, nichts als Krähen und ein paar Truthähne, die ihnen widerwillig aus dem Weg ententanzten. Die Sonne stand schon niedrig. Sie wichen den Frostaufbrüchen aus. Er wollte sein frisch repariertes Rad schonen.

»Und was machen wir jetzt?« Ein *Und was macht Maddy jetzt?* konnte er im letzten Moment noch runterschlucken. Maddy hatte die Teilnahme an der Unterredung wegen Befangenheit abgelehnt. Und Astur war nicht ihre Stellvertreterin, auch wenn Pauls Blick das unterstellt hatte.

Vielleicht beschränkte sich Maddy auf Mitternachtsbesuche mit Hammer und Schweißbrenner oder selbst gebastelten Sprengsätzen wie damals der Unabomber.

»Das ist eine sehr interessante Frage!«, sagte Astur.

»Aha.«

»Die beiden jungen Männer müssen wirklich irgendwo eingesetzt werden«, sagte sie. »Meine Idee wäre, sie nach Quarry Island zu schicken.«

»Quarry Island?«

»Ja. Es ist höchste Zeit, mit dem Bau des Leuchtturms anzufangen. Wobei sie sich als Erstes Winterquartiere bauen müssten.«

Hatte sie seine Frage falsch verstanden? Oder wich sie ihr bewusst aus? Bei Astur hatte er manchmal das Gefühl, Todbaume wäre nur sein Hirngespinst – etwas, das nur er sehen konnte.

Sie blieben an der Kreuzung stehen, an der Astur Richtung East Tinderwick abbog.

»Kann ich dich was fragen, Astur?«

»Klar.«

»Hat Maddy …« Er setzte noch mal neu an. »Wird Maddy in den Park gehen?« Sie war schon im Park gewesen – Astur musste das wissen.

»Ich finde, das ist eine ausgezeichnete Frage.«

»Todbaume ist irgendwie … verbohrt.«

»Mich verblüfft eher, wie verbohrt andere ihm nachlaufen.«

»Ich habe etwas …« Er wollte die Serviette aus der Tasche ziehen und Astur geben, verstreute aber nur Schnipsel auf dem Boden. Durch den Schweiß hatte die Tinte auf seine Hand abgefärbt, verschwommene Abdrücke des Unsinns, den Todbaume da notiert hatte. Astur sah ihn neugierig an. Die Serviettenschnipsel wurden auf der Straße davongeweht.

»Möchtest du bei uns essen, Sandy?«, fragte sie. »Dann könnten wir das weiterbesprechen.«

»Danke, aber heute geht's nicht.«

»Schon Pläne?«

»Ich werde … von einer Freundin erwartet.« Er schämte sich. Er wusste noch nicht mal, wie sie hieß. Und die Frau in der Bibliothek erwartete ihn auch nicht gerade – wenn von ihm überhaupt irgendwas »erwartet« wurde, das über das Herumhocken in seinen einsamen Zimmern hinausging, dann fand auch das nur in seinem untröstlichen Schädel statt.

## 41

# Seine einsamen Zimmer

Vier Zimmer über dem, was mal der Blumen- und Bonbonladen gewesen war. Bett, Bad, wenig benutzte Küche, Vorderzimmer mit Gaubenalkoven und einem Scheibchen Buchtblick – nur der Blick auf Quarry Island wurde von der Landzunge zwischen den Tinderwicks versperrt. Auf der Liege im Alkoven Bücher, die er in der Bibliothek aufgetrieben hatte, bevor die Neue da eingezogen war. Die meisten in einer Reihe geordnet und mit guten Vorsätzen verstaubt, Graebers *Schulden*, Gibbons *Verfall und Untergang*, *Das echte Leben leben* von den Stevedores, Pynchons *Enden der Parabel*, Eliots *Middlemarch*. Ein Taschenbuch von Ross Thomas' *Unsere Stadt muss sauber werden* lag aufgeschlagen auf dem Kissen.

Ansonsten nicht viel. Auf dem Küchentisch eine ausgequetschte Tube von Needras selbst gemachter Zahnpasta, die er dringend zum Nachfüllen zurückbringen musste. In einem Küchenschrank ein toter Laptop voller Drehbücher und Treatments, QuickTime-Videos mit persönlichen Erotika usw. usf. Auf dem

Kammerboden eine Pistole in einem Schuhkarton, genauso nutzlos, genauso vergessen. Journeyman hatte sowieso nie vorgehabt, sie zu benutzen.

Keine Spiegel.

Er war nicht da: Er nahm gerade all seinen Mut zusammen, um an die Bibliothekstür zu klopfen.

# 42

# Drenka

»Kann ich reinkommen?«

»Wenn du ein Buch willst, sag einfach, welches, und ich such's dir raus.« Sie sprach durch den Türspalt. Ihre dunklen Haare waren kurz und irgendwie unregelmäßig geschnitten – wahrscheinlich von ihr selbst. Sie sah ihn fest, aufgeweckt und vielleicht etwas amüsiert an. Es stimmte: Die Frau in der Bibliothek hatte vor einigen Wochen das *Kopfkissenbuch* der Sei Shōnagon für ihn gefunden, was bewies, dass sie sich in den Regalen zurechtfand. Trotzdem war es die Bibliothek. Es war nicht gerade ihre sympathischste Eigenschaft.

»Manche Leute stöbern einfach gern.« Kein optimaler Ausgangspunkt für das entspannte Verhältnis, auf das er gehofft hatte.

»Bist du deswegen hier? Zum Stöbern?«

Er fragte sich, ob sie jemals ein Gespräch führen würden, das über dieses Thema hinausging. »Ich wollte dich nicht überrumpeln. Es geht mir nicht um ein Buch.«

Sie blinzelte nur, statt es ihm leichter zu machen.

»Hast du Lust auf einen Spaziergang?«

»Warte«, sagte sie und schloss die Tür. Er war auf sich zurückgeworfen, auf den aufreibenden Bankrott des Spätnachmittags. Wenn er nichts ausliefern konnte, hatte er immer das Gefühl, mit leeren Händen dazustehen. Darum war es ihm gegangen: hier nicht als der Auslieferer dazustehen. Aber was war er sonst?

Als sie zu ihm herauskam, trug sie ein Sweatshirt mit hochgeklappter Kapuze. Vielleicht hatte sie gemerkt, wie er ihren Haarschnitt musterte. Oder ihr war kalt. Die Sonne berührte schon den Horizont; da war es nur realistisch zu frösteln.

Sie schlenderten über die Parkplätze des stillgelegten Krankenhauses zum Wasser hinab. Es war immer noch voll mit Materialien und Apparaten, aber die Kranken und Sterbenden ließen sich überall lieber behandeln als in dem riesigen leeren Klinikkomplex.

»Verrätst du mir heute deinen Namen?«

»Drenka.«

»Ich heiße Alexander«, sagte er. »Das hatte ich, glaub ich, schon erwähnt.« Dann gab er zu: »Meistens werd ich Sandy genannt.«

»Das passt zu dir«, sagte sie bedrückenderweise.

Alle Fragen, die ihm nur einfallen mochten, fand er selbst hirnverbrannt. Die, für die er sich dann entschied – »Was hat dich hergebracht?« –, ließ Drenka mit einer abwehrenden Geste ins Leere laufen.

»Ich möchte nicht verhört werden.«

»Ich bin hier nicht im Auftrag von irgendwem.«

»Dann möchte ich von *dir* nicht verhört werden.«

»Worüber reden wir dann?«

»Erzähl mir von deinem Tag, Alexander Duplessis. Wen hast du heute alles gesehen?«

»Die kennst du wahrscheinlich nicht …«

»Dann beschreib sie mir. Erzähl mir eine Geschichte.«

Eine Geschichte erzählen? Das war seine Berufung. Oder war es mal gewesen. »Du weißt doch, dass wir hier eine Eingrenzung um uns rum haben. Die Leute nennen sich selber den Kordon …« Er stockte: Stimmte das überhaupt? Oder hatten die Städter sich den Namen ausgedacht? »Mit denen hatten wir heute eine Unterredung.«

Drenka winkte ab. »Das hab ich alles umgangen. Ich bin übers Wasser gekommen.«

»Ich hab nicht gefragt.«

»Wie meinst du das?«

»Ich wollte nur darauf hinweisen, dass du dich gerade selbst verhörst.«

»Red weiter.«

»Beim Kordon ist man etwas aufgewühlt. Normalerweise kommt und geht da keiner. Jetzt haben sie einen Typ durchgelassen …« Wo fing man bei Todbaume an? Eigentlich wollte er gar nicht von ihm erzählen.

»Den Autotyp?«

»Du hast davon gehört?«

»Hier kommen Leute vorbei«, sagte sie. »Die, die du erwähnt hast, weißt du. Die gern stöbern.«

»Jedenfalls – genau. Der Autotyp. Der hat da ein paar Sachen ins Rollen gebracht.«

»Er war nicht so diskret wie ich.«

»Könnte man sagen.« Mehrdeutiger konnte er sich bei dem Thema kaum ausdrücken, aber ihm gefiel der kumpelige, hemdsärmelige Ton, den sie beide angeschlagen hatten. »Einige von ihren Leuten leben neuerdings bei uns, und heute sind ein paar von uns zu ihnen übergelaufen …«

»Bringt dich ja nicht gerade aus der Fassung.«

»Nein?« Wie konnte er ihr klarmachen, was es bedeutete, Sterling Limetree und Quentin Maslow gehen lassen zu müssen? Nebenfiguren; er wusste nicht, wie er rüberbringen sollte, dass sie eine Rolle spielten. Wenn das sein Drehbuch gewesen wäre, hätte Todbaume garantiert kommentiert, die beiden ersatzlos zu streichen. Aber ein Teil von ihm war mit ihnen mitgegangen. Drenka und er spazierten schweigend am Wasser entlang.

»Sandy.«

»Ja?« Er mochte es nicht, wie sie seinen Spitznamen jetzt aussprach. Es war ihm lieber, sie verspottete ihn mit der vollen Silbenzahl.

»Danke für die Gesellschaft. Ich geh dann allein weiter.«

Er sah sie verständnislos an.

»Wenn du willst, kannst du jetzt in der Bibliothek schmökern gehen.«

»Schon okay.«

»Dann bis bald.« Sie gab ihm die Hand. Er sah ihr nach, wie sie sich im kalten Wind am Felsstrand einen Weg suchte.

Wie enteinsamte man einen anderen Menschen? Wenn man das noch nie miterlebt hatte, würde man es nicht für möglich halten.

Und Geschichten gehörten vielleicht auch zu den Maschinen, die nicht mehr funktionierten.

# 43

# Abendessen mit Jane und Lucius

Jane und Lucius, die Marihuanazüchter, waren gelegentlich auf der Farm zu Gast. Journeyman wusste nicht, was die Einladungen auslöste. Alle paar Monate standen sie mit einem Korb voller Flaschen aus ihrem offenbar unerschöpflichen Weinkeller und irgendetwas Leckerem aus Lucius' Küche auf der Matte. Die Spodosol veränderte sich an diesen Abenden auf schwer fassbare Weise. Es war nicht so, als gäbe es zu anderen Zeiten weder Dope noch Alkohol. Aber Jane und Lucius sorgten anscheinend immer dafür, dass die übliche fleißige Gewissenhaftigkeit einer zwangloseren Atmosphäre wich. Wenn sie kamen, wurden die Abende lang.

Die beiden lebten außerhalb von East Tinderwick in einem Sommerhauskomplex, der jedes Jahr nur drei oder vier Wochen lang von wohlhabenden Bostoner Familien und einem berühmten Maler bewohnt gewesen war. Sie verbreiteten eine gewisse Weltoffenheit. Lucius war früher Küchenchef im Tinderwick Inn gewesen. Damals, bevor der Stillstand Gasthäuser und Restaurants überflüssig gemacht hatte und der Inn zum festen Wohnsitz der Belegschaft und einiger Gäste geworden war, die dort zufälligerweise gerade abgestiegen waren.

Er beneidete die beiden. Ihm trat Maddy immer als humorloses Arbeitstier gegenüber. Wenn Jane und Lucius kamen, konnte sie die Arbeit an einem Kohlrabibeet unterbrechen und am hellen Tag ein Glas Wein trinken. An diesem Abend stellte Lucius bei Maddy und Astur ein stattliches Cassoulet auf den Tisch, dessen Ente Journeyman sogar selbst ausgenommen hatte. Ein Ring aus Kerzen erhellte das Zimmer, und der Lichtkreis hielt den früh dunkel gewordenen Oktoberabend fern. Sie ließen einen Joint kreisen und waren mit dem Salatgang schon fertig, als das Thema zur Sprache kam.

»Ich hätte jetzt Lust auf einen seiner Espressos«, sagte Lucius. Er hatte seine Weste aufgeknöpft und sich auf dem Stuhl zurückgelehnt. Journeyman hatte keine Ahnung, wann Jane und Lucius den neuen Gründerpark besucht haben konnten, es überraschte ihn aber nicht weiter.

»Dann geh hin und gönn ihn dir«, sagte Astur.

»Der Preis ist mir zu hoch«, witzelte Lucius.

»Der Typ ist eine Dumpfdrossel«, sagte Jane, was Journeyman ein kurzes schnaubendes Lachen entlockte. »Diese Katastrophentrickkiste ist so spannend wie eingeschlafene Füße. Der tut gerade so, als hätte er das Ende der Welt erfunden.«

Lucius verzog das Gesicht. »Eins muss man dem Typ aber lassen, Jane. Er hat seine Hausaufgaben gemacht.« Der liebevolle Schlagabtausch war eine Spezialität von Jane und Lucius, während die anderen von ihrem Gras so bedröhnt waren, dass sie keinen unfallfreien Satz mehr auf die Reihe bekamen. Journeyman fehlte diese Form der Geselligkeit mehr, als er sich eingestand.

»Wie meinst du das?«

»Na, während wir uns hier in diesem Kuhkaff eingekuschelt haben, ist der Mann einmal quer durchs Land gefahren, Schatz. Kein Wunder, dass man ihm die Bude einrennt. Neugierige Köpfe wollen es genau wissen.«

»Das ist doch Stuss«, sagte Jane. »Woher wollen wir denn *wissen*, wo er wirklich herkommt?«

»Na, Sandy weiß das. Oder, Sandy?«

»Ich kannte ihn in L. A.«, gab er zu. »Sogar noch länger, von der Uni.«

»Was heißt ›kannte‹?«, fragte Jane. »Du kennst ihn doch immer noch.«

»Oder ist das nicht derselbe?«, fragte Lucius, stieß den Zeigefinger in die Luft und spielte Sherlock Holmes. »Haben wir da vielleicht so unsere Zweifel?«

»Ich würd ja gern behaupten, dass er sich nur als Todbaume ausgibt«, sagte Journeyman. »Oder dass er sich verändert hat.« Er wich Maddys Blick aus. Er musste kaum befürchten, dass hier jemand von den Starlet Apartments wusste, Astur vielleicht ausgenommen. Auch sie sah er nicht an. Die beiden machten es ihm leicht und standen auf, um abzuräumen und das Geschirr in die Küche zu bringen. Außer Hörweite waren sie damit allerdings nicht.

»Okay, er ist also Produzent, ja?« Lucius übernahm die Rolle des Staatsanwalts und referierte als Erstes dic feststehenden Tatsachen. »Produzenten haben es ja so an sich, dass sie etwas produzieren, und zwar meistens mehrere Sachen auf einmal.«

»Er ist ein *Lügner*«, sagte Jane.

»Kommt aufs selbe raus«, sagte Lucius. »Und was produziert er? Er baut seinen eigenen kleinen Kordon auf, stimmt's?«

»Aus *was?* Oder eher: aus *wem?* Ted Nowlin? Seinen Teenager haben sie ihm ja schon geklaut.«

»Das war ein Tauschhandel«, stellte Journeyman richtig. »Er hat den Teenager für die Männer im Wald eingetauscht. Eke und seinen Freund. Walt.« Er hatte niemandem erzählt, was er gesehen hatte.

»Aus uns, Schatz. Wir werden alle ein Teil davon, wart's nur ab.«

»Du verzapfst Stuss«, sagte Jane.

»Eke und Walt kann er schon mal nicht rekrutieren«, sagte Astur, die mit einer Servierschale eingemachter Beeren und Ziegenkäse aus der Küche kam. »Die hab ich schon für mein Projekt eingeworben. Die ziehen auf Quarry Island.«

»Ach ja?«, fragte Lucius belustigt. »Und wissen Rosencrantz und Guildenstern schon von ihrer Rolle in deinen Plänen?«

Astur lächelte friedfertig. »Sie bereiten sich darauf vor, das Festland hinter sich zu lassen. Das Campen im Park ist ein ausgezeichnetes Training.«

So leicht ließ sich Jane nicht abschrecken. »Jetzt sag schon, wie du das meinst, Luce. Wie sollen wir Teil seines Kordons werden?«

Lucius schloss die Augen, als wäre es unter seiner Würde, das erklären zu müssen. »Passt auf, wenn sie ihn holen kommen, und sie *werden* ihn holen kommen, was machen wir dann wohl?« Niemand antwortete. »Na, ist doch klar. Wir werden ihn und seinen kunsthandwerklichen Scheißpanzer verteidigen. Wir haben dem Kotzbrocken schließlich Asyl gewährt, oder? Und amnestiert haben wir ihn auch für alle Gräueltaten, die er auf ihrem Terrain begangen haben mag. Er ist jetzt einer von uns. Wenn wir zulassen, dass sie ihn mitnehmen, was passiert dann wohl als

Nächstes?« Lucius breitete theatralisch die Arme aus und machte Glupschaugen. »Das hier. Der ganze Scheiß hier. Die nehmen uns alles.«

»Er ist keiner von uns«, sagte Jane.

»Doch, Jane, ist er. Er ist wir bis auf die Knochen. Er ist unser Totemtier. Er hat uns für einen Espresso gekauft.«

»Du redest echt nur Stuss, Luce. Du hast einen sitzen.«

»Klar doch. Ich bin hacke, und der Alk wirkt wie ein Wahrheitsserum.«

»*Du* willst ihn vielleicht verteidigen«, sagte Jane mit majestätischer Verachtung. »Ich verzieh mich derweil auf die billigen Plätze, verfolge das Ganze durchs Opernglas und lach mir den blütenweißen Arsch ab.«

Alle lachten. Maddy am lautesten. Die anderen drehten sich zu ihr und merkten plötzlich, dass sie während des ganzen Essens am wenigsten gesagt hatte – im Grunde fast gar nichts. Trotzdem hatte sie den Vorsitz. Sie alle hingen von ihrem Wohlgefallen ab, oder nicht? Journeyman dachte wieder einmal über sein Ritualpuzzle nach. Das Überleben der Halbinsel hing von ihrem Wohlgefallen ab – oder ihrem und Asturs und dem der fünf oder sechs besten anderen Farmer. Die Farmer und Victoria – der Kordon liebte Victorias Wurst.

Er war ebenfalls verstummt. Spielte den Unsichtbaren, Nichtdeputierten. »Gehst du ihn dir mal anschauen, Maddy?«, platzte er jetzt heraus.

»Ich bin nicht so neugierig wie ihr.«

»Ich mein auch nicht aus Neugier. Todbaume glaubt, das wäre eine Sache zwischen euch beiden.«

»Da liegt er falsch.« In all der Ausgelassenheit hatte Maddy den Hammer nie weggelegt. Er hing immer noch an ihrem Werkzeuggürtel, war ein Teil von ihr. Derselbe Hammer, mit dem sie Todbaumes Cockpit einem Stresstest unterzogen hatte.

»Falsch, weil er verrückt ist …« Journeyman hatte zu einer Frage angesetzt, aber der Satz blieb als Aussage im Raum hängen.

»Von Amts wegen sind wir alle scheißverrückt«, sagte Lucius, der in Journeymans Augen von Amts wegen scheißbesoffen war.

»Falsch, weil er den falschen Bruder hat«, sagte Maddy, stand auf und räumte auch das Dessertgeschirr ab.

## 44

# Postapokalyptische und dystopische Geschichten

Wenn Journeyman ein Experte für irgendetwas war, dann für postapokalyptische und dystopische Geschichten. Vor dem Stillstand war es jahrzehntelang seine bezahlte Hausaufgabe gewesen, sie zu lesen und Riffs und Motive für *Noch eine Welt* zu plündern. Von Todbaume bezahlt, wohlgemerkt. Todbaume hatte seine Recherchen aber nicht nur outgesourct. Er hatte die Bücher auch gelesen.

»Weißt du, was an dem ganzen Scheiß so toll ist?«, hatte er Journeyman mal gefragt.

Sie saßen in seinem Büro am Venice Boulevard, im Hauptsitz seiner Produktionsfirma Kill Tree, in der Kommandozentrale des Vehikels, das er vor dem Blue Streak gesteuert hatte. Zur Veranschaulichung zeigte er auf die Bücher, die überall herumlagen und in denen Post-its klebten und Stellen quietschrosa und knallgelb markiert waren. Journeyman hatte schon öfter miterlebt, wie Todbaume ganze Kapitel aus der Bindung riss und ihm oder einer anderen Literatte in die Hand drückte, die er eingestellt hatte, um das gefledderte Material in eine Szene einzufügen. Seltsam, aber typisch Todbaume war, dass er grundsätzlich darauf bestand, dass seine Assistentin für das Verhackstücken Erstausgaben besorgte. Neuwertige Exemplare mit unversehrten Schutzumschlägen. Die riss er dann ab und zerknüllte sie. Angeblich mochte er es, wie die Originalausgaben rochen und sich anfühlten. Einmal in seinem Besitz, waren sie aber todgeweiht. (Journeyman hatte einmal zugegriffen, um *Katzenwiege* vor der Lache einer umgekippten Cola zu retten. Todbaume hatte laut gelacht. »Du solltest dich mal sehen, Sandmann. Die *Bücher* tun dir leid, stimmt's?«)

Er hatte an jenem Tag Walter Tevis' *Die Letzten der Menschheit* zusammenfassen sollen. Er hatte gesagt, seiner Meinung nach tauge das nicht zur Verfilmung. Todbaume hatte nur gegrunzt. Wahrscheinlich hatte er das auch gar nicht gehofft. Wahrscheinlich wollte er seine Fantasie nur mit Raubgut für *Noch eine Welt* spicken. Tevis' Buch, *Leben ohne Ende*, *Nach der Bombe*, *Das Licht der letzten Tage*, *Lobgesang für Leibowitz*, *Riddley Walker*, Vonnegut, Atwood, King – mit *dem ganzen Scheiß* meinte er all das, was er um sich herum verstreut hatte.

»Was ist an dem ganzen Scheiß denn so toll?«, hatte Journeyman brav nachgeplappert.

»Das ist immer besser, nicht schlimmer.«

»Wie meinst du das?«

»Ihr Tintenpisser schreibt das angeblich doch, damit es *nicht* passiert, oder? Als warnende Beispiele.« Für Todbaume hatte Journeyman für alle Schriftsteller, für seinen Stamm, Rechenschaft abzulegen. »Aber sie können nicht anders, sie mögen es da. Sie *lieben* es da.«

»Wo?«

»Wo? Na, in der abgefuckten allegorischen Höllenlandschaft oder dem grässlichen Hochsicherheitstrakt der menschlichen Seele, den sie sich ausgedacht haben; die Einzelheiten gehen ihnen am Arsch vorbei. Sie wollen da leben, das spürt man. Die Figuren handeln immer gerechtfertigt, sind auf einer Straße unterwegs. Apropos, *Die Straße*, das kotzt mich richtig an. Das soll doch angeblich so eine existenzielle Beckett-Nummer sein. Weltuntergang für Fortgeschrittene. Aber was ist das Schlimmste, was dem ollen Cormac einfällt? Die Szene im Keller, oder? Da halten sie die Leute am Leben, damit sie sie nach und nach auffuttern können. Und was hat nie einer gemerkt? Dass man die Leute füttern muss, um sie am Leben zu erhalten. Das ergibt doch überhaupt keinen Sinn. Wenn McCarthy ehrlich wäre, würde er zugeben, dass er eine Geschichte fürs Lagerfeuer geschrieben hat, Sandmann. Stattdessen stopft er da diesen ganzen alttestamentarischen Stuss rein. Die Welt ist überschaubar und aufgeräumt, alle Zweideutigkeit ist futsch.«

»Weil das … leichter ist?«

»Genau. Postapokalyptisches Trostfutter. Und damit meine ich keine Trivialliteratur. Selbst Kafka wollte in seinem *Schloss* leben, da kannst du aber einen drauf lassen.«

»Wir erzählen uns Geschichten, um zu leben.«

»Genau. Wer braucht keinen *Trost*? Und wer *futtert* nicht gerne?«

»Ich bestimmt nicht.«

»Siehst du, Sandmann, siehst du. So, und jetzt setz dich auf den Hosenboden und schreib mir genau die Geschichte. Postapokalyptischen, dystopisch-idyllischen Kuschelkitsch. Das alte Lied, nach dem wir uns alle sehnen.«

## 45

# Was wollte der Blue Streak?

Journeyman wachte unten auf dem Sofa auf. Nicht, weil Maddys und Asturs Gästezimmer, wo er sich auf der Spodosol sonst immer hinhauen konnte, besetzt gewesen wäre, sondern weil er auf dem Sofa weggepennt war, nachdem Jane, Lucius und er noch bis in die Puppen große Reden geschwungen hatten. Als vom Rotwein, den die beiden mitgebracht hatten, nichts mehr übrig war, hatten sie mit Cider weitergemacht, und das Gespräch war hirnrissig und albern geworden. Von dem Augenblick an, da sie nur noch zu dritt gewesen waren, wurden seine Gedächtnislücken zunehmend flächendeckend.

Er stellte fest, dass Maddy und Astur schon weg waren und wahrscheinlich ihre Vormittagsarbeiten erledigten. Das Feuer im Ofen in der Küche brannte noch. Er fand eine Kanne mit lauwarmem Tee, und einen Becher hatten sie ihm auch hingestellt. Sie waren um ihn herumgeschlichen. Er saß da, trank Tee, blinzelte ins schräg hereinfallende Morgenlicht und wartete darauf, dass sein Kopf aufklarte. Er hatte von Todbaume geträumt, von früher und von dem Gespräch über dystopische und postapokalyptische Geschichten. Vielleicht hatte er ja alles nur geträumt, vielleicht hatte es nie einen Todbaume, ein Hollywood und ein Früher gegeben. Doch. Das alles war geschehen und dann zum Traum verwurstet worden. Er vermisste es.

Als er so weit wiederhergestellt war, dass er sich auf dem Fahrrad halten konnte, machte er sich auf den Weg, ohne erst seine Schwester in den Gewächshäusern zu suchen, weil er keine Lust hatte, ihr am Morgen danach mit seinem Brummschädel gegenüberzutreten. Er hätte nach Tinderwick und zu seinen Pflichten zurückkehren sollen. Stattdessen zockelte er in den Gründerpark. Wenn er Todbaume je für sich haben konnte, dann am ehesten früh am Tag. Am Nachmittag scharte er meist schon seine Zuhörer oder Gefolgsleute um sich.

Er konnte ihn um einen Kaffee bitten. Den brauchte er jetzt.

Der Park war ruhig, das Feuer erloschen, der Blue Streak still. Weit draußen auf dem Meer sah er östlich von Quarry Island ein Segel. Keine Lebenszeichen am Waldrand, wo Ekes und Walts Zelt stand. Er lehnte sein Fahrrad an die Spielplatzrutsche und ging auf die Maschine zu. Die Leiter war eingefahren. Nichts deutete auf Aktivitäten im Inneren hin. Vielleicht schlief Todbaume noch. Als er das gerade dachte, hörte er einen Pfiff vom Wasser her, hinter dem Pavillon.

»Sandy, hey. Ich komm gleich.«

Todbaume stand an der Uferböschung und pinkelte ins Gebüsch. Er schüttelte ab, zog den Reißverschluss hoch und kam auf seine nachlässige Weise zu ihm gejoggt. Seine Jeans waren fast schwarz vor Dreck, seine Sneaker feucht vom Tau. Er hatte ein widerwärtiges Grinsen aufgesetzt. So weit weg von seiner Maschine hatte Journeyman ihn noch nie gesehen. Er stand zwischen den beiden. Er konnte Todbaume umhauen und dann die Maschine kapern – aber nein.

Das grelle Morgenlicht und das grelle Licht von Journeymans Kater überfluteten die Szene und raubten ihr alle Illusionen. Todbaume sah schrecklich alt aus. Journeyman hatte ihn seit seiner Rückkehr schonungslos zeitgemittelt. Es war, als bildete Todbaumes charismatische Macht über seine Zuhörer eine Art Florschleier, eine flüssige Aura, die auch ihn selbst umschloss und genesen ließ. Ohne sie wirkte er anämisch, krank und von der Zeit umnachtet. Denselben Eindruck machte Journeyman wahrscheinlich auf Todbaume.

»Du liebst mich nur, weil ich Kaffee hab.«

»Da würd ich nicht Nein zu sagen«, gab er zu.

»So ist's recht.« Als Todbaume an ihm vorbeiging, hörte er, wie der Blue Streak zum Leben erwachte, ein fast unterirdisches Geräusch kollernder Kühlflüssigkeit. Als er hochsah, schimmerte das Cockpit in Bereitschaft. Die Leitersprossen schoben sich heraus. Hatte das Superauto gespürt, dass Todbaume kam? Hatte der einen dieser Schlüssel, die auch als Fernbedienung funktionierten? Wenn er an Todbaumes Sturz oder aber an seiner Verteidigung mitwirken wollte, konnte es nützlich sein, das zu wissen.

»Komm hoch.« Journeyman sah, wie erst Todbaumes Hintern und dann die nassen Sneakers in der Öffnung verschwanden. Er stieg ihm nach.

Drinnen deutete Todbaume durch die Kuppel auf den Rasen zwischen Superauto und Waldrand. Erst dachte Journeyman, Todbaume wolle ihm etwas im Wald zeigen – vermutlich das Lager von Eke und Walt. Nein. Todbaume deutete ins Gras hinab.

»Siehst du den Hirsch?«

Er sah ihn erst jetzt. Ein toter junger Bock, ein Sechs- oder Achttender. Der Kadaver lag quer über der Grenze, wo das grüne Gras auf das verdorrte braune um den Blue Streak traf. Sog das Fahrzeug zur Selbstversorgung die Feuchtigkeit und Vitalität aus der Erde? Aus dem Fahrgestell führten jetzt verschiedene Rohre und Schläuche in den Boden. Oder war die Todeszone das Ergebnis der ständigen Strahlung, wie er von Anfang an befürchtet hatte? Und was war mit dem Hirsch? Er fragte Todbaume, und der grinste.

»Muss letzte Nacht passiert sein; ich hab's gar nicht mitbekommen. Manchmal verteidigt sich der Streak gegen Bedrohungen.«

»Was soll daran eine Bedrohung sein?«

»Das blöde Teil ist mit den Hufen vielleicht gegen meine Ventile getrappelt, weiß der Geier. Oder es hat uns mit einem Konkurrenten bei der Balz verwechselt und wollte uns zum Geweihkampf herausfordern.«

*Meine* Ventile, *uns* verwechselt, verteidigt *sich*: Manchmal klang Todbaume so, als wäre das Superauto sein eigener Körper. Dann wieder, als handle es sich um ein völlig fremdes Phänomen. Vielleicht war er genauso verwirrt wie Journeyman. Seit die Kordonisten von den Städtern verlangt hatten, die beiden zu trennen, sah Journeyman Todbaume und den Blue Streak als trennbar. Allerdings war er davon ausgegangen, Todbaume wäre der Herr des Superautos. Was, wenn es umgekehrt war?

»Also was soll der Weckruf, Sandy? Willst du mir die Leviten lesen?«

»Ich hab bei Maddy übernachtet«, sagte Journeyman als halbe Entschuldigung. Halbe Entschuldigungen waren womöglich sein wichtigster Lebensmodus.

»Hast du ihr den Vertrag gegeben?«

»Ja«, log er. »Sie denkt darüber nach.«

»Das Spiel läuft«, sagte Todbaume. »Das wird ein Epos, wenn wir zusammenkommen.«

»Du weißt aber schon, dass sie lesbisch ist, oder, Peter?«

»Wer ist das heutzutage nicht?«

Journeyman fielen mindestens hundert Gründe ein, um diese Bemerkung zu überhören. »Und da wäre noch was.«

»Dann red endlich Klartext, Baby. Leiste Verzicht auf die Quisquilien.«

»Ich muss wissen, was zwischen dir und den Kordonisten vorgefallen ist.«

»Und warum?«

»Sie sehen mich als deinen …« Er kam nicht auf das richtige Wort und drehte die Wendung um. »Sie sehen dich als meine Verantwortlichkeit.« Das Pronomen »sie« ließ er unbestimmt. Todbaume konnte es ruhig nur auf die Kordonisten beziehen, nicht auf die Reiter von Granite Head. Nicht auf Maddy.

»Ich soll dir also eine Geschichte erzählen, ja?«

»Genau.«

»Wie eine Privatführung in einer Galerie außerhalb der Öffnungszeiten. Nur hab ich Verpflichtungen meinem Stammpublikum gegenüber, Sandy. Ich kann das Material nicht verschwenden.«

»Ich will nicht dein *Material*«, sagte er. »Ich will die Wahrheit.«

»Und was ist, mein lieber Alphonse, wenn die Wahrheit nun darin besteht, dass ich die Schädel von ein paar Ärschen mit meinen Ketten untergepflügt habe? Vielleicht ist da gar nicht mehr dran als das.«

»Ich wüsste gern die Einzelheiten.«

»Tja, da wirst du warten müssen. Was ist aus deinem berühmten Sinn für Geschichten geworden? Kannst du den geografischen

Spannungsbogen nicht nachvollziehen, mit dem ich mich durch die unendlichen Weiten schinde, meine mythologische Grenzlanderforschung in umgekehrter Richtung? Komm heute Abend wieder her, da sind Pennsylvania, New Jersey und New York an der Reihe.«

»Ich nehm an, ein paar Kapitel hab ich verpasst.«

»Neunzig Prozent des Lebens bestehen aus bloßem Aufkreuzen, Sanderton.«

»Ich werde versuchen, meine Anwesenheitszeiten zu verbessern.« Ihr Geplänkel kam ihm oberflächlich und leer vor, Kostümproben für eine Show, die vor Jahren abgesetzt worden war. Er warf einen Blick auf den toten Hirsch. Er wollte aus dem Cockpit raus, raus aus dem Klammergriff des leise summenden, giftig strahlenden Gefährts, das Todbaume quer durch den Kontinent befördert und in sein Leben zurückgezaubert hatte. Er dachte an das seltsame Fluoreszieren, das auch dann noch anhielt, wenn das Lagerfeuer erloschen war und kein Mond schien, wie ein im Dunkeln leuchtender Kinderschlafanzug. Das Leuchten war sinnlos bei einem krypto-militärischen Fahrzeug, bei dem es manchmal auch auf Tarnung ankam. War die Maschine kaputt?

Todbaume saß im drehbaren Pilotensessel, nippte Espresso, wirkte versunken in seine Hinfälligkeit und kaum noch am Leben. Vielleicht war der Blue Streak ein Lebenserhaltungssystem, das Todbaume als seine menschliche Vertretung betrieb. Was, wenn es bereit war, seine Marionette auszumustern? *Was wollte der Blue Streak?*

Todbaume las seine Gedanken. »Du findest, ich seh scheiße aus.«

»Ja.«

»Das beruht auf Gegenseitigkeit. Selbst schuld, wenn du das zu sehen kriegst; was kommst du auch so früh am Morgen? Ich fühl mich erst als Mensch, wenn die Sonne so richtig gleißend heiß ist. So nachmittags um drei oder vier.«

Du fühlst dich als Mensch?, wollte er fragen. Woher willst du denn wissen, wie sich das anfühlt?

»Ich komm heute Abend wieder«, sagte er, »und hör mir deine Geschichte an.«

# 46

## Die Mitreisende

»Sie war derselbe Typ wie ich – vielleicht der erste, dem ich auf der gesamten Kontinentalfahrt begegnet bin. Damit meine ich, dass es ihr nicht reichte, immer am selben Ort zu leben; sie hatte Hummeln im Hintern. Damit will ich euch nicht ans Bein pinkeln. Wir haben es hier mit neuen Lebensbedingungen zu tun, das ist einfach der Lauf der Dinge. Nur war sie nicht stillgestellt wie der Rest der Welt. Und damit hatte sie sofort meine Aufmerksamkeit. Vielleicht könnte man sagen, sie sorgte für einen Stillstand des Herzens.«

Das Feuer beleuchtete die Szene und flackerte auf den Gesichtern von Todbaumes Stammhörern, die sich darum gruppiert hatten. Die Witwer Theodore Nowlin und Edwin Gorse. Sophie Thurber, das Rätsel. Mike Raritan hörte sich Todbaumes Geschichten jetzt regelmäßig an, den Grund kannte Journeyman nicht. Zwei Frauen aus Granite Head, Sarah und Eden, die auf Fahrrädern und nicht zum ersten Mal gekommen waren. Die Teenager, die am Pavillon herumlungerten wie an einer Straßenecke. Ihre Fraktion war gewachsen. Journeyman hatte den Eindruck, dass die Hälfte von ihnen noch im Schulalter war. Einer davon war Danny Limetree, Sterlings entzwillingter Bruder. Die anderen Jugendlichen scharten sich um ihn, als wäre er jetzt ihr verwundeter Prinz. Zwei Waldschrathippies, deren Namen Journeyman nicht kannte, er mit Dreadlocks, sie im Poncho und mit Turban, saßen eng zusammen. Andy, der Stadtpsychiater – noch eine Überraschung.

Und Journeyman. Er galt wohl auch als Stammhörer. Die aktuelle Geschichte drehte sich um Todbaumes Abfahrt aus Pittsburgh. Er schilderte es als unattraktive Gegend voller militarisierter Checkpoints, Geflüchtetenlager und durchbürokratisierter Essensausgabestellen, wie einen auf Dauer unter Sturm- oder Hochwassermanagement gestellten Sektor.

»Ich bin in die verlassene Mall am Stadtrand reingeschlichen, eine echt negative Zone. Sagt euch der Begriff Ruinenporno noch was? Ich hab am Drehort gehaust. Ich hatte genug von diesem und jenem dabei, um es ein paar Wochen lang auszuhalten, und wollte die Gegend erst mal erkunden, bevor ich der Ostküste zu nahe kam, also den alten Enklaven und dem Acela-Korridor. Ich hab mich dasselbe gefragt, was sich jeder andere auch gefragt hätte: Gab es einen minderjährigen Präsidenten, waren die Nazis am Ruder, wodurch hatten sie das Empire State Building ersetzt, bekam man noch irgendwo eine anständige Egg Cream, hatten die Sox den Wimpel geholt, der ganze Scheiß. Aber im Ernst: Macht euch keine Hoffnungen, ich hab nämlich keinen blassen Schimmer.«

Eke und Walt schlichen in den Kulissen dieser Bühne herum. Sie hatten die Verantwortung für das Feuerholz übernommen. In regelmäßigen Abständen kam einer der beiden fast hüpfend an und warf neues Brennmaterial in die Flammen. Das war ein Ventil für die aus ihrer Unsicherheit stammende Energie, vielleicht aber auch ein Vorwand, weil sie so dabei sein konnten, ohne sich als Todbaumes Anhänger outen zu müssen. Die ehemaligen Kordonisten kamen Journeyman wie unschuldige Kinder vor. Hatten sie die leiseste Ahnung von dem, was Astur mit ihnen vorhatte? Draußen über dem Wasser war Quarry Island jetzt ein Nichts, ein Fleck, wo kein Sternenlicht auf der kabbeligen See tanzte. In einer solchen Nacht musste das französische Boot auf den Felsen vor der Insel zerschellt sein.

»Wenn man so will, kam das meinem jetzigen Aufenthalt hier bei euch im Park am nächsten. Nicht, dass ich damals irgendetwas mit euch hier hätte vergleichen können. Ein paar neugierige Vagabunden kamen zum Quatschen vorbei und brachten mir Kostproben des örtlichen Futters, aber das war ziemlich erbärmliches Zeug, Ziegenkopfsuppe mit Hundekuchenkeksen als Beilage, so die Schiene. Ofenwarmes Maisbrot und Rhabarberkompott hat mir bei denen garantiert keiner gebracht.«

Journeyman fragte sich nicht, ob es einen minderjährigen Präsidenten gab, wohl aber, welche Städter Todbaume mit Maisbrot und Kompott bedachten.

»Sie tauchte gleich mit ihrem Rucksack auf. Ob man das nun Vertrauen oder Verzweiflung nennt, läuft aufs selbe raus. Mit Rucksack und einer Warnung: Sie wollten mich überfallen, mit Düngersprengstoff angreifen, Scheißebomben. Eure Freunde sind ja auch dahintergekommen: Scheißetechnik könnte die einzige Technik sein, der der Stillstand nichts anhaben kann. Ehrlich gesagt, die einzige Technik, bei der ich Zustände kriege. Sie kam also mit ihrem Rucksack angedackelt, hatte einen geklauten Laib ganz gute Pumpernickel dabei und nur eine Bitte: dass ich sie ein

Stück mitnehme. Meine erste Anhalterin. Was soll ich sagen? Ich war inzwischen ganz schön einsam. Fuhr auf ihre Unverfrorenheit ab. Ich nannte die Dame ›Pittsburgh‹, einfach, um sie zu piesacken, denn das Einzige, was sie mir über sich erzählte, war, dass sie *nicht* von dort war.«

Fragen über Fragen, man konnte sich so vieles fragen. Wie war das alles zu genau *dem* hier gekommen? Wann sollte Journeyman das erfahren, wenn nicht hier und jetzt? In dieser Zeitoase am Ende der Welt. Aber vielleicht war die Zeit mit Todbaumes Ankunft auch wieder angelaufen. Er war seine eigene Uhr; mit ihm kamen Fristen und Krisen. Schlimmer als eine Uhr. Eine Zeitbombe.

Mal überlegen: Wenn nur Scheißetechnik den Stillstand überlebt hatte, was versorgte den Blue Streak dann mit Energie? Ließen seine Brennstäbe sich als gepresste Scheiße definieren? Vielleicht war es das, was Todbaume von den meisten Menschen unterschied: Seine Kacke konnte killen, seine Scheiße erbrachte Kilowattleistung. Alles andere als biologisch abbaubar und mit einem Düngwert von karzinogener Halbwertzeit.

»Eine innere Stimme sagte mir, Pittsburghs Warnung ernst zu nehmen. Dieselbe Stimme hatte mir da schon ein paarmal das Leben gerettet. Die Mall war aber sowieso nicht mehr in Betrieb, für mich gab's da nichts zu holen. Also fuhren wir los. Pittsburgh erwies sich als schräger Vogel. Konversationsmäßig war sie eher am Rumeiern, aber immerhin konnte ich – an dem Abend, wo wir den letzten Macallan weggepichelt haben – aus ihr rausholen, dass sie die erste Phase des Stillstands in einer Künstlerkolonie in der Wüste von Taos in New Mexico überstanden hatte. Lyrik, sagte sie. Ich hab mir gesagt, dass es wohl das war, was sie ständig in das blaue Notizbuch in ihrem Rucksack kritzelte. Und wenn ich das mal so sagen darf, Pittsburgh konnte einen tierisch aufgeilen. Wisst ihr noch, wie das früher war, wo man morgens um zwei zwischen den Kabelkanälen hin- und herzappen konnte und immer das Gefühl hatte, *gleich würde man nackte Titten zu sehen kriegen*, bloß kamen nie welche? Das war Pittsburgh in Reinkultur. Sie hatte irgendwelche Geisha-Ninja-Superkräfte für das An- und Ausziehen in Schichten. Immer diese farkakten Schichten. Mit ihr unterwegs zu sein, war schlimmer, als allein zu sein, denn allein konnt ich machen, was ich wollte, allein konnt ich wenigstens träumen.«

Todbaumes Geschichten, in Endlosschleife *das alte Lied, nach dem wir uns alle sehnen*, wo kam das bloß alles her? Fragte Journeyman sich das jetzt womöglich zum ersten Mal? Sein halbes Leben hatte er in Todbaumes verbalem Güllefluss verbracht. Todbaume war nicht einfach ein Lügner – er konnte nicht *einfach* irgendwas sein. Seine Zunge schien unter Strom zu stehen: Sein Publikum brauchte das und hatte Angst davor, dass es ausgesprochen wurde. Sollte Journeyman die Erzählung unterbrechen und seine Zuhörer, die Anhängerschaft im Gründerpark, warnen, ihm nicht zu glauben? Das konnte er nicht. Er war ja selbst ein Anhänger. Er war mit dem Wunsch hergekommen, die Wahrheit unter den Lügen, unter den Geschichten zu hören, das verrückte Pasticcio – die neu zusammengerührte Melange aus Wahrheit und Lüge, aus Übertreibung, Erfindung und Übersetzung, die Taschenspielertricks, mit denen dieses durch jenes ersetzt wurde. Die Lüge, die die Wahrheit sagte.

Todbaumes Kunst war unappetitlich. Journeyman gierte danach. Sie hatte ihm etwas zu sagen, da war er sicher.

Und zweifellos verließ sich Todbaume genau darauf.

»Sie sagte, sie hätte Freunde in New York und ich sollte mit ihr dorthin kommen. Ich fragte sie, woher sie wissen wolle, dass sie noch lebten, und warum sie glauben würde, dass man in die Stadt überhaupt reinkäme, dass Manhattan nicht eine zugemauerte Hochsicherheitsinsel geworden war oder zu völliger Verwüstung verhungert, denn Dean & DeLuca und Gristedes mussten von den städtischen Horden doch schon in den ersten Wochen skelettiert worden sein. Ich war instinktiv dagegen, den Streak auch nur in die Nähe zu steuern – und das sagte ich ihr auch. Ich wollte lieber nach Norden abdrehen, über den Hudson rüber und wieder in die freie Natur raus. Aber irgendwie hatte sie mich in den Bann gezogen, keine Ahnung, warum eigentlich. Als hätte sie wirklich ein Ferngespräch geführt. Und so konnte sie mich überreden, sie wenigstens bis nach North Jersey zu bringen und in Hoboken oder so abzusetzen, wo sie die Skyline schon sehen konnte.«

Journeyman hatte das Gefühl, dass die Geschichten immer niederträchtiger wurden. Vielleicht auch nur diese eine, bei der sein Zuhören verlangt worden war. Jemand drückte ihm eine Flasche Glühmost in die Hand. Er nahm sie dankbar entgegen, trank einen kräftigen Schluck und krümmte sich: Er war mit so was Ätzendem wie Franzbranntwein oder Formaldehyd gestreckt worden. Oben in den Bäumen flatterte etwas. Größer als eine Krähe, dachte er. Vielleicht ein Raubvogel, der sie taxierte und darauf wartete, dass sich ein Schäfchen von der Herde entfernte.

»Wie sich rausstellte, bin ich sie ein paar Tage zu spät losgeworden. Ich musste die Pissnelke regelrecht rauswerfen. Hatte nämlich endlich einen Blick in ihr geheimes Notizbuch geworfen. Gedichte? Denkste! Sie hatte sich alle meine Bewegungen aufgeschrieben, navigatorisch, mein ich, kleine Schaubilder vom Armaturenbrett und den Anzeigen gezeichnet – so ein richtiges kleines Handbuch der Meuterei.«

Sollte das eine Warnung sein? Wusste Todbaume, dass er zumindest nach Auffassung der Männer aus Granite Head den Auftrag bekommen hatte, Todbaume von seiner Maschine zu trennen? Nach Pittsburgh war Journeyman erst Todbaumes zweiter Anhalter gewesen, das hatte er ihm selbst gesagt. Eigentlich hatte er aber eher den Eindruck, dass Todbaume seine Zuhörer provozieren wollte. Als hätte er es satt, wie hingerissen sie ihm jedes Wort abkauften. Er wollte sie vor den Kopf stoßen.

»Die Diva hat mich nie rangelassen, versteht ihr? Ich hab ihr aus der Hand gefressen, und sie hat mich unter Alk gesetzt, bis ich ihr mein Herz ausgeschüttet hab. Aber rangelassen hat sie mich kein einziges Mal. Ich hätte sie überfahren, ihr mit den Knobelbechern den Schädel eintreten sollen, dieser undankbaren Fotze. Oh Mann, für heute Abend hab ich genug von dem Scheiß, macht, dass ihr wegkommt.«

# 47

## Gorse

Am Tag darauf stieß Journeyman auf Edwin Gorse, der sich selten auf der Hauptstraße blicken ließ. Gorse war aufgewühlt. Er drückte sich seltsam beziehungsreich aus, als wären sie beide am Vorabend im Gründerpark Komplizen geworden. Das passte überhaupt nicht zu ihm.

»Wir müssen unsere Ressourcen mobilisieren«, schäumte er. »Dieses Ding wird uns auf eine Probe stellen, auf die wir nicht im Geringsten vorbereitet sind.«

»Welches Ding meinst du?«

Gorse überhörte die Frage. Die Winter fielen milder aus als früher, und dies war ein wahrer Herbsttag, das zwischen Bibliothek und Rathaus sichtbare Wasser der Bucht spiegelte orangerotes Nachmittagslicht, und das Laub wurde die ausgestorbene Straße hinabgeweht. »Ich hab mit Theodore Nowlin gesprochen«, sagte Gorse. »Er ist ganz meiner Meinung. Es wird höchste Zeit, dass diejenigen unter uns, die über organisatorische Fähigkeiten verfügen, in Aktion treten. Wir dürfen uns nicht länger der Illusion hingeben, diese Baukastengemeinschaft wäre auf Dauer überlebensfähig. Meines Erachtens müssen wir in unsere eigenen Werte investieren oder aber zugeben, dass diese immer nur hohle Phrasen waren.«

»Ehrlich gesagt, weiß ich nicht, wie man in Werte investiert«, wich Journeyman aus. Er überlegte, ob Todbaumes Ausdrucksweise am Vorabend Gorses Anstandsgefühl verletzt hatte. »Fotze« und »Pissnelke«. Aber darum ging es nicht.

»Indem man sie *verteidigt*«, sagte Gorse wütend.

»Und wie verteidigt man sie?«, fragte er. »Vielleicht, indem man schützt, was sich unten im Gründerpark abspielt?«

»Findest du das etwa komisch? Die Halbinsel ist ein Pulverfass, Mr Duplessis. Aber jede Krise birgt auch Chancen.«

»Klar, da hast du bestimmt recht. Nur hab ich den Eindruck, dass sich der Blue Streak ganz gut selbst verteidigen kann. Ist das nicht der Zweck der Übung?«

»Nach meinem Dafürhalten möchtest du dich nicht damit auseinandersetzen, wie wir in eine so angreifbare Position geraten sind. Todbaume hat uns aufgesucht, um uns klarzumachen, wer wir sind, und wir bieten keinen schönen Anblick.«

»Was das angeht, bin ich deiner Meinung.«

»Das sagst du. Aber hast du seinen Berichten überhaupt zugehört? Weißt du, was er gesehen hat?«

»Ich bin ziemlich sicher, dass er unter anderem John Carpenters *Klapperschlange* gesehen hat«, sagte Journeyman. »Ich weiß noch, dass er in seinem Wohnheimzimmer ein Foto der Revolverheldin Adrienne Barbeau auf einer Kühlerhaube an die Wand gepinnt hatte.« Konnte jemand wie Gorse Todbaume allen Ernstes für glaubwürdig halten?

Er hatte das Gefühl, endlich zu verstehen, wie Gorse tickte. Der

Witwer war nicht schüchtern, sondern ressentimentgeladen. Als er auf die Halbinsel gekommen war, hatte er sich eingebildet, sein Erfolg in der Welt würde die Leute beeindrucken, aber niemand hatte ihn auch nur zur Kenntnis genommen. Todbaumes Ankunft hatte ihn daran erinnert, andere daran zu erinnern, wie sehr man einen ernsthaften Menschen wie ihn brauchte.

Journeyman dachte an die mutterlosen Töchter, Gorses unfreiwilliges Publikum. Ob er deren organisatorische Fähigkeiten aufrüstete? Vielleicht optimierte er seine Mädchen für die Welt, von deren Rückkehr er träumte. Journeyman fragte sich, wie viele Menschen wohl denselben Traum träumten – nicht viele, schätzte er. Er wusste nicht einmal, ob er selbst davon träumte.

Gorse hatte alles auf die Karte Todbaume gesetzt. Na, da war er nicht der Einzige.

# 48

# Wieder auf Asturs Boot

Journeyman segelte jetzt regelmäßig mit Astur mit. Er klopfte sich deswegen nicht groß auf die Schulter – seine alte Seekrankheit hatte sich einfach verflüchtigt. Er segelte allein, mit seiner Schwester oder auch anderen, die sich darauf verließen, dass Astur sie unbeschadet nach Quarry Island und zurück brachte. Auch an Tagen, an denen er zum See der Müdigkeit musste, konnte er seine Runden bis zum Mittag erledigt haben. Danach wurde er Asturs Bootsjunge und lernte sogar die ersten Seemannsknoten.

Er war auch dabei, als sie Eke und Walt übersetzte, mitsamt Zelt und allerlei Vorräten in zwei zusätzlichen Rucksäcken: Trockengut, Gläser mit Eingemachtem und alles andere, was die Spodosolier ihnen zusammengestellt hatten. Er war überrascht, als er die beiden Männer an den Docks bereitstehen sah.

Journeyman und Walt stellten sich zum ersten Mal vor, bevor sie sich auf Asturs Boot zusammendrängten. Die beiden Männer waren während ihres Waldaufenthalts zugewuchert. Sie rochen nach dichtem Unterholz und Waldseen, aber auch geräuchert von Lagerfeuern.

»Ich versteh gar nicht, dass wir uns nie getroffen haben«, sagte Journeyman und kam sich dämlich vor. Eke und Astur verstauten die letzten Vorräte im Boot. Astur hatte es eilig. Journeyman merkte, dass ihr der Wind gefiel.

»Ist aber kein Wunder«, sagte Walt und grinste. »Die paar Mal, wo ich hier vorbeigekommen bin, bin ich kaum vom Pferd gestiegen.«

Eke und Walt kauerten sich hinter das Lukensüll, um sich vor Spritzwasser zu schützen. Teerjacken waren die beiden nicht gerade. Journeyman fragte sich, ob sie, auf der Insel ausgesetzt, mit der Hilflosigkeit klarkommen würden. Als sie vom Liegeplatz vor Tinderwick abgelegt und die halbe Strecke zur Insel hinter sich hatten, lehnten die beiden aneinander und hielten sich an den schrundigen Händen. Eke hatte Walt den Kopf auf die Schulter gelegt. Journeyman wollte wegsehen, aber die kalte Herbstsonne spiegelte sich auf den Wellen, und geblendet war er gezwungen, ins Boot zu schauen. Astur an der Pinne drehte sich zu ihm und lächelte.

Eke und Walt tuschelten einander anlehnungsbedürftig in die Bärte. War es Todbaume und seinem Kaffee zu verdanken, dass sie sich so geöffnet hatten? Journeyman wusste, dass das keinen Sinn ergab. Er spürte, wie sehr er sich nach einer Chance bei Drenka sehnte. Wenn der Stillstand der Welt doch wenigstens in dieser einen Hinsicht ein Ende hätte.

Astur ankerte ein Stück vor der Insel. Zu viert luden sie die Fracht auf das Beiboot um, stiegen hinüber und ruderten durch das Blasentangfeld, das die Insel umgab, bis ihre Füße auf den glitschigen Felsen Halt fanden.

Eke und Walt schleiften ihr Zelt und den Proviant den Strand hinauf. Den Rest konnten die anderen aus der kleinen Bucht hochbringen. Denn es gab andere, wie Journeyman jetzt sah.

## 49

# Die halbe Stadt und seine Schwester auch

Journeyman ging den Strand hoch. Renee und Ernesto sowie andere Spodosolier grüßten ihn locker und freundlich. Mike Raritan auch. Raritan ließ keine *Viele-Hände-machen-bald-ein-Ende*-Gelegenheit aus, egal, ob ein Gehöft neu gestrichen oder ein Gewächshaus errichtet werden musste. Alle waren mit früheren Booten herübergekommen, um Bauholz in die Inselvegetation und zum felsigen Gipfel zu schleppen. Es lag jetzt verstreut knapp oberhalb der Flutmarke auf den Klippen, umgenutzte, mit dem Beitel bearbeitete Balken und Schwellen aus den eingestürzten Scheunen der Halbinsel, Gebäuden des 19. Jahrhunderts, die auf ihren Steinfundamenten zusammensanken. Das alte Holz war auf eine Schute geschichtet worden und sollte für Asturs Leuchtturmprojekt auf der obersten Klippe des Inselchens verwendet werden.

Auf den Felsen herrschte hektisches Treiben. Er wunderte sich nicht, auch Maddy anzutreffen. Astur war für sie das öffentliche

Gesicht des Projekts, sie selbst hielt sich bedeckt. Er ließ sich davon aber nicht täuschen.

Draußen im Tageslicht machte Maddy einen überschwänglichen Eindruck. »Sandy!« Wenn seine Schwester ihn so ansprach, fühlte er sich immer nach Rehoboth Beach zurückversetzt. Knöcheltief im Sog der Brandung stehend, sah er seiner Schwester nach, die sich in die Wellen warf, und hatte Angst um sie, die sie selbst nicht hatte. Die Eltern oben in den Dünen auf Chaiselonguen aus Aluminium, ihr Vater mit einem Buch über dem Gesicht. Journeyman musste zehn oder elf gewesen sein, als ihm aufgegangen war, dass seine kleine Schwester besser schwimmen konnte und mutiger war, als er je sein würde.

»Aus den Knien hochheben.« Maddy stellte sich an das eine Ende eines Scheunenbalkens und gab ihm ein Zeichen, er solle das andere nehmen. Die Spodosolier wuchteten die riesigen Balken auf Schubkarren und schoben sie auf dem schmalen Pfad in das Wäldchen. Er befolgte ihre Anweisungen und hob sein Balkenende aus den Knien an.

»Wer kümmert sich um deinen Garten?«, rief er ihr zu.

»Vielleicht eine meiner Praktikantinnen«, sagte sie. Mit dem Wort neckte sie ihn, seit er mal den Fehler gemacht hatte, es in ihrer Gegenwart auszusprechen. Er hatte es auf die ehrgeizigen Drehbuchautoren bezogen, die für Zuarbeiten für den Writers' Room zwangsrekrutiert wurden, in dem er in leitender Funktion mitwirkte. Ein stehender Begriff. Wenn niemand von ihrem Landwirtschaftskollektiv in Hörweite war, piesackte sie ihn damit.

»Na, heute scheinen ja alle deine Praktikantinnen hier zu sein«, sagte er. Soweit er das beurteilen konnte, stimmte das.

»Deswegen zerbrich dir mal nicht meinen Kopf. Wer bringt deine Enten um?«

»Augustus ist für diese Woche fertig«, sagte er. »Und ich bring die Enten nicht um, ich wisch bloß das Blut auf.«

»Ich fass es nicht, dass du das sagst.«

»Was?«

»Das ist so dermaßen typisch für dich, Sandy. Diese Unterscheidung. ›Ich wisch bloß das Blut auf.‹«

»Du kannst ja mal einen Tag vorbeikommen und mir helfen, dann merkst du, dass das keineswegs so allegorisch ist, wie dein Tonfall vielleicht gerade andeuten soll. Es geht um Essen für Menschen.«

»Wenn ich Tiere essen würde, würde ich sie auch töten.«

»Du isst ihre Eier«, sagte er lahm.

Sie schleppten ihren Balken den Hügel hoch, Maddy zog die Schubkarre rückwärts, und er beaufsichtigte hinten das überstehende Gewicht. Die Inselpfade waren gerade mal so breit wie die Spanne der Schubkarrengriffe; in jeder Kurve streiften sie Äste. Die jahrhundertealten Wege waren zwar von Wurzeln durchzogen, aber glattgestampft und nie so huckelig, dass sie nicht darüber hinwegholpern konnten. Vor ihnen tollten Eke und Walt wie Ziegen durch den weglosen Wald. Sie waren bereits in ihrer neuen Heimat angekommen. Asturs und Maddys Exposé, dachte Journeyman. Ihr Drehbuch.

Auf dem Gipfel weitete sich die Szene zu etwas, was sich seine Fantasie nicht hatte ausmalen können. Halb East Tinderwick war angeworben worden. Genauer gesagt, die Hälfte, die nicht vom Treiben im Gründerpark und von Todbaumes Geschichten angezogen wurde. Paulo und Dodie Metzger waren hier. Delia Limetree mit Danny, dem verbliebenen Zwilling, Mike Raritan, der vor ihnen den Hügel hochgestapft war. Wie die Bewohnerinnen eines Bienenstocks hatten sie sich auf der von der Sonne gescheuerten

Granitplatte aufgestellt und musterten das Fundament, das aus den vor langer Zeit von den Steinbrucharbeitern erst zugeschnittenen und dann als fehlerhaft aussortierten Blöcken emporwuchs.

Ed Waltz war da, der sich so selten außerhalb seiner Scheune mit den verrückten Geräten blicken ließ. Er war mit seinem dampfbetriebenen Schweißbrenner auf die Insel gekommen und mühte sich mit der Montage einer riesigen scharnierten Schraubzwinge ab, die an Krebsscheren erinnerte. Wie das Maul einer Venusfliegenfalle, aber groß genug, um einen Elefanten zu verschlingen. Und Nils war da, der sich normalerweise nie so weit von seinen Fahrrädern entfernte. Er arbeitete an etwas, das an ein gigantisches Schaltwerk erinnerte, die schwarz verschmierte Ruine eines Flaschenzugs, der, wie Journeyman erkannte, aus der Containerbrücke an den alten Docks ausgebaut worden sein musste. Sogar Jane und Lucius waren gekommen. Die sah man tagsüber selten. Beide hatten die Ärmel hochgekrempelt und schlugen auf dem Dach eines neu errichteten Schuppens zusammen mit Astur Nägel in die Asphaltschindeln. Ein Vorratsschuppen? Eine Unterkunft für Eke und Walt?

Journeyman fühlte sich gleichzeitig zugehörig und ausgeschlossen. Das war eine Verschwörung, die er verpasst hatte. Eine alte, aber unvernarbte Wunde brach wieder auf. Würde man ihn denn bis in alle Ewigkeit als »nicht von hier« definieren? Als nur zufälliges Mitglied der Gemeinschaft? Blieb seine Anwesenheit für alle Zeit nur ein Symptom des Stillstands?

»Ich hatte ein Date«, hörte er sich seiner Schwester gegenüber prahlen.

»Echt? Ist ja super, Sandy. Habt ihr euch über eine Dating-Website kennengelernt?«

»Selten so gelacht.«

»Weiß ich vielleicht, ob dein Sandkastenfreund nicht Tinder in seinem Wundermobil hat?«

»Superauto«, korrigierte er.

»Dann eben Tinder in seinem Superauto.«

»Wenn ja, lässt er da keinen ran.«

»Okay, spuck's aus. Ein Date mit wem? Mensch, Ort oder Gemüse?«

»Du kennst sie nicht. Die Frau, die in die Bibliothek gezogen ist. Sie ist etwas komisch und hat was Angespanntes. Aber ich komm halt auf meinen Runden bei ihr vorbei. Inzwischen ist sie ein bisschen aufgetaut. Auch die Komischen und Angespannten brauchen soziale Kontakte, nehm ich mal an.«

»Meinst du Drenka?«

»Kennst du sie?«

»Wir sind uns begegnet«, sagte Maddy nur.

Er versuchte, sich die Enttäuschung nicht anmerken zu lassen. Wenigstens das hatte er mal für sich haben wollen.

Es war nicht schwer, sich nichts anmerken zu lassen. Maddy kehrte ihm wieder den Rücken zu. Wich nicht nur seinem Blick aus, obwohl auch das. Das war ihre hohe innere Sperre, die er von Kindesbeinen an kannte. Er hatte gelernt, sich dem zu fügen. An den Stränden von Rehoboth damals hatte seine Schwester ihm manchmal noch zugewunken, zu ihr ins Tiefe zu kommen. Dann wieder war sie ohne Winken einfach untergetaucht und irgendwohin geschwommen, wohin er ihr nie im Leben gefolgt wäre.

# 50

# Was bauten sie da oben?

Journeyman wusste es nicht, aber in seinen Träumen arbeitete es in ihm weiter. Nacht für Nacht dieselben Träume, in denen er mit einem Boot auf die Insel zufuhr, aber nicht mit Asturs Segelboot. Er stand am Bug von etwas Größerem. Einer Fähre? In den Träumen lag das Boot in seinem Rücken, ein Keil, der hoch und ruhig die Brandung durchschnitt, er spürte es mehr unter sich, als dass er es sah. Es näherte sich der Insel, ohne sichtbar zu verlangsamen oder dem absehbaren Aufprall auszuweichen, aber er spürte keine Angst, nur Faszination. Seine ganze Aufmerksamkeit richtete sich auf das im Bau befindliche Ding oben auf dem Felsplateau.

Den Turm, den Pylon oder die Zikkurat.

In anderen Nächten erinnerte es an eine riesige Statue oder einen Golem.

Vielleicht eine Rakete auf ihrer Abschussrampe, ein Apollofinger, der durch die Wolken in die Exosphäre zeigte.

Gebaut wurde da aber ein Leuchtturm – oder? Warum glaubte er Asturs Erklärungen nicht? Nun, zum einen glich das, was er am Tag von Ekes und Walts Freistellung in die Knechtschaft hatte emporwachsen sehen, keinem Leuchtturm, den er je gesehen hatte. Und zum anderen: Wie versorgte man einen Leuchtturm dieser Tage mit Energie? Welches Feuer, welcher Akku konnte in der langen Nacht des Stillstands das Signal erzeugen?

Und obwohl er gelegentlich zur Insel segelte, verbrachte er in seinen Träumen weit mehr Zeit mit dem Ding.

Als er ankam, war Nacht, und doch wurde das Turmprojekt immer gemäß der Traumlogik von der strahlenden Sonne hinterleuchtet. Auf seiner inneren Insel herrschte Mittag um Mitternacht. Er konnte den Umriss im Strahlenkranz kaum erkennen. Wie ein Phosphen, ein Fleck in seinem Sichtfeld, den er nie direkt anschauen konnte. Wenn er sich abwandte, drehte er sich mit und verfolgte ihn wie ein Mond.

Sah er da ein Gesicht?

Stand dieser Turm in Flammen? Kräuselte sich Rauch um ihn? Zogen Vögel über ihm ihre Kreise?

Stürzte er auf Journeyman zu oder dieser auf ihn?

# III.

# Winter

# 51

# Obhut

Jerome Kormentz hatte die Szene, wie Journeyman sehen konnte, lange vor seiner Ankunft vorbereitet. In seiner Steingrube am Ufer des Sees der Müdigkeit hatte er ein großes Feuer entzündet. Journeyman musste die Biberhaftigkeit bewundern, mit der er nicht nur Holz und Zunder gesammelt hatte, um sich im Freien wärmen zu können, sondern auch am Wasserrand einen Unterstand gebaut hatte, ein ganz neues, wenn auch schlichtes Bauwerk. Vielleicht war auch Kormentz von der Emsigkeit angesteckt worden, die sich wie ein Virus auf Quarry Island ausbreitete. Mit dem Wintereinbruch hatte sie sich noch verstärkt.

Kormentz bat ihn in seine Sitzhütte und goss aus einer Teekanne ein blumiges Gebräu in henkellose Becher. Beschwert von einem abgerundeten schweren Stein, lag ein Manuskriptstoß vor ihm. Auf der obersten Seite war Kormentz' säuberliche Handschrift zu erkennen.

»Dein Buch«, sagte Journeyman. Natürlich. *Das Kopfkissenbuch.*

»Ja.«

Journeyman setzte sich in den Schutz vor der Kälte, die ihn überfallen hatte, als er den baumgesäumten Pfad verließ. Dadurch saß er jetzt mit Kormentz auf einer Art Zweiersofa. Später hielt er auch das für eine Besonderheit der minutiös vorbereiteten Szene. Der Unterstand fing die vom Steinring ausgestrahlte Hitze auf bewundernswerte Weise ein. Die Blätter lagen zwischen ihnen und kräuselten sich in der Brise.

»Ist es fertig?«

»Ein solches Buch ist nie fertig, nur aufgegeben.«

Er schloss genervt die Augen, obwohl ihm klar war, dass er den Spruch selbst getriggert hatte.

»Das sieht ja ... umfangreich aus.«

»Ich gebe es in deine Obhut«, sagte Kormentz.

»Ach ja?«

»Nimm es mit auf eure Insel. Das macht dich zu meinem literarischen Nachlassverwalter, falls mir etwas zustößt.« Journeyman starrte ihn an. »Überrascht dich das?«

»Ich dachte, wir würden heute über die Insel reden«, sagte er behutsam. »Ich komm da nicht ganz mit.«

»Ich bitte dich, Sandy. Sollten wir in diesen Zeiten des Wahns nicht aller Ausflüchte entraten, oh du mein Beichtvater?«

»Na gut.« Bei Kormentz bedeutete *entraten* garantiert das Gegenteil des Gemeinten. Seit Kormentz' Vertreibung aus East Tinderwick hatte Journeyman nicht mehr miterlebt, wie sehr er sich an seinem eigenen theatralischen Schwulst berauschen konnte.

»Glaubst du etwa, du wärst der Einzige, der hierher kommt und mit mir redet?«

»Ich bin nicht zwingend von meiner Exklusivität ausgegangen«, sagte Journeyman trocken. »Verrätst du mir, wer das ist?«

»Ich habe mich zum Schweigen verpflichtet.«

Einer von Kormentz' Verbündeten aus der Zeit der Beratung über sein weiteres Schicksal? Ein traumatisierter ehemaliger Anhänger? Journeyman wusste, dass einige von ihnen ihrem Guru auch nach seinem Gang ins Exil treu geblieben waren. Vielleicht hatte Kormentz sogar eine Geliebte. Journeyman weigerte sich, Interesse zu zeigen.

»Ist dieser Mensch jetzt bei dir im Haus? Sitzen wir deshalb hier draußen in der Kälte?«

»Nein, sie sind nicht im Haus. Behandle mich bitte nicht so von oben herab. Ich kenne die Nachrichten.«

»Die Gerüchte, meinst du.«

»Nenn's, wie du willst. Ich weiß vom geplanten Refugium. Und dass ich geopfert worden bin.«

»Herrgott noch mal, Jerome, niemand hat dich geopfert.«

# 52

# Nachrichten und Gerüchte

Dass der Kordon einen Überfall plante. Dass er in diesen Tagen zerfallenden Lichts vor der Wintersonnenwende stattfinden würde.

Dass das oberste Ziel des Überfalls die Inbesitznahme von Todbaumes Gefährt war.

Dass das Ziel ausgeweitet worden war. Dass der Kordon beschlossen hatte, auch eine oder mehrere der wichtigsten Farmen in Besitz zu nehmen, die sie mit Vorräten versorgten.

Dass die Spodosol Ridge Farm das entscheidende Ziel des Kordons war. Weil Todbaume als Erzfeind des Kordons sie als sein Ziel auserkoren hatte. Dass die Spodosol an Todbaumes Taten mitschuldig gemacht wurde. Dass die Farmer jetzt eine Waffe hatten, die sie gegen den Kordon richten konnten.

Dass der Kordon einen sogenannten »Enthauptungsschlag« plante.

Dass die Kordonisten in Fraktionen zerfallen waren. Dass eine davon einer Politik der verbrannten Erde den Vorzug gab.

Dass auf einem »inoffiziellen Kanal« Geheimverhandlungen geführt wurden. Dass der Kordon »Maulwürfe« in die Städte eingeschleust hatte.

Dass Quarry Island zur Verteidigungsanlage für das letzte Gefecht ausgebaut wurde. Dass die Neubauten nach dem Überfall als Geflüchtetenunterkünfte für Spodosolier und East Tinderwicker gedacht waren (das von Kormentz erwähnte »Refugium«). Dass trotz offenkundiger Materialknappheiten (bei Dächern, Betten und Vorräten) jedem und jeder in East Tinderwick oder sogar Tinderwick, der darum bat, eine Zufluchtsstätte versprochen worden war.

Dass eine Zufluchtsstätte ganz im Gegenteil nur denen versprochen worden war, die in einem undemokratischen und undurchsichtigen Prozess auf eine Liste der Auserwählten gesetzt worden waren. Dass Jerome Kormentz ausgesondert worden war.

Dass der Rückzug auf die Insel nach den Vorstellungen gewaltlosen Widerstands konzipiert wurde.

Dass solche Vorstellungen lachhaft deplatziert waren und auf Überreaktionen von Außenstehenden zurückgingen, die mit hiesigen Methoden der Konfliktbewältigung nicht vertraut waren. Dass der Streit um Todbaume und sein Superauto als Zwist zwischen Nachbarn zu verstehen sei, der auf (nicht näher definierte) »herkömmliche Weise« beigelegt werden müsse.

Dass der Rückzug auf die Insel platterdings auf einen Massenselbstmord hinauslaufe (die Rede war sowohl von »Lemmingen« als auch von »Masada«).

Dass der Rückzug auf die Insel eine gewagte letzte Kriegslist sei.

Dass auf der Insel in Wahrheit gar kein Leuchtturm gebaut werde, sondern eine riesige Schleuder oder ein Katapult. Dass die von Ed Waltz zusammengeschweißten fantastischen Krebsscheren dazu gedacht waren, mächtige Granitblöcke über den Meeresstreifen auf Angreifer zu schleudern, die am Ufer Segel zu setzen wagten.

Dass Todbaume die ganze Sache hinfällig machen würde, indem er seine Rohre aus dem Boden zog und aus ihren Leben abnukleardampfte.

Dass er nach Kanada oder über den Atlantik aufbrechen würde. Dass er das Superauto so einstellen würde, dass es sich in die Erde hineinwühlen, Tunnel bohren, sich verbergen und wie ein Blindgänger abwarten konnte.

Dass Todbaume mit dem Kordon unter einer Decke steckte. Dass sie die ganze Episode gemeinsam als eine Art Pantomime ausgearbeitet hatten, um die Städte zu überlisten.

Dass Todbaume Angst hatte und das Versprechen der Städte, ihn auf der Insel zu verteidigen, dankbar angenommen hatte.

Dass Todbaume verrückt geworden war.

Dass Todbaume schon immer verrückt gewesen war.

Diese Dinge konnten nicht alle gleichzeitig wahr sein. Wenn er wollte, konnte Journeyman einige davon aber bestätigen. Dass manche Leute den Rückzug auf die Insel vorbereiteten, ja. Und es stimmte auch, dass Kormentz wie dem vor Noahs Arche gestrandeten Einhorn die Überfahrt verwehrt worden war, auch wenn Journeyman das ihm gegenüber nicht zugab.

Manche Leute ignorierten oder leugneten solches Gerede. Andere – Randständige und Waldschrate – fanden sich womöglich in seliger Unwissenheit. Wenn man die ausfahrenden Boote oder den emporwachsenden Turm nicht mit eigenen Augen gesehen hatte, war es vielleicht schwer zu glauben. Die Drohung, der Kordon könne die Farmen an sich reißen, war nicht neu. Sie hing immer in der Luft, schwang immer mit.

Was Todbaume anging, hatte sich das Falsche in ihrer Mitte eingenistet. Eine Störung oder ein Tumor, ein Fernseher, der auf einen toten Kanal eingestellt war, in einer Welt, in der kein Fernseher auf irgendeinen Kanal eingestellt werden konnte. Die Wirklichkeit der Halbinsel rankte sich um Todbaume und absorbierte ihn.

# 53

# Der Wert rituellen Handelns

Kormentz machte Stielaugen. Das Weiße um die Pupillen war zu sehen, die Ränder waren gerötet, und das Feuer spiegelte sich in ihnen. Journeyman sah Angst und Schrecken, all das, was Kormentz stets mühsam unterdrückte.

»Nimm das Buch, Sandy. Es ist mein Vermächtnis. Es darf ihnen nicht in die Hände fallen.« Er packte die Seiten mit seinem knochigen Griff, und Journeyman musste unwillkürlich an die Stahlzange denken, die auf Quarry Island gebaut wurde. Als Kormentz ihm das Manuskript aufdrängte, fiel der Stein zu Boden, der die Seiten beschwert hatte. Widerstrebend nahm er den Stoß loser Blätter an sich.

»Nimm es«, wiederholte Kormentz. »Oder ich werfe es eigenhändig ins Feuer.«

»Die ziehen an der Abzweigung zum See runter doch einfach vorbei«, sagte Journeyman. »Du bist für die uninteressant.«

Kormentz rang sich ein bitteres Lächeln ab. »Woher willst du das wissen?«

»Was sollen sie denn von dir wollen? Oder von deinem Buch?«

»Sie wollen das hier als Stützpunkt im Norden.«

»Da nehmen sie eher die Grange.« Hatten sie das vielleicht schon getan? Seit Quentin Maslow weg war, wohnte niemand mehr dort, der Gegenteiliges hätte berichten können. Und beim letzten Übergabetreffen waren die Kordonisten noch geblieben, als er sich wieder nach Tinderwick aufgemacht hatte.

»Als Stützpunkt, *der von der Straße nicht zu sehen ist*«, sagte Kormentz.

Stützpunkt? Plötzlich fiel Journeyman der militärische Begriff auf. Gehörte Kormentz' geheimer Besucher etwa zum Kordon?

In diesen paranoiden Zeiten versuchte er, nicht nach dem Köder zu schnappen. »Na gut. Vielleicht wirst du ja zum Chef ernannt. Als Schildwache im Norden kannst du dann nach Lust und Laune schreiben.«

»Nimm es und geh«, sagte Kormentz. »Ich hoffe bloß, dass ich mich nicht in dir getäuscht habe. Die werden hier rauben und brandschatzen.«

»Was denn brandschatzen?«, fragte Journeyman. »Sie brauchen die Farmen doch.«

»Was sie nicht brauchen, werden sie zerstören. Mich bringen sie auf jeden Fall um und werfen mein Buch in den See oder ins Feuer.«

»Hört sich ein bisschen krass an.« Er tat den Gedanken ab, Kormentz könne ein verräterisches Bündnis eingegangen sein. Der in Ungnade gefallene Guru konnte sich gar nicht mit dem Kordon zusammentun. Seine Arroganz, seine Anspielungen und sein Bildungsdünkel brauchten den Kontext der Gemeinschaft, die ihn verbannt hatte. Ohne sie verlor all das jegliche Bedeutung.

»Ja«, sagte Kormentz und funkelte ihn an. »Das ist krass. Leugne es auf eigene Gefahr.«

»Was leugnen?«

»Ihre Zerstörungswut. Wie wenig du doch vom Wert rituellen Handelns verstehst. Das ist dein größter Fehler, Sandy.«

Kormentz winkte ihn weg. Mit dem Buch wollte er offenbar auch Journeyman loswerden. Als Kormentz aufstand, um neues Holz ins Feuer zu legen, fiel Journeyman erstmals auf, dass im Brennholzvorrat auch Stuhlbeine und -lehnen sowie die Reste eines alten Bücherregals lagen. Kormentz hatte nicht nur im Wald Brennholz gesammelt. Er hatte angefangen, seine Möbel zu verfeuern.

Journeyman steckte Kormentz' Manuskript in den Rucksack und ging im steifen Wind vom See zur Straße hoch. Sollte er es lesen? Anderen zeigen? Er konnte es zerstören, was Kormentz von den Kordonisten befürchtete. Er hatte ja selbst mit der Zerstörung gedroht; vielleicht war das insgeheim sein masochistischer Wunsch. Seine Anweisungen hatten sich jedenfalls darauf beschränkt, er solle es auf die Insel mitnehmen. Es gab sowieso keine Verlage und keine Nachwelt mehr. Oder gab es vielleicht nur noch die Nachwelt? Vielleicht hatte Kormentz sie ausgetrickst. Vielleicht hatte er Namen genannt, weil er sich gesagt hatte, dass nach dem Stillstand und dem Zerfall der Welt in kleine Regionen niemand noch ein Buch lesen wollte, in dem er nicht selbst vorkam.

## 54

# Klienten

Im Dezember hatte sich etwas verändert. Das Schlimmste, was einem Hollywood-Produzenten passieren konnte: das Schrumpfen seines Publikums. Todbaume hatte noch Theodore Nowlin, das schon. Nowlin war unerschütterlich. Auch Teenager nutzten den Park noch, aber bildete sich Journeyman das nur ein, oder interessierten sie sich wirklich weniger für Todbaume? Vielleicht hatte Todbaume ihnen immer nur einen Anlass geliefert. Einen Vorwand.

Seine anderen Zuhörer waren kurz nach der Geschichte der Frau namens Pittsburgh verschwunden. Im Rückblick kennzeichnete diese Erzählung einen tonalen Wendepunkt in Todbaumes Geschichten – eine Wasserscheide, einen Höhe- oder Tiefpunkt. Anfangs lungerten seine Stammgäste noch im Park herum, als hätten sie ein schlechtes Gewissen, wenn sie die Teilnahme an seinen abendlichen Lagerfeuergeschichten allzu abrupt einstellten. Sie tranken einen Kaffee oder brachten eine Spende vorbei, Feuerholz oder etwas zu essen, und entschuldigten sich dann.

Aber schon bald kamen sie gar nicht mehr. Gleichzeitig beschleunigte sich der Puls auf der Baustelle des Was-auch-immer. Wenn Journeyman in den Gründerpark kam, sah er bei jedem Wind und Wetter regen Bootsverkehr; Menschen, Bauholz und Gerätschaften wurden nach Quarry Island übergesetzt.

In einer Welt, die kaum noch echte Jahreszeiten kannte, war es Winter geworden.

Die Veränderung im Park war ein positiver Rückkoppelungseffekt. Je weniger Zuhörer, desto weniger Beweggrund für Todbaume, sich lange Geschichten auszudenken. Falls er dazu überhaupt noch imstande war. Journeyman war sich da nicht sicher. Todbaumes Beschreibungen der Welt »da draußen« wurden immer selbstbezüglicher, paradoxer und schrulliger. Man konnte sie kaum noch Fortsetzungen nennen, sie ähnelten eher unausgegorenen existenzialistischen Wachträumen. Todbaume beging den Kardinalfehler, den Journeyman ihm nie im Leben zugetraut hätte: Bei der Spannungssteigerung zum Cliffhanger schweifte er ab, verlor den Schwung und verscherzte es sich mit der Gunst seines Publikums. Nach der Transkontinentalfahrt hätte sein Scharmützel mit dem Kordon die Pointe, den Money Shot abgeben müssen. Jeder Erzähler hätte das gewusst und beherzigt. Nur Todbaume *wollte* das anscheinend gar nicht erzählen.

»Weißt du, was komisch ist?«, fragte er. Journeyman hatte nachgehakt. Sie saßen allein am Feuer, isoliert im Morgennebel und wärmten sich die Hände an Todbaumes Kaffee. Über dem Meer lag eine so dicke Suppe, dass Journeyman die Insel nicht sehen konnte. »Ich weiß gar nicht, mit was ich deine Homeboys eigentlich so auf die Palme gebracht habe. Ich hab *geschlafen.*«

»Wie meinst du das?«

»Ich war betrunken, Sandy. Außerhalb von Worcester hab ich einen Schnapsvorrat geplündert. Hatten die Blödmänner in einem Schuppen versteckt. Richtiger Fusel, ein paar Liter Popov und eine Kiste Cider, total süß. Schmeckte zusammengekippt besser oder jedenfalls besser als Kamelpisse. Ich hatte Lust auf Experimente, und als ich auf das gottlose Mischgetränk gestoßen bin, hab ich den Versuch unternommen, mich totzutrinken. Hab einen Tag und eine Nacht gebraucht, um den Vorrat zu killen. Meine Erinnerung an die Zeit danach ist etwas lückenhaft.«

»Außerhalb von Worcester?«

»Genau darauf will ich raus, Sandy. Ich war da längst auf Autopilot und hatte nur noch eure schnuckelige Zuflucht im Visier. Ich bin leichtsinnig geworden, weil ich's satthatte, immerzu entweder abzutauchen oder zu verduften. Boston hab ich auf dem Interstate 495 umrundet – hab nie zu sehen bekommen, was aus der Stadt geworden ist – und bin dann auf dem 95 weiter. Richtung Norden und dann immer geradeaus. Der Streak schafft das schon, hab ich mir gesagt. Auf der Höhe von Portsmouth muss ich umgekippt sein.«

»Und dann?«

»Dann bin ich dank der liebevollen Fürsorge eurer durchgeknallten Scheißechopper wieder zu mir gekommen.«

Journeyman warf unwillkürlich einen Blick auf das Superauto. Todbaume verließ es jetzt häufiger, entfernte sich aber nie weit davon. Er urinierte offenbar gern im hohen Gras um den Pavillon herum, schiss aber lieber auf der eingebauten Ökotoilette, mit der er vor Journeyman angegeben, die er ihm aber nie gezeigt hatte. Jetzt kletterte er gern herab und trank seinen Kaffee am Feuer, als wollte er sein Freilufttheater durch seine eigene Präsenz neu bevölkern. Vor langer Zeit hatte Todbaume lieber von »zahlenden

Klienten« als von »Kunden« gesprochen, erinnerte sich Journeyman. Er mochte die Unterscheidung, die dadurch zwischen ihm und dem jeweils umworbenen Zuhörer entstand – wer von Klienten sprach, war keiner.

Vielleicht brauchte er Abstand vom Blue Streak, dachte Journeyman jetzt. War die Leuchtkraft des Superautos gestiegen? Selbst im gegenwärtigen Nebel war seine Aura jedenfalls zu sehen. Aber wenn Todbaume Angst vor der Strahlung hatte, war das bleiverkleidete Cockpit doch der sicherste Aufenthaltsort. Vielleicht galt seine Angst etwas weniger Messbarem: der Herrschaft des Superautos über ihn. Seiner Abhängigkeit. Vielleicht verließ er es, um die Möglichkeit der Trennung auszuprobieren. Seine Bereitschaft, sein Exoskelett abzulegen und wieder eine gegabelte Wurzel zu werden. Wenn er aber in den Städten um Gnade ersuchte, wurde er für alle Zeit zum Klienten. Todbaume war noch nie auch nur bei einem Einzigen von ihnen im Haus gewesen. Hatte er seit seinem Aufbruch in Malibu überhaupt je in einem Haus geschlafen? War er je in eines eingeladen worden?

Am Abend darauf saßen sie wieder allein am Feuer. Im Pavillon lagen zwei Teenager unter einer Decke und vögelten vielleicht. Journeyman fragte sich nicht zum ersten Mal, was diese Welt ihnen wohl bedeutete. Wie erinnerten sie sich an die Zeit vor dem Stillstand? Er kehrte ihnen den Rücken zu, während Todbaume unverhohlen hinüberstarrte.

»Hast du mal daran gedacht, ihnen dein Gefährt einfach auszuhändigen?«, wagte er sich vor. »Und einfach wegzugehen?«

»Wem auszuhändigen?«

»Dem Kordon.«

»Das möcht ich sehen, wie diese Schrumpfschädel den Streak zu übernehmen versuchen. Das Ding hasst sie wie die Pest. Was glaubst du denn, warum es Amok gelaufen ist, als ich den Filmriss hatte, Sandmann? Die können sich glücklich schätzen. Ich war es doch, der den Streak zurückgehalten hat.«

»Dein Superauto kann hassen?«

»Es ist eine KI, also ist es im Gegensatz zu diesen Kackdackeln lernfähig.«

Das Argument kam Journeyman eher dünn vor. Plausibel wie Schulhofgerede – *du und welche Armee, mein Auto ist schlauer als dein ganzer Kordon* usw. Stutzig wurde er, als Todbaume den Begriff »KI« fallen ließ. Nachdem sie mehr als ein Jahrzehnt lang zusammen an einer futuristischen Erzählung herumgebosselt hatten, konnte er genau sagen, wie weit Todbaumes Technikverständnis reichte. Computer waren immer Journeymans Verantwortungsbereich gewesen. Todbaume musste schon einen Lakaien kommen lassen, wenn er nur ein Update von Final Draft installieren wollte.

»Redet es mit dir?«, fragte er. »Ich meine, wenn es ein selbstlernendes System ist, weiß es dann, dass es dich gibt?«

»Natürlich unterhalten wir uns.«

»Das würd ich gern mal hören.« Endlich konnte er mal Sticheleien bei Todbaume anbringen. »Oder sprichst du dann wie ein Bauchredner mit zwei verschiedenen Stimmen?«

Todbaume tat ihm den Gefallen und ging in die Defensive. »Verarschen kann ich mich alleine, Sandy.«

»Du beschützt uns also vor ihm? Wen hat es denn am liebsten? Was hält es von *mir?*«

»Jede Minute weniger. Es weiß beispielsweise, dass du deiner Schwester meinen Vertrag nie gegeben hast.«

Darauf ging er gar nicht erst ein. Sie wussten beide, dass es stimmte. »Hat der Streak Angst vor Konkurrenz?«, fragte er stattdessen. »Hast du ihn mal an einem Drehbuch arbeiten lassen? Kann es Steno? Hat es das Problem des Dritten Akts gelöst?«

Todbaume lachte wie irre. Nachtragend war er nicht. Trotzdem hakte Journeyman nach.

»Du hast keinen blassen Schimmer, stimmt's? Es ist eine Black Box wie ein iPhone. Du bist nur sein *Klient.* Vielleicht ist der Streak ja der Bauchredner, und du bist die Puppe.«

Todbaumes Lachen wurde zu einem leisen, fiesen Murmeln. »Ich kenne ihn besser als jeder andere. Er bringt dich um, wenn du versuchst, das Steuer zu übernehmen. Um Gottes willen, Sandy, probier das bloß nicht aus.«

»Je länger du den Blue Streak anstarrst, desto intensiver starrt er zurück, ja? Der Blue Streak, *c'est moi?*«

»So ungefähr.«

»Und was sieht er dann?«

»Hä?« Todbaume ließ die Teenager unter ihrer Decke nicht mehr aus den Augen, wenn auch nur, um Journeymans Blick auszuweichen.

»Wenn du das Auto kennst und das Auto dich kennt, *wer ist da dann drin?* Du hast im Hinterland haufenweise Leute überfahren, Lebensmittel und Alk geklaut und Kaffee verteilt. Bist du auf deinen Reisen je dir selbst begegnet?«

»Huärgh, Sandmann, du enttäuschst mich.«

»Wieso?«

»Das Selbst ist eine Hülse, mein Freund. Hab ich dir denn gar nichts beigebracht?«

»Eine Hülse?«

»Tinnef. Katzengold. Das Selbst ist eine schrille Fälschung, eine Arena ohne Action, eine Klammer ohne was drin. Früher hast du das mal gewusst, Sandy. Ich weiß noch, dass du an der Uni mal gesagt hast: ›Alle haben dasselbe Geheimnis.‹ Schau dir die Kids an.« Er meinte die im Pavillon. Journeyman sah gar nicht erst hin.

»Ich glaube nicht, dass ich damit sagen wollte, ›Das Selbst ist eine Hülse‹.«

»Ist es aber. Eine Leerstelle. Die du mit Einzigartigkeiten besticken kannst. Neurosen. Wie bei Fingerabdrücken oder Schneeflocken, da sind auch nie zwei gleich. Oder wie Armtätowierungen. Wie nennt sich das? ›Sleeve Tattoo‹? Damit kannst du den ganzen Madensack besticken. Unter der Staffage ist das reine Nichts. Wie draußen im Weltall, nichts als dunkler Stoff.«

»Dunkle Materie«, korrigierte Journeyman mechanisch. Es war schon immer sein Zweitjob gewesen, sich ans semantische Jäten zu machen, wenn Todbaume quer durch den Gemüsegarten formulierte.

»Dunkle Materie, mir doch egal. Die macht jedenfalls den Löwenanteil aus, oder? Neunzig Prozent von allem, von dir und mir und dem Blue Streak. Wer weiß, warum irgendwer von uns irgendwas macht? Erinnerst du dich an die Geschichte vom Skorpion, der den Frosch bittet, ihn über den Fluss zu bringen?«

»Komm bloß nicht wieder damit an.« Der Skorpion stach den Frosch, *weil das in seinem Wesen lag*, erinnerte sich Journeyman. »Läuft die Fabel übrigens nicht auf das Gegenteil hinaus? Dass das Selbst eine Art unabänderlichen Soseins ist?«

»Hast du's nicht 'ne Nummer kleiner? Die Lehre ist, wir sind alle blöde Affen voller Zerstörungswut im Dunkeln.«

Kormentz' Wort: *Zerstörungswut*. Vielleicht glichen sich Todbaume und der Mann am See der Müdigkeit wirklich wie ein Ei dem anderen.

Todbaume setzte seine sporadische Gabe ein, Journeymans Gedanken lesen zu können, und sagte: »Ich fand schon immer, dass Buddhismus der letzte Scheiß ist.«

»Kapier ich nicht.«

»Dem Selbst entkommen – als gäbe es da überhaupt etwas, dem man entkommen könnte. Dasselbe gilt für dieses Dingenskirchen von Keats; damit bist du an der Uni doch immer angekommen. Negative Befähigung! Als wäre es schon eine Errungenschaft, nichts zu wissen, sondern immerzu zu raten und sich in Widersprüche zu verheddern. Es gibt *nichts als* negative Befähigung, Sandy. Jetzt strömt dir das gerade aus der Fresse, als wären's die Niagarafälle.«

Er wurde von Todbaumes Rube-Goldberg-Anspielungen zum Schweigen verdonnert. Am Ende waren die immer zu wertloser Schlacke zusammengeschmolzen. Hier draußen am verglimmenden Feuer unter dem winterklaren Sternenhimmel kurz vor dem Zapfenstreich menschlicher Geschichte brachte Todbaume es fertig, einen Rochus auf *negative Befähigung* zu haben.

## 55

## Nowlins Plan

Journeyman zuckte zusammen, als plötzlich Theodore Nowlin auftauchte und ein Kiefernscheit aufs Feuer warf, das Funken hochstieben ließ. Hatte er zugehört? Er konnte so ausdauernd schweigen, dass Journeyman seine Anwesenheit manchmal vergaß. Er war Todbaumes väterlicher Seelenführer geworden.

»Die können ihn nicht kriegen«, grunzte Nowlin jetzt stoisch.

»Wie bitte?«, fragte Journeyman.

»Die können ihn nicht kriegen«, wiederholte Nowlin. »Wir brauchen ihn für die Ausfahrt. Wir fahren nach Brunswick, ich und dein Freund. Kannst ja mitkommen.«

Journeyman sah zu Todbaume hinüber, der mit den Daumen grünes Licht gab. »Das ist der Plan, Stan.«

»Keiner wollte uns ein Boot bauen, obwohl jetzt doch alle so stolz aufs Bootbauen sind«, sagte Nowlin. »Nur Mr Todbaume ist drauf angesprungen. Er sagt, das geht.«

»Der Streak kann schwimmen?«, fragte er.

Todbaume schüttelte den Kopf. »Nee. Er kriecht am Boden lang.

Du weißt doch, er ist die Weiterentwicklung einer Tunnelbohrmaschine.«

»Und das hast du schon *gemacht?*«

»Ich hab den Mississippi durchquert.«

Die Geschichte musste er verpasst haben – falls Todbaume sie erzählt hatte. »Bis nach Bath Harbor ist es sehr viel weiter als ein Mal quer durch den Mississippi. Und tiefer.«

»Wir haben einen Testlauf vor«, sagte Todbaume. Bildete Journeyman sich das nur ein, oder zwinkerte er ihm wirklich über das Feuer hinweg zu? »Ich hab mir gedacht, wir kriechen zur Probe nach Quarry Island und zurück. Wenn er wasserdicht ist, machen wir uns nach Brunswick auf und suchen Theodores Leute.«

Wollte Todbaume für Nowlin allen Ernstes eine solche Reise unternehmen? Oder war das Vorhaben eine groteske Tarnung für seinen Wunsch, sich doch nach Quarry Island abzusetzen? Er brauchte ja nur hinüberzufahren und konnte dann behaupten, der Blue Streak sei leckgeschlagen – schon parkte er mitten in Maddys und Asturs neuer Niederlassung und konnte seinen Nährschlauch in die Felssohle der Insel stechen.

Journeyman versuchte, logisch zu denken. Das war wenigstens eine Information. Er hatte sich von den Abstraktionen – *Neurosen als Besticken von Leerstellen! Negative Befähigung!* – so benebeln lassen, dass er den Schlenker zu den logistischen Fakten verpasst hatte. Der Plan musste die Quelle des Gerüchts gewesen sein, der Blue Streak könne sich unterirdisch durchtunneln. Vielleicht hatte Nowlin den Gedanken verbreitet, indem er in der Stadt wegen der bevorstehenden Expedition große Töne gespuckt hatte.

Warum reagierte er so abweisend auf Nowlins Plan? Ja, der Mann nervte ihn. Er nervte und lag völlig daneben mit seinen Vorstellungen, was man antreffen würde, falls er jemals jemanden überreden konnte, mit ihm nach Brunswick zu segeln. Wenn sich Nowlin danach sehnte, Verbindung zu fernen und verstummten Orten aufzunehmen, bestätigte er aber nur Maddys Worte. *Alle hier haben jemanden verloren.* Er hatte mit Nowlin mehr gemeinsam, als er wahrhaben wollte. Genau wie dieser hing auch er noch in Todbaumes Park herum, wo alle anderen längst weg waren.

Nowlins Verrücktheit konnte die jämmerliche Normalvariante sein: Vielleicht war er ganz einfach einsam. Auch Journeyman war verrückt vor Einsamkeit oder einsam vor Verrücktheit; eigentlich hätte er Mitgefühl aufbringen müssen. An manchen Tagen dachte er, *die Welt* wäre verrückt gewesen, hätte sich zu heilen versucht, und daraus war der Stillstand geworden.

Todbaume dagegen war anders verrückt, nicht wie die anderen, nicht wie ein Mensch. Mit seiner Verwechslung von Selbst und Umwelt, Autor und Text, war er der leibhaftige Wahnsinn. Deshalb funktionierte sein Gefährt vielleicht noch, das auch ein Telefon, eine Kanone und ein Spiegel war, einer dieser gespenstischen Apparate, von denen alle Welt träumte. Die Frage war eher: Waren Todbaumes Ankunft und die Existenz des Blue Streak ein Hinweis darauf, dass der Stillstand doch keine Wurzeln geschlagen hatte? Dass alles zurückkam?

## 56

# Journeymans Zugehörigkeiten

Bis auf Nowlin machte man dieser Tage einen Bogen um den Park. Die meisten hatten wohl Angst, für Todbaumes letztes Gefecht eingespannt zu werden. Seine Geschichten hatten sich in Paradoxa und Selbsthass totgelaufen. Er war sprunghaft und wenig anregend und schien sich weder auf einen Kampf noch auf das schräge Versprechen einer Einschiffung mit Nowlin vorzubereiten. Das Superauto stand untätig da, glomm vor sich hin, schied Müll aus und sog im Park Wasser und Nährstoffe aus dem gelben, stinkenden Rasen. Bildete Journeyman sich das nur ein, oder senkte sich der Umkreis des Streak langsam ab, als ob sich eine Doline bildete?

Im Mittelpunkt stand Quarry Island. Der Turm schob sich inzwischen über die Bäume und war von der Küste aus sichtbar. Auch Rauch und Dampf stiegen hoch. Auflandige Winde wehten Kochdüfte von Leckereien herüber, die sich die Arbeiter schmecken ließen. Wohnte noch jemand außer Eke und Walt dauerhaft auf der Insel? Er nahm es nicht an. Nur Nils, der sich zusammen mit Ed Waltz in den Bau des Krebsscherenmechanismus verkrallte, hatte am anderen Ende der Insel sein Zelt aufgeschlagen und übernachtete dort. Fahrräder konnten vorläufig verrosten.

Journeyman fuhr selten hinüber. Er machte weiter seine Runden. Augustus unterstützte die laufenden Arbeiten zwar, brauchte aber trotzdem Hilfe in der Schlachterei. Journeyman verzettelte sich und raste mit dem Fahrrad herum, um sich an möglichst vielen Orten unentbehrlich zu machen. Auf der Insel hatte er keine Funktion, also machte er sich an der Küste nützlich, schob schubkarrenweise Proviant zur Anlegestelle und schickte ganze Pakete mit Victorias Würsten hinüber. Er hoffte, diese Dienste – oder seine Familienbande – würden ausreichen, um verschont zu werden, wenn die ersten Köpfe rollten.

Allen schwante das, auch wenn niemand darüber sprach – schon bald würden Köpfe rollen.

Seine Zugehörigkeiten waren aber nicht einfach binär, galten nicht nur der Insel oder dem Park. Er fragte sich besorgt, warum Drenka so selten die Bibliothek verließ. Was hatte es zu bedeuten, wenn sich jemand nach dem Stillstand versteckte? Und vor wem?

»Du bist auf Quarry Island willkommen«, erklärte er ihr eigenmächtig. »Du hast da gute Gesellschaft. Und es ist wunderschön da draußen.« Sie saßen im grellen kalten Sonnenlicht auf den Treppenstufen hinter der Bibliothek und teilten sich eine Portion Garnelen mit schwarzen Bohnen, scharf und beißend, aus einem verbeulten und zerkratzten Tupperware-Behälter. Lucius war in der Szechuan-Küche genauso bewandert wie in der Nouvelle Cuisine. Er kochte auf dem neugemauerten Holzofen auf der Insel. Die dort entstehende Miniaturzivilisation war ein Wunder. Lucius hatte die Speisereste am Morgen auf Asturs Boot herübergebracht und Journeyman damit überrascht. Vielleicht war das ein Wendepunkt: Die Insel nährte nun das Festland.

»Nein danke«, sagte Drenka.

Er wartete, aber sie führte es nicht aus. »Du kannst auch später kommen, wenn du möchtest.« *Oder musst.* Dumpfer Edelmut pulste in ihm, als er sich vorstellte, ihr einen Platz auf dem letzten Boot freizuhalten, das in Richtung Insel ablegte.

Er wollte sagen, sie würde seine Schwester mögen, aber dann fiel ihm ein, dass die beiden sich ja schon kannten, und er schwieg.

Drenka löste das Problem des Sprechens, indem sie seinen Kopf in beide Hände nahm und ihn küsste, ein greller Schock mit Zunge und Ingwer-Schalotten-Geschmack. Der Kuss fand keine Wiederholung. Sie trennten sich, ohne ihn zu erwähnen. Trotzdem fühlte er danach den Hauch einer engeren Zugehörigkeit. Drenka hatte ihm nichts versprochen, aber zum ersten Mal seit dem Stillstand hatte er das Gefühl, er, Journeyman – Dialogschleifer, Entenblutwischer, Sendbote, Großer-Bruder-Fünftes-Rad-Handlanger –, könne vielleicht ein Anhänger seiner Selbst werden.

# 57

# Weder Pauken noch Trompeten

Es fing mit einem Picknick an. Den Überbleibseln eines Picknicks, einem Feuerkreis im ersten Schnee. Vielleicht waren sie ein paar Tage zuvor eingedrungen und hatten wie Eke und Walt im Wald gezeltet. Wer konnte das schon sagen? Die Städte bewachten die Grenze nicht. Sie verlief irgendwo hinter der North Grange und gehörte zum Kordon. Die Städte hatten keine Spione oder Wachposten, die ein Überschreiten der Grenze meldeten.

Augustus Cordell, der Schlachter, erzählte es Journeyman. Er hatte es von jemandem auf der Proscenium Farm erfahren. Auf einem der hinteren Felder der Proscenium, hinter der Waldgrenze am Bach und jenseits der Farmsuhlen, waren im Schnee die Reste eines Feuers gefunden worden. Der versengte Schädel und das Gerippe eines ihrer Mastschweine, verstreute Knochen, Krugscherben. Auf der Suche nach weiteren Spuren hatten sie auch den Schlachtort gefunden. Innereien und geronnenes Blut am Bachrand. Der Schlachter schüttelte den Kopf. Sie mussten ein

Zimmermannsbeil benutzt haben, das in den Scheunen der Proscenium schon vermisst worden war. Die Vorstellung der tollpatschigen Ermordung des Schweins beschäftigte Augustus offenbar am meisten. So etwas tat man einfach nicht.

Sie mussten nicht in Wellen über sie hereinbrechen und brauchten weder Pauken noch Trompeten. Die Schockmethode war nicht nötig. Sie sickerten ganz einfach ein. Suchten sich irgendwo Unterkunft, schlugen Lager auf, machten sich in leer stehenden Häusern breit. Hatten sie auch Sympathisanten? Leute, die ihnen gern Obdach boten? Wer sollte das wissen? Nur richteten sie irgendwann eine Straßensperre ein. Mit der bekam Journeyman es zwei Tage später zu tun, als er Kormentz Lebensmittel bringen wollte.

Im Schatten der Kiefern gab es Schneeflecken. Auf der Straße schmolz er. Neue Frostaufbrüche gab es nicht. Die Risse im Asphalt waren alt, geologische Vorgeschichte. Auch die Krähen, die ihn beschatteten, waren vielleicht die alten: Welchen Sinn hätten neue Krähen gehabt? Was, wenn auch sie dem Wechsel der Jahreszeiten zum Trotz stillgestellt worden waren, Frostaufbrüche, Krähen und Menschen, wenn in einem ewigen Teufelskreis niemand mehr alterte? Vielleicht würde er Kormentz bis in alle Ewigkeit Lebensmittel bringen. Wie dessen *Kopfkissenbuch* wurde die Welt vielleicht nie fertig, nur aufgegeben.

Aber nein. Mitten auf der Straße gab es etwas Neues, einen Verschlag in der Kurve vor Brendas Folly Farm. Ein Fertiggartenschuppen aus Aluminium, kaum größer als ein mobiles Toilettenhäuschen. Als es noch Pick-ups gegeben hatte, war so was bei Lowe's gekauft worden und stand ein, zwei Stunden später auf dem Rasen. Journeyman stellte sich vor, wie sie den Verschlag aus ihrem Revier im Süden auf einem Schlitten die ganze Strecke hergekarrt hatten. Er bewunderte die Anstrengung. Aber das war eine Schnapsidee. Wahrscheinlich stammte die Baracke hier aus der Gegend, war von irgendeinem Grundstück in Tinderwick zweckentfremdet und von Kordonistenpferden höchstens eine Meile weit geschleift worden. Durch die Öffnung im Dach kräuselte Rauch. Pferde, Fahrräder oder Scheißechopper waren nirgends zu sehen, allerdings hatte er die Umgebung auch nicht gerade ausgekundschaftet.

Zwei Männer. Den einen kannte er vom letzten Übergabetreffen an der North Grange, und bei Begegnungen auf der Straße hatte er ihn auch schon gesehen. Nicht, dass das eine Rolle spielte. Namen wurden nicht ausgetauscht und Höflichkeiten erst recht nicht. Die beiden wärmten sich die Hände an einem Feuer in einem Tonfässchen. Trotz der Öffnung im Dach wäre das Innere verqualmt worden, also hatten sie die Tür geöffnet. Schlimm genug war es trotzdem.

»Stehen bleiben«, sagte der, den Journeyman noch nie gesehen hatte.

»Okay.« Er hätte sowieso nicht hineingepasst. Waffen konnte er in dem Verschlag nicht erkennen.

Der Mann musterte ihn von Kopf bis Fuß. »Das geben Sie besser her und verziehen sich wieder.« Der Mann kaute etwas, das seine Zähne mit braun glitzernden Spuren überzog. Ein Blätterklumpen – konnte das Kautabak sein? Journeyman fragte sich, ob das ein höhergestellter Kordonist war.

»Am See lebt ein Mann …«, setzte er an.

»Wissen wir.«

»Das ist Essen für ihn. Er wartet darauf.«

»Dem fehlt nichts«, sagte derselbe. Der, den Journeyman schon mal gesehen hatte, betrachtete seine Stiefel. »Der wird von uns versorgt.«

»Er erwartet *mich*«, sagte er. »Er wird sich wundern …«

»Dann wundert er sich eben.« Der Mann hielt ihm fordernd die Hand hin.

Widerwillig zog er die Päckchen für Kormentz aus dem Rucksack.

»Alles.«

»Wie bitte?«

»Sie lassen den ganzen Ranzen hier.«

Sein Rucksack vom Telluride-Film-Festival. Der ihn bis in den Stillstand begleitet hatte. Der zum Füllhorn der Werbegaben in seinem Hotelzimmer in der Bergstadt gehört hatte. Er hatte die Schätze damals auf der Bettdecke ausgebreitet und bewundert: Handcremes, Schlafmasken, USB-Sticks, Cranberry-Pistazien-Plätzchen, Ladegeräte zum Laden anderer Ladegeräte, alle mit den Logos von Dolby, Rotten Tomatoes, *Variety* oder anderen Festival-Sponsoren. Alles längst untergegangene Markennamen und überflüssige Geräte. Er gab ihn dem Mann. *Man muss Prioritäten setzen*, dachte er. Hatte er das je getan?

»So ist's brav«, sagte der Kordonist, als spräche er mit einem Hund, und fügte dann leicht rätselhaft hinzu: »Verbindlichsten Dank für Ihre Mitarbeit.«

Von seiner Last befreit, machte sich Journeyman auf den Rückweg. Der Auslieferer hatte geliefert. Oder war er am helllichten Tage auf der Prachtallee mit Frostaufbrüchen ausgeraubt worden?

Die Krähe, die ihm von Baum zu Baum hinterherhüpfte, hätte es vielleicht gewusst.

## 58

# Der Letzte Amerikaner

Den Anker gelichtet und zu beschämt, um zum Schlachter zurückzukehren, stromerte Journeyman durch die leeren Straßen der Innenstadt und an der Bibliothek vorbei. Kein Lebenszeichen. Er blieb nicht stehen und probierte auch nicht, ob die Tür offen war. Stattdessen ging er zu den Docks hinter der Feuerwache. Haufen von Hummerfallen warteten dort auf keinen Einsatz. Früher hatten die örtlichen Hummerfischer ihre Fänge zu Tausenden per Luftfracht nach Paris transportieren lassen, wo sie auf den Weihnachtstafeln gelandet waren. Auch die Seeigelfischer hatten ihre zähe, fade Beute bis nach Japan geschickt, wo Seeigel als Heilmittel gegen Erektionsstörungen galten. In Gedanken schweifte er in diese versunkenen Welten zurück, als könnte er den Stillstand dadurch rückgängig machen. Als hätte es einen Sinn, das zu wollen. Ein Waldstreifen verdeckte den Strand, an dem Drenka ihr Ruderboot liegen gelassen hatte. Vielleicht war es nicht mehr da, vielleicht war sie fortgerudert. Verschiedenste Katastrophen kitzelten die Ränder seines Bewusstseins. Als die Sonne unterging und ihm kalt wurde, fiel ihm Todbaume ein. Er musste ihm Essen bringen. Todbaume hatte Appetit.

Er holte sein Fahrrad. Nach dem Zusammenstoß auf der Landstraße wollte er jedem Fußgänger davonfahren können. Auf der Spodosol würde er Abendessen für sich finden und etwas für Todbaume abzweigen können. Im Sonnenuntergang kam ihm die Halbinsel verlassen und verhängnisvoll vor. Wenn keine warme Mahlzeit, dann etwas aus den Speichern der Spodosol. Was immer er herbeischaffte, Todbaume konnte es über seinem Feuer aufwärmen. Wenn er ein Feuer machte.

Bevor er die Straße zur Spodosol erreichte, hielt er oben am Gründerpark. Todbaume hatte Feuer gemacht. Und er hatte etwas zu essen. Er saß auf einem Gartenstuhl und löffelte etwas aus einer Schale, die er sich unters Kinn hielt. Neben ihm Nowlin als Schildwache. Wahrscheinlich beschaffte der das Essen. Ein Dritter, Edwin Gorse, stand auf der anderen Seite des Feuers, und seine sorgenvollen Gebärden warfen Schatten bis zu den kahlen Bäumen. Halb unbewusst stieg Journeyman ab und schob sein Rad zum Feuer. Wäre es seine Pflicht gewesen, Maddy und Astur oder auch andere über seine Begegnung auf der Landstraße zu informieren – hätte er wie Paul Revere einen allgemeinen Alarm auslösen sollen? Vielleicht sollte er es Todbaume sagen. Seiner Pflicht Genüge tun. Schließlich waren die Männer auf der Straße hinter Todbaume und seinem Streak her.

Er verhielt sich nicht besonders vernünftig. Er ging wie betäubt. Die Dinge ändern sich, dachte er. Und dann nicht mehr. Und wir vergessen, dass sie es wieder tun könnten.

Todbaume und Gorse stritten offenbar. »Nein, nein, nein, nein, nein.« Todbaume schaufelte Eintopf in sich hinein und knurrte Gorse über das Feuer weg an. Rote Bete, Kartoffeln und grüne

Bohnen in Tomatensoße, was für Journeyman spodosolisch aussah. Todbaume hatte Spuren davon am unrasierten Kinn. »Ich muss nirgends eine Grenze ziehen, Ed. Ich habe noch nie eine Grenze gesehen, die das Ziehen lohnte, mein Lieber, sondern nur das Überschreiten.«

*Grenzen, die kein Ziehen lohnen, sondern nur das Überschreiten.* Hatte Todbaume ihm am ersten Abend im Wohnheim von Durfee Hall nicht dasselbe gesagt? Es fühlte sich aber nicht wie ein Déjà-vu an, eher, als würden die Jahre wie ein Akkordeon zusammengeschoben. War er vier Jahrzehnte lang nichts als der von Todbaume Gelackmeierte gewesen, sein alles bestätigender Zeuge?

»Und das ist dann dein Endspiel?«, stichelte Edwin Gorse sarkastisch. »Bist du deswegen die ganze Strecke hergekommen? Um dich am Meeresboden einzubuddeln wie …« Er schien keine Worte mehr zu finden.

»Wie mit zackigen Zangen, genau.«

»Und wir dürfen deine Schlachten ausfechten.«

»Wer ist ›wir‹?«, fauchte Todbaume. Er fuchtelte mit dem Suppenlöffel in Richtung Park. Theodore Nowlin stand gelassen da und verfolgte, wie Todbaume redete und aß. Wartete auf seine prachtvolle Reise. Aß er überhaupt noch, oder überließ er Todbaume seine letzten Bissen? Vielleicht ernährte er sich von Baumrinde.

»Hä?«, machte Gorse.

»Wer ist ›wir‹? Ich seh nämlich kaum wen, der der Rede wert wär.« Todbaume nickte zu Journeyman herüber. »Hallihallo, Sandmann.« Journeyman nickte zurück. Die anderen nahmen ihn gar nicht zur Kenntnis.

»Wenn du Anhänger haben willst, musst du führen«, nörgelte

Gorse. »Zeig den Leuten, wozu der Streak fähig ist. Dem hast du's doch zu verdanken, dass du so weit gekommen bist.«

»Was weißt du denn schon, wie ich *irgendwohin* gekommen bin?« Todbaume kratzte den letzten Eintopf aus der Schale, warf sie ins schneefleckige Gras und wischte sich den Mund mit dem Ärmel ab.

»Das hast du uns doch Abend für Abend erzählt.«

»Echt? Vielleicht hab ich euch ja nur verarscht, Ed.«

»Was soll das heißen?«

»Alle sind tot. Ich wusste bloß nicht, wie ich euch Latzhosenaposteln das verklickern sollte.«

»Alle tot, was? Wie alle tot, wo?« Gorses Grammatik ging in die Brüche, wurde in Todbaumes Nonsensemühle zu Kleinholz verarbeitet. Vielleicht hatte Journeyman vor langer Zeit unwiderruflich dasselbe durchgemacht.

»Es ist eine Wüste. Nicht wie du sie dir vorstellst, nicht wie ich es euch erzählt habe. Ich hab euch eine Trostfiktion angeboten, weil ich die Menschen nicht gern enttäusche. Ich mag Knalltüten wie euch, die beim Durchhalten durchhalten. Es ist menschlich, und Menschliches gefällt mir. Heimeliges. Wie heißt das auf Deutsch, *heimlich*? ›Homelike‹?«

Das bedeutet was anderes, als du glaubst, wollte Journeyman sagen, verkniff es sich aber.

»Also hab ich bei euch den Heimlich-Handgriff angesetzt, harhar. Das ganze Gesülze hab ich mir aus den Fingern gesogen. Da draußen gibt es nur verstrahlte Landschaft. Ich hab den Streak aus Sicherheitsgründen nie verlassen und hab nie etwas Frischeres überfahren als eine von Maden wimmelnde Hirnschale mit ein paar Haarsträhnen dran und vielleicht noch schwarzen Lippen, während Nase und Ohren längst weggefressen waren. Meistens gab es aber nichts als ausgebleichte Schädel. Die Menschen sind massenweise in ihren Autos gestorben, und das geht einem verdammt auf den Sack, kann ich dir flüstern. Ich musste mich durch beschissene Staus schlängeln, bin regelrecht über die Knochen des Monds weggesteuert.«

»Alle tot?«

»Tut mir leid.«

»Aber das kann doch nicht sein. Der Kordon …«

»Schwer zu sagen, wenn sie eingeweiht sind, was?«

»Eingeweiht?«

»Die Leute glauben, was sie glauben müssen. Kuck dich doch an, Gorse. Du glaubst, deine Frau ist irgendwo da draußen, stimmt's? Damit hältst du dich über Wasser. Das süße Gelaber flüsterst du deinen Mädchen ins Ohr, wenn du sie abends einmummelst.«

»Bist du quer durchs Land gefahren, nur um uns das zu sagen?«

Todbaume zuckte die Schultern. »Jepp. Und wegen dem Fraß.« Sein Blick wanderte kurz zu der leeren Schale im sulzigen Gras.

»Es gibt allen Ernstes kein Amerika mehr?«

»Doch, Schätzchen. Mich. Ich bin der Letzte Amerikaner.«

*Wenn du dem Letzten Amerikaner über den Weg läufst, bring ihn um.* Noch so ein Gedanke, den Journeyman nicht laut aussprach. Die Bäume, die sie umringten, schienen wie ruhige Herzen zu schlagen.

»Du lügst.« Gorse achtete nicht darauf, aber seine Grammatik war wieder auf Kurs. »Der Himmel, der Fallout – das hätten wir gemerkt. Und das Meer.«

»Mist, erwischt.« Todbaume hob die Hände wie der Böse im Western, aber nur ganz kurz. Journeyman konnte ihm nachfühlen, dass er sich einen besseren Gegner wünschte. Gorse war zu leicht zu quälen. »Das galt doch nur der Ablenkung, aber du hast dich als würdig erwiesen, Genosse Gorse. Du hast dir die Wahrheit verdient.«

»Dann raus damit.«

»Alles ist gut. Blaue Himmel, leuchtende, glückliche Menschen. Die lachen sich 'n Ast über euer Landeiapopeia.«

»Wer?«

»Alle, darunter wahrscheinlich auch deine Frau und ihr neuer Buhlknabe. Alles ist längst repariert, alle haben wieder Strom und sind online. Ihr lebt in einem Versuchsreservat, Biosphäre Nummer 12 heißt das, glaub ich. Sie haben den Kohlenstoff aus den Wolken und dem Meer gepumpt, alles ist Friede, Freude, Eierkuchen, alle haben nuklearbetriebene Virtual Reality und genmanipulierten Kaviar. Klar, die Entwicklungsländer sind immer noch im Arsch, aber hey, deswegen spricht man ja von ihrer *Entwicklung*. Irgendwer hat spaßeshalber entschieden, dass ihr euch daran die Zähne ausbeißen könnt. Man will euch beim Wort nehmen und schauen, ob ihr's schafft, das Rad neu zu erfinden. Wie eine Runde *The Sims*. Ihr habt euch für dieses Provinznirwana *entschieden*, Gorse – frag mich nicht, wieso. Jetzt müsst ihr's halt ausbaden. Mit Wachmannschaften an der Grenze. Nur, dass ihr die anscheinend gar nicht braucht. Ihr seid fügsam wie Hunde und steckt hinter dem unsichtbaren Zaun eurer Selbstachtung fest. Der Laden hier ist eine Realityshow. Nur die Clicks sind in letzter Zeit runter, deshalb hat man mich reingeschickt, um die Einschaltquoten anzukurbeln. So, wie Spiderman rein zufällig immer dann auf einem Cover auftaucht, wenn ein Comic am Abnippeln ist.«

»Ist *das* die Wahrheit?«

Die vorletzte Wahrheit, dachte Journeyman. Die nächste lauerte immer schon hinter der nächsten Ecke.

»Wir haben Angehörige verloren. Alle hier haben jemanden verloren.« Maddys Mantra. Journeyman frappierte Gorses plötzliche Solidarität, die hinter seiner hohen Hecke heraufbeschworen wurde.

»Alle sind noch da, wo ihr sie verlassen habt«, sagte Todbaume. »Schlürfen ihre Margaritas und kucken Pornhub. Und die Pointe ist, euer Paradiesseits wird zu einer einzigen Insel geschrumpft, und du schnallst es noch *immer* nicht, du strunzdummer Hippie.«

Nowlin stand genauso stumm da wie die Bäume. Warum protestierte er nicht? Weil ihm genau das versprochen worden war, sobald sie sich aus dem Gründerpark rausgewühlt hatten? Margaritas und Pornhub?

»Das ist es also?«, sagte Gorse. Seine Bitterkeit war toxisch, aber er vergiftete damit nur sich selbst. »Um Sicherheit zu finden, kriechst du auf die Insel zu den Hippies, die du so verachtest?«

Nein, sagte sich Journeyman. Um seinen Antrag bei Maddy zu erneuern. Ihr Gemeinschaftsprojekt: Adam und Eva des Entstillstands zu werden.

»Da ist drauf geschissen. Ich hab dir doch gesagt, Ted und ich, wir machen den Abgang zurück in die Zivilisation. Bei den Insulanern schauen wir nur auf ein Abschiedspicknick vorbei. Bei der entsprechenden Windrichtung kann ich bis hierher riechen, dass sie Scones backen. Die haben einen letzten Nervenkitzel verdient.« Todbaumes Spinnerstimme war ein Springbrunnen, der das Vakuum der Nacht und das Vakuum seines Inneren füllte.

»Das ganze Fahrzeug ist ein topmodernes Aufnahmegerät, weißt du. Die digitale Erfassung meiner Landpartien im Reich der Schrumpfschädel sollte die Klienten wochen-, wenn nicht monatelang beschäftigt halten. Und jetzt ist es Zeit zum Abkassieren.«

Klienten und Schrumpfschädel, das waren die Kategorien, in die Todbaume die Menschen einteilte. Journeyman sagte sich, dass die Schrumpfschädel die waren, die sich nicht mal Eintrittskarten oder monatliche Gebühren leisten konnten, um ihre Kanäle am Flimmern zu halten.

Er konnte sich nicht länger beherrschen.

»Sie sind da«, sagte er. »Sie sind draußen auf der Straße.«

»Wo?«, fragte Gorse.

»Hinter Brendas Folly Farm«, sagte er. »Sie haben auf der Straße einen Checkpoint eingerichtet. Kann aber sein, dass sie sich auch schon weiter südlich am Drunkard's Path im Wald festgesetzt haben.«

»Scheiße«, sagte Gorse. Mit einem panischen Gesichtsausdruck starrte er ins Dunkel, und Journeyman nahm an, dass er an seine Mädchen dachte. »Kann ich dein Fahrrad haben?«

»Klar.«

»Schnell, kleiner Mann!«, rief Todbaume. »Zeit für deinen großen Auftritt!«

Gorse schwieg und kehrte Todbaume, dem Streak und dem Park den Rücken. Er eierte auf Journeymans Rad los, balancierte es aus und war verschwunden.

Die Ankunft des Kordons hatte Journeyman beraubt. Er hatte nichts auszuliefern. Hatte nicht mal einen Rucksack, mit dem er das Nichts hätte ausliefern können. Die Nachtwanderung nach Tinderwick reizte ihn jetzt nicht gerade. Ihn erfüllte dieselbe Angst, die er Gorse eingejagt hatte: Tinderwick konnte überrannt werden oder war es längst. Er sagte Gute Nacht und machte sich auf den dunklen Weg zur Spodosol.

# 59

# Noch eine Welt, Teil 2

In *Noch eine Welt* wurde die dystopische Erde – die Alternativwelt, deren Naturwissenschaftlerin ihren Partner auf der postapokalyptischen Gegenerde zu erreichen versuchte – von einem finsteren Weltkonzern namens UnSurAnce beherrscht. Die Naturwissenschaftlerin arbeitete in einem Start-up-Unternehmen an der Entwicklung einer Virtual-Reality-Erfahrung namens *Ein eigenes Zimmer,* die als ultimative, alle Sinne in Beschlag nehmende VR vermarktet wurde – ein Produkt, das als Luxusspielzeug gedacht war, wie sie glaubte. Sie wusste nicht, dass ihr Start-up insgeheim von UnSurAnce finanziert wurde und de facto im Besitz des Konzerns war. *Ein eigenes Zimmer* war nicht als Spielzeug für die Reichen gedacht, sondern diente der Manipulation der vertriebenen Massen – der vom Klimawandel Entwurzelten und der Beschäftigten, die seit der Automatisierung der Arbeitswelt nicht mehr gebraucht wurden. Die Technologie sollte sie dazu verleiten, sich aus ihren lästig gewordenen menschlichen Körpern upzuloaden und den Rest ihrer Leben ausschließlich in den virtuellen Realitäten von Großrechnern zu verbringen. Das Spielzeug war erdacht worden, um den User – den *Klienten* – für das Privileg des Suizids auch noch bezahlen zu lassen.

Journeyman schlich ins Haus. Die Spodosol war gespenstisch dunkel. Weder Feuer noch Lampen, die ganze Farm war offenbar verlassen. Verängstigt und hundemüde suchte er nicht lange. Er hatte keine Ahnung, wo hier Kerzen und Streichhölzer aufbewahrt wurden. Maddy und Astur waren fort. Er rollte sich auf ihrem Sofa unter einer Wolldecke zusammen, schlief ein und träumte von der Fernsehserie, die es nie gegeben hatte. Er versank in Todbaumes und seiner düsteren Vision. Und Maddys, sowenig sie darauf auch Anspruch erheben mochte. Er träumte, er hätte sich in *Ein eigenes Zimmer* begeben, sich ihm überlassen und es mit der Wirklichkeit verwechselt. Und alle Bereiche außerhalb seiner Grenzen waren für ihn unerreichbar geworden. Verloren.

# 60

# Das Versinken

Mit der ersten schwachen Dämmerung wurde er von einer Gestalt geweckt, die sich über seinem Schlafplatz aufbaute und ihn mit einer Lampe beleuchtete.

»Ich hab hier nur geschlafen.« Journeyman schoss schuldbewusst hoch, als hätte man ihn beim makabren Schwelgen in seinem Virtualitätstraum ertappt.

»Ich hab Hinweise gesehen, dass nachts jemand gekommen ist«, sagte Cynthia Pitchings. »Ich musste nachsehen.«

»Wo sind alle?«

»Du musst aufs Boot, Sandy.«

»Aufs Boot?«

»In einer Stunde oder so trommelt Astur die letzten Nachzügler zusammen. Du musst runter zum Wasser.«

»Kommst du mit?«

Cynthia schüttelte den Kopf. »Einer muss bleiben.«

»Die Kapitänin geht mit der Farm unter, was?«

Sie knurrte. »Ich gehe nicht unter.«

Er fand Schuhe und Mantel und folgte ihr nach draußen. Der Tag war kalt und glitzerte. Sie kochte ihm in ihrer eigenen Küche Tee, stellte ihm Brot hin und schickte ihn dann zur Bootsanlegestelle. »Nachzügler« bezog sich auf Jane und Lucius, wie sich zeigte. Sie liebten ihren häuslichen Komfort und hatten sich den Luxus einer letzten Nacht im eigenen Bett gegönnt, bevor sie auf die Insel zogen. Jane hatte eine Umhängetasche mit Lucius' Kochzutaten und einem Teil des schweren französischen Tafelsilbers dabei, das die beiden so liebten. Eine zweite Tasche enthielt Bücher und einen Frischhaltebeutel, prallvoll mit feuchten Keimlingen. Journeyman stellte sich zu ihnen und verfolgte, wie Astur erst ihr Segelboot verankerte und dann ins Ruderboot stieg, um sie am Ufer abzuholen.

»Guten Morgen, meine Freunde!«, rief sie, als sie in Hörweite kam. Trotz ungezählter Überfahrten hatte sie nie versiegende gute Laune. Journeyman und Lucius packten die Spitze ihres Boots und zogen es an den Steg, damit alle einsteigen konnten. Jane griff nach den Taschen und hob sie Astur hinüber, die sie auf den Bootssitzen verstaute. Journeyman hatte nichts dabei, nur die Kleider, in denen er geschlafen hatte. Ihm wurde klar, dass andere ihre Nester auf der Insel schon seit Wochen ausgepolstert hatten.

»Seht mal«, sagte Jane, als Astur sie schon fast bis zum Segelboot hinübergerudert hatte. Sie saß mit dem Gesicht zum Heck. Journeyman und Lucius drehten sich um. Über dem funkelnden Wasser, hinter dem Waldstreifen, der zwischen der Anlegestelle und dem Gründerpark lag, bewegte sich etwas am Pavillon. Das Superauto.

»Was zum Teufel …«, sagte Lucius.

Der Blue Streak neigte sich. Die ersten Wellen plätscherten gegen seinen Kuhfänger. Das Fahrzeug grub sich in den feinen Sand der Uferböschung. Seine Ketten ließen Sandwirbel aufstieben. Als sich der Wind legte, konnte Journeyman das Grummeln und Sirren hören, mit dem es sich in den Boden wühlte, durchsetzt vom Pöttern und Spotzen, wenn die Panzerketten und Rotorblätter auf Steine trafen oder sich in Algen und Spiraltang verfingen. Das Wasser strömte in die Vertiefung, in der sich der Blue Streak in den Strand grub.

»Schau sich einer das an«, sagte Jane. »Wir machen ein Rennen zu der Scheißinsel.«

Astur ließ das Ruderboot am Heck ihres Segelboots langschubbern und vertäute es. Dann erst betrachtete sie mit ihnen die Unruhe im Sand, wo das Superauto seine Schanze in der Bucht vertiefte. Sie schüttelte den Kopf. »Ich glaube nicht, dass es so schnell ist. Das Rennen sollten wir locker gewinnen.«

»Na, dann ist ja gut«, sagte Lucius. Im Freien floppte sein Sarkasmus. Er konnte sich nur an ihre Angst klammern. Das Superauto bohrte sich wie der Schädel eines Monsters in Brandung und Schlamm. Ein Tumor, der aus dem Morast der Welt aufgestiegen war, in den er jetzt zurückkehrte. Sie sahen zu, wie der Blue Streak im selbst erzeugten Blubbern unterging und den Strand in Klärschlamm verwandelte. Journeyman dachte an das französische Boot, die Nahrung und die Exkremente, die an der Stelle herumstrudelten, wo es versunken war.

Ein Kreischen hallte über die Bucht. Im Kielwasser des Aushubs hatten die nachströmenden Gezeiten die Böschung unterspült, die den Steg stützte. Die alten Balken kreischten ein zweites Mal, knarzten und barsten, die Pfähle wurden aus dem Schlamm gerissen, und von Seepocken überzogene Holzstämme wurden freigelegt wie ein Skelett. Das Wasser schwappte über sie hinweg. Das Superauto stanzte ein Loch in ihre Welt und versank in der Gischt.

# 61

## Das Feendorf

Als Kinder hatten Journeyman und seine Schwester ein paar Sommer in einem Camp in Maine verbracht – William Tell Acres. Zwei Sommer lang er allein, dann war Maddy zwei weitere Sommer mitgekommen. Seine Kenntnisse von Maine hatten sich auf dieses Camp beschränkt, bis Maddy ihn dann zurückgeholt hatte.

Als Astur sie auf die Insel brachte, musste er zum ersten Mal seit dem Stillstand an William Tell Acres denken. Auf dem schmalen Pfad zur Siedlung erblickte er Delia und Danny Limetree in Gesellschaft weiterer Waldschrate aus East Tinderwick. Sie hatten Hütten und ein Tipi gebaut, aus dessen Luftloch sanfter Rauch kringelte. Ein Stück weiter waren die Schuppen der Spodosolier errichtet worden. Die »Feenhütten« fielen ihm ein, die sie im Camp gebaut hatten. Kleine Paläste aus Steinen und Stöcken, gedeckt mit Moossoden. Hätte man die lichtscheuen Hippies aus den verwunschenen Wäldern von East Tinderwick verkleinert, wären sie genau die Feenwesen gewesen, für die die Kinder damals die Zwergendörfer gebaut hatten.

Auf der gerodeten Landspitze der Insel, wo Granitblöcke aus dem alten Steinbruch für Asturs Leuchtturmprojekt zusammengetragen worden waren, mussten die fleißigen Spodosolier die Arbeit eines ganzen Jahres in die Anlage einer neuen Infrastruktur, eines neuen Marktplatzes investiert haben.

Beeindruckend, auf den zweiten Blick aber auch provisorisch. Das waren Unterstände und Baracken – ein Zeltplatz. »Glamping« hatte man das früher genannt. Renee und Ernesto beugten sich am Feuer über eine große viereckige Bratpfanne, rösteten Brötchen, brieten Eier, Käse und Spinat und fanden für ihre Sandwiches immer neue Abnehmer. Die Hühner, die die Eier geliefert hatten, liefen frei herum und ließen sich von den fünf oder sechs Hunden nicht stören. Lucius und Jane stellten sich in die Frühstücksschlange, und er schloss sich ihnen an. Ed Waltz, Dodie Metzger und Nils hatten gerade ihre Portionen empfangen und gingen mit den Eibrötchen zur Anhöhe, hinter der die zackige Leuchtturmspitze die Baumwipfel überragte.

Journeyman nahm sein Brötchen entgegen und machte sich auf die Suche nach seiner Schwester. Maddy kniete in der Gemeinschaftsschlafbaracke und sortierte Einmachgläser mit Roter Bete, Kimchi und eingelegten grünen Bohnen auf Regalen, die aus den Balken und Zargen der rohen Innenwände gebildet worden waren. Waren die Wintermagazine der Spodosol geräumt worden? Wie lange würden sie auf der Insel ausharren müssen?

»Hey«, sagte er.

»Hey«, antwortete Maddy. »Schön, dass du's geschafft hast.« Er sah, dass der Zimmermannshammer in ihrem Werkzeuggürtel steckte. Den hatte sie jetzt immer dabei.

»Kann ich was tun?«, fragte er.

Maddy wandte sich von der Arbeit ab und warf Journeyman

ein kurzes Lächeln zu. »Du könntest Dodie und Paulo beim Aufschichten der Feuer helfen. Auf dem Kamm.«

»Feuer? Auf dem Kamm?«

»Für später.« Es hatte nichts Unfreundliches, dass sie ihn im Dunkeln ließ.

»Aha.«

Andere waren gelandet, aus Bezirken noch hinter East Tinderwick. Mike Raritans Boot war direkt aus Tinderwick herübergesegelt gekommen und rund zwanzig Minuten nach Astur eingetroffen. Als Passagiere hatte er unter anderem Sophie Thurber und Edwin Gorses Töchter mitgebracht. Die beiden Mädchen mischten sich mit großen Augen unter das Geflüchtetenkollektiv, bekamen etwas zu essen und die ganze Anlage gezeigt: die behelfsmäßige Latrine und die Trinkwasserleitung. Nach dem Frühstück wurden sie zusammen mit Andy dem Psychiater zum Geschirrspülen geschickt.

War Drenka immer noch in der Bibliothek?

Eine Unterkunft war schon winterfest: das Blockhaus von Eke und Walt. Astur und Maddy hatten die beiden zum Dauerdasein auf der Insel eingeteilt. Die ehemaligen Kordonisten hatten sich in der Sandwichschlange hinter den Gorse-Mädchen angestellt, die die bärtigen Männer anstarrten, was mit einem freundlichen Lächeln erwidert wurde. Sie wirkten ruhig. Oder hatten sie sich mit ihrem Schicksal abgefunden? Waren Eke und Walt Gefangene der Insel oder Deserteure, denen Asyl gewährt worden war?

Der Turm auf dem Gipfel am Ende des gerodeten alten Steinbruchwegs war für die Ewigkeit gebaut worden. Unmengen an Arbeit, Ressourcen und Dorfzeit waren in einer visionären Angelegenheit versenkt worden, deren Sinn und Zweck Journeyman noch immer entging. Würde jemals ein zweites französisches

Boot auftauchen und all die Mühen lohnen? Ungefähr genauso wahrscheinlich war, dass die Feen ins Dorf von William Tell einzogen.

Vielleicht waren sie selbst die Feen, auf die sie die ganze Zeit gewartet hatten.

## 62

# Ersegeln, Erretten, Erkunden

Astur tippte Journeyman auf den Ellenbogen. »Komm«, sagte sie.

»Wohin?«

»Wir müssen zurückfahren, du und ich. Deinen Freund Augustus retten.«

»Maddy hat gesagt, ich soll helfen, das Holz für die Feuer aufzuschichten.«

Astur schüttelte den Kopf. »Für die Feuer ist gesorgt. Komm lieber mit mir mit.«

Paulo sah sie zum Ruderboot hinuntergehen und bot seine Begleitung an. Anscheinend wusste er von Asturs Aufgabe – alle wussten hier offenbar mehr als Journeyman.

Astur winkte ab. »Bleib ruhig hier. Wenn Sandy hilft, reicht das. Wir brauchen vielleicht Platz im Boot.«

Sie ruderte sie zum Segelboot. Seit ihrer Ausfahrt war Wind aufgekommen. Asturs Ruder kämpften sanft mit der kabbeligen Dünung. Ihr Lavieren brachte den hohen Turm in Sicht.

»Er ist fast fertig«, versuchte er, sie aus der Reserve zu locken.

Astur lächelte, schüttelte aber den Kopf. »Fertig ist er erst, wenn du dazu beiträgst.«

»Das verstehe ich nicht.«

»Wir brauchen dich, Sandy. Du musst nur einen einzigen Strohhalm beisteuern.«

»Ist das ein altes somalisches Sprichwort?«

»Nein, Sandy, das ist kein somalisches Sprichwort.«

Er fühlte sich seltsam gedemütigt. Er starrte zum Turm zurück. Bebte und klapperte er im aufkommenden Wind? Oder waren das nur die Gerüste? Vielleicht wartete er auf den stabilisierenden Beitrag seines Strohhalms.

Sie lavierten lange von East Tinderwick weg und kreuzten zum luvseitigen Ufer. Wo wollte Astur anlegen? Der Haupthafen war zu einsehbar, sagte er sich, wenn sie tagsüber in die Stadt schleichen wollten. Noch ein Plan, dessen Eröffnung er abwarten musste.

»Schau mal«, sagte Astur.

Sie zeigte ins Wasser. Sie durchquerten eine schäumende Fläche, als segelten sie im Kielwasser eines unsichtbaren Boots. In der Tiefe wurde etwas aufgewühlt. Er sah Blasenketten aufsteigen. Sie befanden sich direkt über dem Superauto, das sich im Schneckentempo am Boden der Bucht voranschob. Der wandernde Abgrund passte zu seiner Stimmung. Ein alter Cartoon mit dem Titel »Nixon Monument« fiel ihm ein: Menschen, die um einen riesigen Krater herumstanden und hinabstarrten. Und der katastrophale »Urbane Fjord«, den der Landschaftsskulpteur Laird Noteless in Harlem in einen Hang gebuddelt hatte und in den die New Yorker ihren Müll und manchmal auch ihre lebensmüden Körper hinabgeworfen hatten.

Apropos Selbstmord: War der Blue Streak überhaupt wasserdicht? Vielleicht hatten sich Todbaume und Nowlin in den Schlammtiefen bestattet. Aber die Wasserfläche kräuselte sich zu seltsamen Wellenformen. Wäre das Superauto liegen geblieben, sagte er sich, dann sofort und nicht erst nach einer Viertelmeile Unterwasserfahrt. Astur navigierte sie durch den Wasserpalimpsest und segelte weiter.

Sie umfuhr den Haupthafen. Beim Vorbeifahren suchte er die Bay Street nach Bewegungen ab. Nichts. Aber war das eine Gestalt hoch zu Ross, die sie aus den Bäumen um den Spielplatz herum anstarrte? Vielleicht täuschte er sich. Im Stadtzentrum stieg eine graue Rauchsäule auf. Vom Wasser aus ließ sich nicht sagen, aus welcher Straße sie kam. Ein Lagerfeuer? Das wäre am helllichten Tage seltsam. Das Licht war so vollkommen wie an dem Tag, als Todbaume ihre Straße entlang eskortiert worden war.

Astur segelte an der Landzunge vorbei, die sie davor schützte, vom Hafen aus gesehen zu werden. Sie vertäute ihr Segelboot im Jachthafen des Country Clubs zwischen den verwaisten Schaluppen, die auf- und abwippten und Sommergäste erwarteten, die sie nie mehr aufnehmen würden. Eine ganz gute Tarnung, nur war Asturs Segel zwischen all den nackten Masten zu sehen. Sie ruderten zum Club-Bootshaus.

»Das fühlt sich wie ein Plan an«, meinte er zu Astur.

»Das ist auch einer.«

Der Schlachter erwartete sie, verdeckt unter einer Persenning sitzend. Journeyman war bestürzt, dass sich so vieles tat, wovon er nichts wusste. Augustus freute sich offenbar, ihn zu sehen, und begrüßte ihn mit einem Bühnenflüstern, das angesichts des Wellenplätscherns an den Bootshausmauern kaum nötig war. Astur manövrierte das Ruderboot näher heran, und Augustus reichte ihm schwere Pakete ins Boot – Schmalz, Speckseiten, Geflügel und große Fleischstücke in Wachstuch. Er verstand plötzlich, dass der Schlachter in Erwartung dieses Tages wochenlang schwer gearbeitet hatte. Schweine waren für den Rückzug nach Quarry Island gestorben.

*Plötzlich verstand er.* Das konnte man auf seinen Grabstein schreiben.

Die Schlachtergaben ließen das Ruderboot tiefer ins Wasser sinken. Augustus blieb derweil an Land. »Ich muss noch bei Mr Gorse vorbeischauen«, sagte er. »Bei dem brennt's.«

»Eine halbe Stunde kann ich warten«, sagte Astur. »Länger nicht. Ich möchte nicht ohne dich segeln, aber wenn's sein muss …«

»Verstehe«, sagte Augustus.

»Ich geh mit«, sagte Journeyman.

»Bleib bitte, Sandy. Das ist meine letzte Überfahrt.«

»Macht nichts, wenn ich in der Stadt bleibe. Die Leute kennen mich.« Er meinte die Kordonisten, mit denen er im Namen der Halbinsel jahrelang Geschäfte gemacht hatte. Allerdings wusste er nicht, ob das die waren, die jetzt in der Stadt marodierten.

»Kann ja sein, aber du wirst auf der Insel gebraucht«, sagte Astur.

»In der halben Stunde bin ich locker wieder da«, sagte er. Der Weg zur High Street, an der Gorse wohnte, führte an der Bibliothek vorbei. Er wollte Drenka suchen. Wenn Augustus Gorse finden und er selbst Drenka überreden konnte, mit ihnen auf die Insel zu kommen, waren sie zwar zu viele für Asturs Ruderboot, aber nicht für das Segelboot. Dessen Belastbarkeit kannte er. Notfalls würde er selbst noch ein zweites Mal vom Ufer zum Segelboot rudern. Er konnte sie retten.

# 63

# Das Feuer

Die High Street war leer, stank aber. Die verräterischen Abgase der Scheißechopper. Kannte der Schlachter den Geruch? Wahrscheinlich nicht so gut wie Journeyman von seinen Begegnungen auf der Straße.

Das war aber nicht der einzige Geruch. Feuer. Hinter der Hecke stieg vom schwelenden Dach Rauch in den Himmel. Die Lorbeerbüsche hatten nichts Wesentliches fernhalten können. Die Heckensperre, mit der sich Gorse von ihnen hatte abgrenzen wollen.

Hatte das ausgereicht, um den Angriff der Kordonisten zu provozieren? Das Gefühl einer Barrikade? Wahrscheinlich hatten sie eher gewusst, wie oft Gorse unten bei Todbaume im Park gewesen war. Mitgegangen, mitgehangen. Oder sie hatten Fragen gehabt, Gorse in die Enge getrieben, und er hatte sich zur Wehr gesetzt, stellte Journeyman sich vor. Das hatte er ja vorgehabt.

Das Haus war eines der ältesten der Stadt und für einen Schiffskapitän oder Steinbruchbesitzer erbaut worden. Sein Gerippe war stark genug, um es vor dem Einsturz zu bewahren, aber die Flammen hatten den Anstrich verkohlt und den größten Teil der Verschalung verzehrt. Er konnte sich die ursprünglichen Farben nicht mehr vor Augen rufen.

Augustus fand den Leichnam. Der dritte Geruch in der Luft. Gorse war in der Küche ganz nach hinten zurückgewichen. Zwischen Kücheninsel und Waschbecken gezwängt, war er gestorben. Eine moderne Küche. Spülmaschine, Mikrowelle, unveränderte Reliquien. Dass sie Journeyman auffielen, war wohl Zeichen einer dissoziativen Störung.

Hatte Gorse keinen Ausweg mehr gesehen? Oder nur geglaubt, es gäbe keinen? Hatten sie ihn vor der Brandstiftung bewusstlos geschlagen? Ihm die Beine gebrochen? Auf den ersten Blick ließ sich das nicht feststellen, und eine Autopsie würde es nicht geben. Hatte er sich geweigert, ihnen das Haus zu überlassen, bis es dann zu spät war? Vielleicht hatten sie es gleich an mehreren Stellen in Brand gesetzt. Vielleicht kannten auch die Kordonisten *den Wert rituellen Handelns* und sagten auf diese Weise einfach, ›wir waren hier‹. Eine eindeutige Ansage in vieldeutigen Zeiten. Würde es ihre einzige Ansage bleiben? Oder war es nur die erste?

Journeyman legte dem Schlachter die Hand auf die Schulter. »Gehen wir.«

»Wir müssen ihn begraben«, sagte Augustus.

»Das kann warten. Wir müssen auf die Insel.«

»Ohne uns fährt sie nicht.«

»Vielleicht doch«, sagte Journeyman. »Und ich möchte noch bei der Bibliothek vorbeischauen.«

Augustus nickte, und sie gingen.

# 64

# Fort

Journeyman und Augustus wagten sich ins Freie und rüttelten am Haupteingang der Bibliothek. Abgeschlossen. Journeyman genierte sich, Drenkas Namen zu rufen. Die Stadt um sie herum war ausgestorben. Hatten sich die Kordonisten schon zurückgezogen? Eine Wette hätte er darauf nicht abgeschlossen. Der Brand an der High Street und die Aschespuren an seinen Schuhen machten die Stille zu einem bösen Omen. Augustus sah zum Waldrand hinüber, hinter dem der Spielplatz lag, der Stadtstrand, die verhüllenden Bäume, zwischen denen sie hergekommen waren. Da hinten wartete Astur darauf, sie zu retten. Wenn sie sich beeilten.

»Ich probier's mal hinten«, sagte Journeyman.

Der Hintereingang war nicht abgeschlossen, und Journeyman ging ins Haus. Nichts. Kein Zeichen von Eindringlingen. Nur die Büchergewölbe, die sie zu ihrem Zuhause gemacht hatte.

Augustus musste ihn dazu bringen, die Sachlage zu akzeptieren, so, wie er den Schlachter von Gorse hatte loseisen müssen. »Sie ist nicht da.«

»Stimmt.«

»Dann gehen wir.«

Journeyman murmelte zustimmend.

Auch Drenkas Boot war verschwunden. Monatelang hatte es umgedreht unter einer Persenning am Strand des Golfplatzes gelegen. Als er jetzt mit Astur und dem Schlachter zum Segelboot hinüberruderte, dem einsamen Banner zwischen den bloßen Masten, erblickte er die Plane. Sie hatte sich teilweise losgerissen und flatterte in der Brise. War Drenka in Sicherheit? Und wo war sie hingegangen? Würde er es je erfahren? Drenka und ihr Boot gehörten jetzt zu den verschwundenen Dingen, die vielleicht nie hierhergepasst hatten.

# 65

# Blase

Auch auf der Rückfahrt segelten sie darüber hinweg. Den Strudel und das Wispern, die auf die Aktivitäten des Streak hindeuteten, der sich da unten im Schlamm auf Quarry Island zuwühlte. Hatte Astur so gesteuert, dass sie ihn finden mussten? Hatte sie sein Vorankommen in der Zeit messen wollen, die sie an Land gewesen waren? Vorangekommen war er auf jeden Fall. Aber weder Astur noch Journeyman sagten etwas. Beide hatten irgendwie ein schlechtes Gewissen. Augustus saß hinten im Segelboot und weinte. Darauf hatte sein Handwerk ihn nicht vorbereitet. Man lernte nie aus.

Als sie über die aufgewühlte Wasserfläche luvten, stieg eine einzige große Blase auf und platzte mit einem hörbaren *Plop.* Als hätte das Superauto in der Tiefe gefurzt. Auch das ließen sie geflissentlich unkommentiert.

# IV.

# Noch ein Stillstand

# 66

# Der Kreis des Bekannten

Das Ding glitt unsichtbar durch die Schlammströme und war auch eine Art tickende Uhr. Die Sonne war inzwischen hinter Wolken verschwunden. Sie machte kenntlich, wie schnell der Nachmittag verging, ob man nun zu ihr hochsah oder nicht. Auf der Insel unter ihr herrschte das intensive zielgerichtete Gewimmel eines Ameisenhaufens. Ohne jede Hast. Alle hatten eine Aufgabe, wenn auch manche unklarer als andere. In der Schlafbaracke wurden Lebensmittelvorräte bis unter die Dachbalken gestapelt. Fleisch und Cider wurden an gefetteten Schnüren in einen steingefassten Brunnen hinabgelassen, der zur Kühlkammer umfunktioniert worden war.

An strategisch verteilten Stellen waren Feuer aufgeschichtet, aber noch nicht angezündet worden. Warteten.

Die Maschine würde erst nach Einbruch der Dunkelheit eintreffen. Zu dieser Jahreszeit war das gegen halb fünf. Auch wenn die Luft noch mild war.

Weit weg vom Turm flackerte nur im Zentrum des Camps ein

Feuer. Jane und Lucius drückten allen Vorbeikommenden Schalen mit herzhaftem Eintopf in die Hand. Journeymans Schwester und ihre Partnerin saßen dort und redeten mit einigen Neuankömmlingen, darunter auch Augustus. Er weinte noch immer. Er hatte sich dazugesetzt und von den verbrannten Überresten berichtet, die er gesehen hatte. War Journeyman erstarrt? Ja. Erstarrt, voller Staunen und Fragen. Jane drückte ihm eine Schale in die Hand. Sie enthielt Bohnen, Spinat und Tomaten. Nach dem Grauen und den Enttäuschungen der Stadt war er ausgehungert. Über der Halbinsel lag der Schatten der Besetzung. In einer Vision sah er den Stillstand als ganzen. Oder fühlte sich jedenfalls so. Der Stillstand löschte Vermutungen aus. Er ließ die Welt schrumpfen, beschränkte den Kreis des Bekannten. Dieser Ort, diese Insel, auf die sie sich zurückgezogen hatten, war eine tröstende Restwelt, aber auch sie war geschrumpft. Augustus weinte immer noch. Der Schlachter war früher kein Schlachter gewesen. Er war Manager und Kassierer in Tinderwicks Filiale einer Regionalbank von Maine gewesen.

Die Gesprächsthemen wechselten. Maddy sprach, als machte sie eine Inselführung. »Das ist eine Felssohle, da kann man sich nicht durchtunneln«, sagte sie. »Und der Tannenhain ist zu dicht. Den Strand auf der Leeseite kommt das Ding nie im Leben hochgekrochen.«

»Also?« Das war Lucius.

»Also wird er um die Insel herumfahren und es beim Steinbruchweg versuchen. Eine Hintertür gibt es nicht. Entweder das, oder er muss weiterfahren.«

»Er und Theodore Nowlin«, betonte Journeyman, der dazugehören wollte. Mehr wusste er nicht. »Ich hab sie gestern Abend gesehen, bevor sie aufgebrochen sind.«

»Überwacht jemand den Strand?«, fragte Lucius und überhörte seinen Einwurf.

»Den hören wir kommen«, sagte Astur.

»Wie sieht eigentlich euer Plan aus?«, fragte Journeyman. »Und kennen den alle, nur ich nicht?«

Bildete er sich das nur ein? Drehten alle am Feuer sich zu ihm? Grinste irgendwer? Gingen in dieser Geschichte alle Witze auf seine Kosten? Er saß mit seiner Schale auf einem Baumstumpf. Neben ihm saß seine Schwester. Ed Waltz kam dazu und legte ihm von hinten die Hände auf die Schultern. Auch Ed hatte geweint.

»Iss«, sagte Maddy.

»Okay.«

»Du wirst nachher all deine Kraft brauchen.«

Journeyman spürte den Druck der vermiedenen Blickkontakte. »Langsam kapier ich's«, sagte er zu seiner Schwester. »Was die ganze Kiste mit der Insel soll.«

»Was soll die ganze Kiste mit der Insel denn?«

»Du schmeißt die Überraschungsparty für mich, die ich nie haben wollte.«

»Wusst ich's doch, dass du irgendwann dahinterkommen würdest, Sandy.«

## 67

# Noch ein Stillstand, Teil 1

Für Journeyman begann es mit einem Spaziergang durch den Sonnenuntergang unter Asturs Führung. Die mit zerschrammten Uferklippen, Kiefernhainen und bunkerähnlichen Steinbruchblöcken bestückte Insel konnte nicht umrundet werden. Aber sie war mit Trampelpfaden gespickt. Den ältesten hatten Sicherheitsstiefel vor einem Jahrhundert in den Granit getreten. Beim neuesten waren in den letzten Wochen Gras und Brombeergestrüpp plattgetreten worden. Astur hatte offenbar vor, sie in dieser blauen Abendstunde alle abzugehen.

Sie spazierten zur alten Anlegestelle der Granitfrachtkähne hinab. Todbaumes vorausgesagter Ankunftsort. Den weiten Strand säumten noch nicht entzündete Feuer, als würde irgendein Fest vorbereitet. Das war die Lichtung, auf der er gesehen hatte, wie die »Krebsscheren« zusammengeschweißt worden waren, von denen jetzt aber nichts mehr zu sehen war. Wohin war die Konstruktion verschwunden?, fragte er Astur. Sie ging mit ihm zur Brandung hinunter. Die Flut hatte die Zweidrittelmarke an den Felsen erreicht und stieg noch. Astur zeigte hinaus. Zwischen Blasentangwedeln verborgen, waren die Scherenspitzen gerade noch zu erkennen. Sie ragten aus dem Uferschlamm heraus, in den das riesige Gerät wohl bei Ebbe eingelassen worden war.

Er fragte nicht weiter.

Sie stiegen zum Turm hoch, der hinter den Bäumen aufragte. Fast an seiner Spitze stand Dodie Metzger, demontierte den Gerüstboden, auf dem sie stand, und ließ die Holzbohlen mithilfe einer Seilrolle hinab. Unten band Paulo die Bohlen ab und stapelte sie neben sich auf. Journeyman merkte, dass er Turm und Gerüst nie unterschieden hatte. Jetzt war die Hülse größtenteils abgeschält, und zwei armdicke Kabel lagen frei. In Laschen liefen sie an der Meerseite des Turms hinab, wurden am Boden durch Winden geführt und verschwanden Richtung Süden im unwegsamen Wald. Winden und Kabel stammten von der Werft. Vor dem Stillstand war es Ed Waltz' Job gewesen, die großen Sommerboote einzuwintern. Ed war damals der Winschmann gewesen, und jetzt war er das wieder.

Ein zweiter alter Pfad schlängelte sich zu den Klippen. Astur ging voran. Ein Zweidrittelmond war aufgegangen, was zur Tide passte. Die Kabel führten hierher. Sie waren mit Bolzen an dem riesigen verwitterten, vogelkotbespritzten Granitblock befestigt worden, der hier schon so lange gelegen und aufs Meer hinausgeschaut hatte. Auf der anderen Seite des Blocks waren sie mit einer Stahlplatte gesichert worden. Auch die Klippe, auf der der Block lag, war bearbeitet und strategisch unterhöhlt, der Boden darunter aufgebrochen worden. Der Granitblock ragte jetzt über den Felsen hinaus, drohte ins Meer zu stürzen oder zumindest auf den dünnen Kieselsteinstrand direkt unter ihm.

Journeyman roch Stahlspäne und verrottende Miesmuscheln,

die Seevögel auf dem Granitblock aufgeschlagen hatten. Vom Boden stieg ein Geruch nach Thymian auf.

Der große Mond zog seine Aufmerksamkeit auf sich.

Er trat an den Rand der Steilklippe. Unter ihm lag nur ein auf die Seite gedrehtes und über die Flutmarke hinaufgeschleiftes Ruderboot.

Dasselbe Ruderboot?

## 68

# Ein Bild

Wochen später schnitt Journeyman noch zwei Bilder aus Bibliotheksbüchern heraus. Dieses erinnerte ihn an den Turm.

HABS No. CA-2119-2

## 69

# Noch ein Stillstand, Teil 2

Der Mond stieg am Himmel empor und wurde kleiner. Auf den Feuerresten in der Campmitte kochte Lucius Tee – das ließ er sich von niemandem nehmen; er hatte ihre miesen Kochkünste hier am Ende der Welt einfach satt. Feuer wurden auf der sich verfinsternden Insel nicht angezündet. Sie warteten. Jemand griff zu einer Gitarre. Es gab immer eine Gitarre. Kaffee und Kuchen machten die Runde. Es gab immer Kuchen – in Alufolie, die hundertmal sorgfältig gespült und getrocknet worden war. Jemand stand am Strand und beobachtete das glitzernde Meer. Ed machte sich an den Winden zu schaffen. Ihre Augen stellten sich auf die Dunkelheit ein, und schnell zeigte sich, dass sie vom gegenüberliegenden Ufer beobachtet wurden. Der Gründerpark hatte neue Bewohner, Kordonisten. Sie hatten eigene Feuer angezündet. Standen wahrscheinlich genauso wie sie auf Quarry Island da und schauten aufs Meer hinaus. Hatten die Zeichen gelesen, die Spuren der Panzerketten, die ins Wasser führten. Der Blue Streak befand sich mittlerweile näher an der Insel. Schon ziemlich nah.

Im Park brannten zwei Feuer, das eine größer als das andere. Es loderte immer mehr auf, erfasste schließlich ein Dach und zeigte ein Gebäude. Alles ging in Flammen auf. Sie fackelten den Pavillon ab.

Unten am Wasser berichtete Augustus anderen leise von Edwin Gorse und dem, was Journeyman und er in der verkohlten Küche gesehen hatten.

Im Mondlicht sahen sie das schäumende Gewühl im Wasser. Als brodelte ein Topf Spaghetti unter den Wellen. Ein Sprudeln, über dem schwarze Vogelschwärme Kreise zogen. Sollten das nicht Möwen statt Krähen sein? Vielleicht waren die Krähen Todbaumes Sonderbotschafter. Sie flatterten über ihnen in die Bäume. Langsam wichen die auf dem Wasser tanzenden Mondlichtreflexe dem aufsteigenden Leuchten. Die blasse Lampe schien vom Buchtgrund hoch, als wollte sie dem Mond antworten.

Im Lichthof zwei Fahrer. Der Kröterich in seinem Automobil, und über seine Schulter gebeugt der Idiotengandalf Nowlin. *Setz dich hin*, flehte Journeyman Nowlin stumm an, unmittelbar, bevor die Falle zuschnappte. Er war schließlich ein alter Mann.

Der Blue Streak suchte Halt auf dem Uferschelf, und die Ketten drehten im Sandsog durch. In diesem Augenblick tauchten die Hälften der Falle auf. Die Klauen, deren Feder vom Gewicht des Superautos ausgelöst worden war. Robotische Beißzangen, von denen Tang und schwarzer Ton troffen und die nach salziger Fäulnis stanken, stiegen um Todbaumes Fahrzeug herum auf. Weniger Krebsscheren als eine Art Venusfliegenfalle. Nicht sehr schnell, aber das war der Blue Streak auch nicht, nicht in diesem entscheidenden Moment, in dem er den evolutionären Schritt vom Meer aufs Land machen wollte. Die Klauen schlossen sich wie Schraubzwingen um den Streak, kratzten und knirschten, als sie sich um

Ketten und Fahrwerk legten. Die vier obersten Finger der Falle stiegen bis zur Glaskuppel empor, trafen und verflochten sich dort und wurden von innen gespenstisch angestrahlt. *Daumen beug dich, Zeiger streck dich, Goldner lupf dich, Kleiner duck dich.*

Journeyman machte sich darauf gefasst, dass die Kuppel gleich wie eine Eierschale zerdrückt würde. Dass Todbaume und Nowlin wie Dotter heraustriefen würden. Aber nein. Sie hielt stand, bekam nicht einmal Sprünge. Die Männer im Inneren konnte er nicht mehr sehen. Kauerten sie auf dem Boden? Waren sie ins verborgene Innere des Superautos geflohen? Maschinenraum, Schlafkammer, Klo?

Die Panzerketten fraßen sich in der Umklammerung fest. Obwohl unzählige Ventile, Röhren und sonstiger Klimbim an den Außenseiten des Superautos im Griff der Falle zerdrückt wurden, blieb das Ding im Kern unversehrt. Das Cockpit ungeborsten. Aber es verstummte. Seine Triebwerke verklangen zu einem Fiepen, das über der Brandung und dem Rauschen des Bluts in Journeymans Ohren kaum noch zu hören war. Die beiden Maschinen – der Weltuntergangsbolide und sein zusammengeschusterter schmuddeliger Erzfeind – waren zu einem unmöglichen Gebilde verschmolzen.

Die Stille dauerte kaum eine Minute, dann wurde sie vom Knirschen und Kreischen von Ed Waltz' Maschine oben auf dem Hügel überdröhnt. Die Winden setzten sich in Bewegung, die Kabel strafften sich und stiegen aus dem Kies auf. Sie reichten nicht nur vom Turm zu dem gigantischen Granitblock am anderen Ende der Insel, sondern liefen auch unter dem Strand ins Meer hinaus, wo sie an der Falle festgemacht waren. Die ganze Insel war eine Maschine, erkannte Journeyman. Eine Winde von den Klauen über den Turm zum Gegengewicht des Granitblocks. Zahn für Zahn schleppten die uralten Winden, die einst Schiffe aus dem Wasser gezogen hatten, das ungefüge Konglomerat aus Klauen und Auto auf den Strand, wo sich die Insulaner versammelt hatten. Schleiften es in ihre Mitte, wo es von spiegelnden Flammen beleckt wurde.

Maddy hatte die Feuer angezündet. Renee, Ernesto, Dodie, Nils, Andy der Psychiater sowie Jane und Lucius standen mit Schaufeln und Harken bei ihr. Langsam kapierte Journeyman. Das trockene Holz flammte sofort auf. Die Leute am Strand schaufelten und scharrten die orange glühenden Scheite unter die Spannstöcke des Apparats, die Klauenfalle, die Schraubzwinge, die das leicht hochgekippte und ganz und gar lahmgelegte Superauto umklammerte. Konnte es für die Hitze des Holzfeuers einen besseren Leiter geben als nacktes rostiges Eisen? Ihm fiel *der Wert rituellen Handelns* wieder ein, und er horchte den Wörtern hinterher, als wären sie eine Zeit lang aus seinem Kopf verbannt gewesen. Er hatte das Gefühl, seit dem Brand des Pavillons vor so vielen Feuern hätte niemand mehr ein Wort gesagt. Als er jetzt hinübersah, war da drüben alles dunkel. Aber waren überhaupt Worte laut geworden? Oder nur gemurmelt?

*Einen* Sprecher gab es aber unter ihnen hier auf der Insel. Gerade fing er wieder mit seinem barbarischen Gekreisch an und verbreitete es über die trompetenartigen Lautsprecher des Blue Streak.

»Das muss ich dir lassen, Maddy, da hab ich mir den Schwanz doch tatsächlich in deinem Pessar eingeklemmt. Nur kenne ich die technischen Daten vom Streak und muss dir leider sagen: Der Schmelzpunkt dieser Hafnium-Kohlenstoff-Legierung liegt irgendwo bei dreitausend Grad Celsius. Da dürftet ihr mit euerm Schwemmholz und dem Scheiß kaum rankommen, obwohl sich so ein Feuerwerk natürlich echt gut macht.«

Die Winden stoppten erst einmal. Die Ketten des Streak drehten sich nicht mehr gegen ihre Gefangenschaft. Hatte der Klauenschraubstock sie angehalten? Oder sparte Todbaume seine Energie lieber für den nächsten Kampf, die nächste Kriegslist auf? Er verstummte ebenfalls. Das einzige Geräusch erzeugten die knisternden und zischenden Flammen unter dem eingesperrten Superauto. Und die auf den Strand plätschernden Wellen. Dann trat Maddy vor und sprach laut genug, dass ihre Stimme bis zu Journeyman drang. Er wusste, dass der Blue Streak Mikrofone hatte, die ihre Stimme in Todbaumes Cockpit übertrugen.

»Lass Nowlin raus.«

»Netter Versuch!«, bellte Todbaume durch den Lautsprecher. »Ted ist mein Flügelmann. Wir haben Orte und Leute zu besuchen. Du hast deine Bündnischance verpasst, Madeleine. Wir schicken dir eine Postkarte.«

»Lass ihn raus, und wir harken das Feuer weg.«

»Das Feuer ist mir scheißegal, das hab ich doch grad gesagt. Ich lass ihn raus, wenn du deine Rettungsschere losmachst.«

Journeyman sah, wie Maddy den Leuten ein Zeichen gab, die daraufhin trockenes Holz in die Flammen warfen. Als es Feuer fing, wurde das Superauto von emporstiebenden Funken eingehüllt. Im Schleier aus Rauch und Flammen glühte die Maschine vor heilloser Strahlung; er konnte im Cockpit keine menschlichen Gestalten erkennen. Wie sollte sich Nowlin da auf die Leiter wagen, selbst wenn Todbaume die Luke öffnete? Die Außenwände des Streak mussten weißglühend sein.

»So langsam komm ich dir auf den Trichter«, sagte Todbaume. »So stellst du dir also unsere Zusammenarbeit vor. Du veranstaltest diese Kabuki-Episode für die Bande auf dem Festland. Sie müssen sehen, dass du es versucht hast. Eine prima Show, Maddy, echt eine Supershow. Wenn du für sie die Drecksarbeit erledigst, dann wird vielleicht alles wieder, wie es war, alles ist Friede, Freude, Eierkuchen, und jede Woche gibt's wieder Enteneier und Grünkohl Puttanesca im Einmachglas. Vielleicht ist es egal, ob ich verreck oder nicht, hm?«

Maddy antwortete nicht. Die Flammen wuchsen. Die Leute am Strand traten zurück, ein Halbkreis aus glänzenden Gesichtern. Ein paar kümmerten sich um die Feuer. Eke und Walt waren aufgetaucht und trugen eifrig dazu bei, das glühende Holz unter die Panzerung und die Ketten zu harken.

»Die Konstrukteure dieses Dings haben an Schlimmeres gedacht als an euch Steinzeit-Guerilleros. Ich werde am Martini nippen, während ihr diese Scheißinsel bis auf die Felssohle abfackelt.«

Der Park auf der anderen Seite der Wasserfläche lag still da. Damit mochte Todbaume immerhin recht haben: Sie wurden beobachtet.

»Moment, das nehm ich zurück. Ich schau hier aufs Armaturenbrett und kann euch gratulieren: Ihr löst gleich eine Kernschmelze in meinem Reaktor aus. Ich werd euch tschernobylmäßig den Arsch aufreißen. Für einen Haufen Körnerfresser echt ein starker Abgang. Ich weiß nicht, ob die Explosion ausreicht, um auch gleich die Kordonisten auszurotten, oder ob sie nur den Mutterboden in einem Hundert-Meilen-Radius verstrahlt. Läuft wahrscheinlich aufs selbe raus.«

Konnte Todbaume aus Daffke eine Katastrophe auslösen? Hatte das Superauto einen Selbstzerstörungsmechanismus? Sollten die Spodosolier auf ihrem Inselrefugium wirklich gegen die Nicht-suizidalität des Letzten Amerikaners wetten? Journeymans Gedanken schweiften von dem vor ihm liegenden Gebilde aus Stahl, Sand und Feuer ab zu dem Leben, das gerade langsam aus der zeitzertrümmernden, irrelevanzvernarrten Maschine verschwand, die sich sein Kopf nannte.

Todbaume und er waren mal ungeladen bei der Party einer der großen verhassten Verbindungen reingeplatzt, Delta Kappa Epsilon. Sie befreiten ein unbewachtes Tütchen Kokain aus einer Schreibtischschublade und schlossen sich im Dachgeschoss der Verbindung ein, um es zu sniefen. Die Burschenschaftler versammelten sich vor der Tür und brüllten, sie sollten rauskommen. Todbaume holte ein Feuerzeug aus der Tasche, schnippte es unter einem Rauchmelder an, und im ganzen Gebäude gingen die Sirenen los. Der Campus-Wachschutz und die Feuerwehr kamen, holten Journeyman und Todbaume aus dem Dachgeschoss und führten sie im Polizeigriff ab, vorbei an den wütenden Burschenschaftlern. Eine Woche später wurde ein Verfahren vor einem Beschwerdeausschuss der Studentenberatung eröffnet, und sie kamen mit akademischer Bewährung davon.

»Auf welchem Hügel willst du sterben?« – noch so ein Lieblingssatz von Todbaume. Indem er vom Park aus zur Unterwasserfahrt aufgebrochen war, hatte er sich entschlossen, von Maddy und nicht von den Kordonisten stillgelegt zu werden. Warum auch nicht? Er hatte die Gefilde des Stillstands durchquert, um eine Geschichte, die er im Kopf hatte, am Leben zu erhalten. Und jetzt war der Jäger auf einer Insel am Ende von Raum und Zeit vom Wild gefangen genommen worden. Welche Bedeutung hatte es für Todbaume, wenn er sich mit seiner Krise Maddy auslieferte? Vielleicht war es für ihn das Wichtigste, nicht auf dem Hügel seines Selbsts zu sterben.

Journeymans Gedanken passten genauso schlecht wie die Krähenschwärme zum Ozean. Genau wie die Krähen wichen sie Todbaume nicht von der Seite.

Die Geschehnisse am Strand holten ihn in die Gegenwart zurück. Todbaume hatte das Bullauge geweitet und Theodore Nowlin freigelassen. Eke und Walt traten und scharrten das brennende Holz vom Fuß der Leiter weg und halfen ihm herab. War Nowlin verbannt worden, oder hatte er es sich anders überlegt und um seine Freilassung gebeten? Von Eke und Walt gestützt, sprang der große Mann von der letzten Sprosse, stolperte vom flammenbeleckten Superauto weg und ging am Strand in die Knie. Er hatte sowohl die Meeresunterquerung als auch das Gebratenwerden im Cockpit überlebt – nicht gerade der sanfteste Trip auf die Insel. Er war aus seinem Tagtraum der Rückkehr erwacht und zurück in ihrer Mitte. Der Weg nach Quarry Island war schließlich lang genug gewesen. Und weiter würde auch Todbaume nicht kommen.

Maddy, Astur und die anderen traten schnell die Feuer aus und erstickten die letzte Glut mit nassen Seetangbüscheln. Fauchen und Dampf waberte über den Strand, die Feuer verzischten und wurden Wrackgut, Strandmüll. Der Mond beschien wieder die Szene. Und das Glühen des Cockpits. Der Streak lag da wie ein Ei im Maul eines Fuchses. Todbaume war sein letzter Insasse. Journeyman bildete sich ein, ihn im Dampf- und Lichtnebel zu sehen. Die Winden erwachten ächzend zum Leben, klackerten gleichmäßig und zogen die Falle mitsamt Inhalt zentimeterweise den Strand hinauf. Zum Steinbruchweg. Zum Turm.

## 70

# Drenka war da

Als sie hinter dem kreischenden und knirschenden Ungetüm stumm den dunklen Pfad hochstapften, erblickte Journeyman Drenka. Er wusste nicht, wann sie sich ihnen angeschlossen hatte. Aber es war ihr Ruderboot, das unter den Klippen lag. Sie sah, dass er sie ansah, und Journeyman hätte schwören können, dass sie fast lächelte.

# 71

# Letzte Geschichten

Den ganzen Weg hoch zum Turm spuckte Todbaume Gift und Galle. Bei alldem Kreischen von Metall auf Stein war er aber kaum zu hören. Seine verstärkte Stimme wurde Teil des Getöses. Als die Winden das umkrallte Superauto zum Fuß des Turms geschleift hatten und anhielten, verlegte sich Todbaume aufs Feilschen. Er flehte jetzt nicht mehr nur Maddy an, sondern alle, die bereit waren, ihm zuzuhören.

»Will wer Kaffee? Wann habt ihr armen Ärsche das letzte Mal welchen bekommen?«

Niemand sagte etwas.

»Jammerschade. Wir könnten es auf der Insel hier so schön haben, wenn ihr mich bloß zum König Ubu krönen würdet. Apropos, habt ihr eigentlich funktionierende Plumpsklos? Ich hab hier drin nämlich blitzsaubere Örtlichkeiten, das kann Nowlin euch bestätigen. Wer immer sein ›großes Geschäft‹ machen möchte, wie meine Mom das nannte, ist an Bord willkommen.«

Theodore Nowlin war den Hang hochgewankt, immer noch

gestützt von Eke und Walt. Todbaumes alte Gemeinschaft aus dem Park, wie Journeyman bemerkte.

»Je mehr, desto besser, das wisst ihr doch; Scheiße hält die Show am Laufen.«

Ed Waltz, Dodie Metzger, Nils, Renee und Ernesto machten das Fahrgestell der Krebsscheren am Turmfundament fest. Es war eine Art Gleis, wie Journeyman jetzt sah. Eine Eisenbahn in den Himmel.

»Ich raff langsam, was ihr vorhabt. Und ich kann euren Unternehmungsgeist echt nur unterstützen – endlich kriegt man mal was zu sehen für sein Geld! Aber wenn ihr glaubt, ich würde hier Zusatzraketen zünden, um den Showdown abzurunden, habt ihr euch geschnitten. Ich versteh ums Verrecken nicht, wie ihr das hier zu Ende bringen wollt.«

Aber Journeyman verstand es. Zu guter Letzt. Die gesamte Insel verwandelte sich in eine riesige Apparatur, die Todbaume und den Blue Streak zur Turmspitze hieven würde. Todbaume wusste nichts von dem Schlussstein, dem riesigen Granitblock, der so gefährlich auf der Klippe im Süden kippelte, das Gegengewicht, an das er gefesselt worden war.

»Also … ihr fragt euch wahrscheinlich, warum ich euch heute hier zusammengerufen habe. *Herrgott, den Witz kann ich gar nicht oft genug bringen!* Bei allem Handwerkerstolz sollten wir doch nicht übersehen, dass wir es mit einem gemeinsamen Feind zu tun haben, Leute! Mit denen, die uns vom Festland verscheucht haben, stimmt's oder hab ich recht? Egal wie das letzte Gefecht aussieht, ihr Landpomeranzen werdet meine verhasste Retrotechnik brauchen. Mein Exoskelett ist ein Leutezerquetschdings auf Ketten, das hält sich auf jeder Straße … Wenn ihr wen oben auf einen Turm raufkriegen wollt, sollte das vielleicht einer von euren veganen Köchen sein, der euch dann einen Kessel kochend heiße Misosuppe mit Zitronengras auf die Köpfe kippt, oder?«

Journeyman genoss seine Gesichtslosigkeit in dem anonymen Kollektiv, diesem stummen Mob, in den sie sich verwandelt hatten. Aber prompt griff Todbaume ihn heraus.

»Sandmann!«

Warum hätte er sich auch für unsichtbar halten sollen? Das Armaturenbrett des Blue Streak war schließlich mit kleinen Bildschirmen bestückt, die eine Panoramasicht auf die gesamte Umgebung des Gefährts boten. Der hoch stehende Mond und das strahlende Superauto lieferten die Beleuchtung. Todbaume war im Pilotensessel versunken, war nur noch ein Fleck in all dem Licht.

»So, *mon petit frère*, du hast den Spieß also umgedreht. Was planst du als Nächstes?«

Maddy wich seinem Blick aus und ließ sich nichts anmerken. Ein Geruch stieg ihm in die Nase. Ed Waltz' Winden und Flaschenzüge waren mit Schweinefett geschmiert worden. Der Dunst hatte eine verbrannte Note bekommen, als die Kabel unter dem Gewicht des Superautos heiß gelaufen waren. Wochenlang hatte er das unverarbeitete Schweineschmalz gehorsam zu den Booten gebracht, aber nie gefragt, wofür es gebraucht wurde. Die Gemeinschaftsmaschine um ihn herum war immer in Betrieb gewesen, hatte ihn aber im Unklaren gelassen. Er hatte das Gefühl, nicht hier unten am Boden, sondern da oben bei Todbaume im Cockpit eingeschlossen zu sein. Dass er genauso wie Nowlin um seine Freilassung betteln musste.

»Wie jetzt, dir fällt kein Spruch ein? Du hast nie große Rollen für die Bösen geschrieben, Sanderton. Du bist und bleibst ein Handlanger, der nur über das schreibt, was er kennt.«

Die Spodosolier setzten sich stumm in Bewegung und folgten den Kabeln in den Wald. Drenka hielt sich abseits der Gruppe, ging aber in dieselbe Richtung. Sie hatte noch keine Aufgabe übernommen oder sich zu etwas verpflichtet. Offenbar stellte niemand infrage, dass sie bei ihnen auf der Insel war und alles bezeugte, auch wenn es sie vielleicht irritierte. Er wollte ihr etwas zurufen, ließ es aber bleiben.

»Dann hast du dich also bei der Mordparty am Ende der Welt eingefunden. Eleganter Plan. Du jagst mich wie ein Feuerwerk, damit man es am Ufer sehen kann, und trittst für beide Mannschaften an. Leg einen guten Mord hin, Sandy.«

Er hörte sich sprechen. »Niemand legt hier einen Mord hin, Peter«, hörte er sich sagen.

»Was glaubst du denn, wofür diese umgedrehte Piñata des Unheils da ist? Ihr Wichser murkst mich in Sensurround ab. Ich bin stolz auf alles, was ich dir beigebracht hab, Sandy. Erinnerst du dich an den alten Witz: Was ruft die Leiche dem Stand-up-Komiker zu? *Ich bin live gestorben, genau wie du.* Hey, warum geht ihr denn alle? Hab ich was Falsches gesagt?«

Astur ging Richtung Klippe. Nils, Renee und Ernesto hatten die Arbeit an der Winde abgeschlossen und folgten ihr. Nur Ed und Dodie blieben auf ihren Posten an dem nach Bratspeck stinkenden Turmmechanismus, um den Ablauf zu überwachen. Maddy wartete auf Journeyman, wandte aber den Blick ab. Wolkenmassen umfinsterten den Mond, und die Turmspitze war kaum mehr zu sehen. Nur die Kuppel funkelte noch blass. Das Ei, das nässende Auge. Darin Todbaumes dunkler Umriss als verdorbener Dotter oder Pupille. In der Luft mischten sich Gerüche nach angebranntem Schmalz, zerstoßenem Thymian, Salzfäulnis vom Meer und zusammengeharktem Seetang, den Girlanden des Superautos.

Wellen plätscherten sacht auf den Strand, die Falle quietschte, Todbaumes Stimme gellte.

»Kommt zurück und redet mit mir, ihr stummen Witzfiguren. Ihr Wurzelseppen. Ihr Wutbürger. Ihr Weicheier. Ihr werdet mich noch zurückwünschen. Ich schwör's, wenn irgendwer von euch auch nur ein Wort sagt, halt ich die Klappe und hör zu. Ich rede doch bloß, um mich denken zu hören. Was glaubt ihr denn, wie ich die ganze Strecke geschafft hab? Beim Fahren muss ich einfach reden, Leute, okay? In dem Scheißding hier muss ich meine Gedanken aus dem Schädel kriegen. Ich hätte Pittsburgh nicht rausschmeißen sollen; die Frau hatte wenigstens einen Arsch in der Hose. Hört euch dieses beschissene hohle Lärmen an, das klingt wie eine klatschende Hand, das schlimmste Geräusch der Welt. Ihr braucht mich, ich bin der letzte Überlebende. Ihr habt doch keinen blassen Schimmer, was da draußen los ist. Ich schon, ich bin die ganze Strecke gefahren. Was ihr wisst, ist der letzte Scheiß. Keiner von euch Scheißern hätte überlebt, wenn ich nicht gekommen wäre. Ihr Scheißer braucht mich.«

»Komm raus«, sagte Journeyman. Er hörte selbst wieder den höflichen Copsprech heraus. *Bitte verlassen Sie das Fahrzeug.*

»Verarschen kann ich mich alleine.«

»Warum nicht? Die finden schon einen Job für dich.«

»Einen Job?«

»Die haben sogar für mich einen gefunden«, flachste Journeyman.

»Ich hab schon einen Scheißjob. Ich bin euer Erzähler. Ich bin eure Geschichte.«

»Erzähl deine Geschichte hier unten.«

»Nein.« Maddy trat in den strahlenden Kreis, das Feld der Verzerrung.

»Was – nein?«

»Sandy irrt sich. Wir haben keinen Job für dich.«

»Da hast du's, Sandmann. Hab ich doch gesagt: eine Mordparty.«

»Du bleibst ab jetzt auf der Insel«, sagte Maddy gedankenverloren.

»Die Insel der Vollpfosten! Wer lebt denn hier, Eke und Ekette? Ernähren sich von eingelegten Pusteblumen? Nein, allerergebensten Scheißdank! Ich lebe in aller Pracht und Herrlichkeit, ich lebe in unermesslichem Luxus. Hinten im Kühlschrank hab ich noch ein paar Fässchen Beluga, glaub ich. Ich hab definitiv die letzte Festplatte mit abspielbaren Hentai-Anime-Pornos in der bekannten Milchstraße. Schon mal 'ne Zeichentrickfigur gefickt, Sandy? Besser als echter Sex – wobei du wahrscheinlich schon ewig keine Vergleichsmöglichkeit mehr hast. Ich atme hier immer noch wiederaufbereitete Luft aus Malibu Beach und würde die für nichts in der Welt hergeben. Der Pazifik, das ist wenigstens noch ein ernst zu nehmender Ozean mit einem ernst zu nehmenden blauen Horizont, nicht wie diese Pissrinne hier mit Kolibakterien, roter Tide und ›Eine Tochter der Mayflower hat sich an den Seepocken hier mal den Fuß geschnitten‹. Da lob ich mir doch den Pazifik. Ich hätte zu Hause bleiben sollen. Aber ich werde mit dem Scheißschiff untergehen, jawoll, Sir, *shantih, shantih, shantih.*«

Ob das sein letztes Wort war? Journeyman kannte Todbaume gut genug, um zu wissen, dass es für den kein letztes Wort gab. Jetzt wechselte er die Tonlage, die tiefe Bruststimme stieg hoch bis in die Nebenhöhlen. Genau, er greinte. Es wurde aber auch eine seiner Stimmenimitationen. »Ich will nicht sterben.« Es wurde eine Beschwörung, auch wenn es nie genau dieselben Worte waren. »Ich will nicht da oben sterben. Ich will da nicht rauf. Schickt mich da nicht zum Sterben rauf. Ich will nicht auf den Mordturm rauf. Ich will nicht ermordet werden. Ermordet mich nicht da oben auf dem Turm. Ich *will* da nicht rauf.«

Er stand entgeistert da. Maddy kniete, die Hand auf dem Hammer im Holster, und beriet sich im Flüsterton mit Ed und Dodie. Todbaumes Stimme füllte seinen Kopf aus, und jetzt erkannte er sie. Todbaume gab den Sandy Duplessis. Unverkennbar, wenn er sich das Zuhören erlaubte. »*Zwingt* mich nicht da hoch. Zwingt mich nicht. Nicht da hoch. Nicht auf dem Turm ermorden. Nein nein, Mama. Nein Mama, kein Mord, kein Turm. Ich will nicht, gar nicht. Will das niemals nicht. Ich war das nicht. Ich war das nicht, was ihr sagt. Ich hab das nie nie gesagt. Ich hab das nie nie gemacht. Ich hab das nie im Leben gemacht. Ich war das nicht. Das nicht was nicht kack nicht.«

Maddy zog Journeyman an der Hand, um den Bann von Todbaumes Stimme zu brechen. Sie waren wieder in Rehoboth, dachte er.

»Maddy?«

»Ja?«

»Ist das deine Rache?«

»Rache wofür?«

»Für das, was Peter im Starlet gemacht hat. Als du uns besucht hast.«

»Mir ist egal, was er im Starlet gemacht hat, Sandy. Du bist der Einzige, der sich da überhaupt noch dran erinnert.«

»Warum muss er dann sterben?«

»Er muss nicht sterben, nur sein Auto. Er muss nur auf der Insel bleiben, wo Eke und Walt ihn im Auge behalten können.«

»Wegen dem, was er auf seiner Überfahrt angerichtet hat? Weil er Menschen umgebracht hat?«

»Weil er ein Stein ist, der Wellen im Teich erzeugt.«

»Er glaubt, du hättest den Stillstand verursacht, weißt du das? Mit *Noch eine Welt*. Er glaubt, die eine Hälfte der Geschichte versucht zu gewinnen.«

»Das interessiert mich nicht«, sagte Maddy nachdrücklich.

»Das geht nicht gegen dich.«

»Gegen mich nicht. Aber gegen dich.«

»Warum gegen mich?«

»Na, weil er deine Stimme nachahmt. Dieser ganze Schwachsinn. Guh guh gaga, oinka doinka duh.«

Todbaumes jämmerlicher Katechismus ging weiter, wurde, in den Meeresnebel gerichtet, zum langsam zerfleddernden Schleier des Monds. Seine Stimme stieg in die sternenbesetzte Leere hinauf. »Nein nein, nicht morden, Mama, will nicht rauf, dicht kauf, puh puh, Turmknauf, will nach Hause, Banause, keine Sause, Sense senden, nein nein, kein Stein, kein Schein, mein Bein, nein, will nicht will nicht will nicht gehen gehen …«

Maddy deutete mit dem Kinn auf den Pfad, den die anderen entlanggegangen waren. Zog ihn wieder an der Hand. Er ließ sich führen. Leiten. Zu den Klippen am Meer. Zu dem, was folgen musste.

»Sandy?«, rief Todbaume.

Maddy legte einen Finger an die Lippen und trat auf den Pfad. Er folgte ihr.

»Bild dir ja nicht ein, du würdest vom Bruttoumsatz hiervon Prozente kriegen.«

# 72

## Noch ein Stillstand, Teil 3

Mond und Sterne schwirrten durch die schwarze Persenning und trieben sie zu den Klippen. Der Abschluss des Ritus stand bevor. Paulo, Ernesto und Andy mühten sich mit Hacken und Brechstangen ab, mit Stemmeisen und Spaltkeilen und unterhöhlten das Kontergewicht, um das straff die Kabel gespannt worden waren, als sollten sie den Mond an die Erde binden. Losgemeißelte Steinbrocken und frei liegende Wurzeln, die über dem Wasser hingen. Der Granitblock war nur noch eine Haaresbreite, einen Haarriss vom Sturz entfernt, hatte Journeyman den Eindruck.

Drenka stand am Rand der Gruppe, gehörte halb dazu und halb nicht. Neben ihr hockten Edwin Gorses Töchter. Er fragte sich, was den Mädchen erzählt worden war. Ob überhaupt etwas. Und von wem.

Maddy kümmerte sich um ihn, führte ihn und erklärte ihm behutsam, was er zu tun hatte. Sie gab ihm ihren Zimmermannshammer. Am Sockel des Steinblocks war ein Keil eingeschlagen worden. Die Klippe, Stein und Erde, die vom hochgestiegenen

Ozeanwasser aufgeweicht war. Ein paar Schläge, und alles stürzte ins Meer hinab. Diese paar Schläge waren ihm vorbehalten. Der Autor war er nie, aber manchmal bekam er das letzte Wort. Maddy legte ihm die Hände auf die Handrücken, und ihre ineinandergeflochtenen Finger legten sich um den Hammerstiel. Dann zog sie die Hände zurück, damit er zuschlagen konnte. Und er schlug. Und noch mal. Es kostete ihn all seine Kraft, aber er trieb den Keil tiefer hinein. Erde und Kies erschauerten, matschten, schmolzen, gaben nach. Der Block kippte. Er schlug noch einmal zu; der Klippenrand bröckelte ab, der Block krachte in die Brandung, das eingeschlossene Superauto stieg heulend an den gefetteten Kabeln empor und nahm seinen Platz an der Turmspitze ein, eine zeitmüde Sonnenblume. Ein schimmerndes Orakel im Dialog mit dem Mond. Ein warnendes Leuchtfeuer für alle französischen Boote der Zukunft. Und dann entfiel der Hammer seinen Händen.

Alle drehten sich, um ihn zu sehen. Endlich.

Asturs Leuchtturm.

73

# Ein letztes Bild für die Akten

EVERYONE
1. , MIGHTY GOD OF THE SUN, ACCEPT
OUR SACRIFICE AND BE APPEASED.
2.
, BOUNTIFUL GODDESS O
OUR ORCHARDS, ACCEPT OUR
SACRIFICE AND MAKE OUR BLOSSOM
FRUIT

# V.

# Nachspiel

## 74

# Frühstück

Am Morgen waren die letzten Rauchschwaden verweht. Die Feuer am Strand waren erloschen und von der Flut überspült worden. Die beiden, die die Kordonisten im Gründerpark entfacht hatten, lagen im Nebel verborgen. Wie auch die Ruine von Edwin Gorses Haus, das sie später aufsuchten. In Schutt und Asche gelegt.

Lucius hatte das Kommando über das letzte Inselfeuer übernommen, das Kochfeuer. Er schöpfte heiße Getreidegrütze und Kompott in Schalen, und sie spazierten bei Ebbe an den Strand und frühstückten am klaren kalten Morgen. Die Ersten gingen zu den Booten hinunter, und andere folgten ihnen. Journeyman sah Drenka, ging aber nicht zu ihr. Sie saß und aß bei Augustus. Erst war er eifersüchtig, aber Drenka und der Schlachter saßen mit Gorses Töchtern zusammen, und er konnte sehen, dass die Mädchen erfahren hatten, was ihrem Vater zugestoßen war. Drenka gab ihnen Nähe. Er wahrte Abstand und stieg zur Überfahrt in Asturs Boot.

# 75

## Cynthia Pitchings' Bericht

Als sie bei ihr aufgetaucht waren, hatte sie ihnen zu essen gegeben. Dafür waren Spodosolier schließlich da. Die Farm diente dem Anbau und der Ernährung. Und als die Kordonisten kamen, brachten sie einen Bärenhunger mit. Also hatte Cynthia Speisen und Getränke aufgetischt.

Die Spodosol hatte einen soliden langen Holztisch mit Brandspuren von am Rand abgelegten Zigaretten und Ringen von gusseisernen Pfannen und Kochtöpfen, die ohne Untersetzer abgestellt worden waren. Dort saßen sie jetzt und hörten sich Cynthias Bericht an. Journeyman hatte Astur beim Vertäuen des Boots geholfen und war dann mit ihr am Park und dem niedergebrannten Pavillon vorbei zur Spodosol gegangen. Alle wollten wissen, wie die Spodosol die Nacht überstanden hatte. Sie saßen, tranken Cider, und Cynthia schilderte, was sich zugetragen hatte, als die Kordonisten kamen.

Sie hatte sie bewirtet und dann gesagt, sie sollten nach Hause gehen. Boote waren keine mehr da. Überfahrten würde es nicht mehr geben. Die Leute, die sie suchten – nein: Der eine Mann, den sie suchten, war auf Quarry Island. Er würde nicht zurückkommen. Wenn sie wollten, konnten sie sich mit eigenen Augen davon überzeugen, aber das war nicht nötig. Überflüssig. Der Mann wurde festgehalten. War stillgestellt. Hatten die Kordonisten ihn etwa nicht von Anfang an ihrer Wachsamkeit anvertraut? Und jetzt stand ihre Gemeinschaft auf ihre Weise für ihn gerade. Das entsprach vielleicht nicht der Art des Kordons, sollte aber genügen. Sie sollten essen, sich damit begnügen und nach Hause gehen. Wir hatten alle ein Zuhause oder jedenfalls fast alle. Diesen Segen sollten sie nicht vergessen.

Hatten sich die Kordonisten am Ende von Cynthias Bewirtung und Rede entschuldigt? Das nun nicht gerade. Für Entschuldigungen waren diese Leute nicht zu haben. Waren sie verärgert? Vielleicht.

Sie hatte die Kordonisten bewirtet, und jetzt bewirtete sie die Insulaner, denn auch die hatten wieder Hunger. Heiße Brotlaibe kamen aus dem Backofen, und Cynthia und Astur gingen in die Keller und holten die guten Käsesorten und die Gläser mit eingelegten Früchten, Rhabarber-Chutney und Mais. Erst war Journeyman von dem Überfluss verwirrt: Waren denn nicht alle Vorräte nach Quarry Island gebracht worden?

Er kam sich dumm vor. Hatte sich von einem einzigen Schuppen voller Einmachgläser beeindrucken lassen. Die Farm hatte weit größere Reserven. Auf die Insel waren nur Wintervorräte für die gebracht worden, die dort bleiben würden. Eke, Walt und Todbaume. Oder ein bisschen mehr als das, denn auch die Evakuierten hatten so einiges gebraucht in – ihrem Refugium? Ihrer Enklave? Egal wie man das nannte. Den langen Tag und die lange Nacht von Todbaumes Gefangennahme und Auffahrt.

Cynthia berichtete, sie hätte den Kordonisten noch Unmengen von Lebensmitteln nach Hause mitgegeben. Leckereien, wie man sie braven Hundchen gab. Unter ihrer Fuchtel waren sie auch mit Hunden zu vergleichen. Ihre Großzügigkeit rechtfertigte, dass die Kordonisten so zahlreich gekommen waren: Sie hatten Vorräte für den ganzen Winter mitnehmen können. Mussten nicht so bald wieder zu Besuch kommen. Das erwies sich als richtig. Journeyman musste mehrere Wochen lang keine neuen Warenübergaben an der North Grange organisieren.

Genug Zeit, um die Verbrennung zu vergessen.

Genug Zeit, um das Gefühl zu bekommen, es hätte den Turm schon immer gegeben.

Genug Zeit, um die Toten zu begraben.

# 76

# Die Mitteilung

Es war Journeymans Schicksal gewesen, zusammen mit Augustus in das Alamo von Edwin Gorses ausgebrannter Küche zu gehen. Es wurde auch sein Schicksal, die Leiche von Jerome Kormentz zu finden. Allein. Sonst hatte niemand an Kormentz gedacht. Das war ja Sinn und Zweck seiner Verbannung an den See gewesen: aus den Augen, aus dem Sinn. Am zweiten Morgen nach der Rückkehr von der Insel ging er ihn besuchen. Im kalten Blendlicht des Vormittags. Niemand folgte ihm. Keine Krähen in den Baumkronen. Niemand hätte etwas gemerkt, wenn er nicht gegangen wäre.

Sie hatten Kormentz abgeschnitten und auf einen Stuhl an seinem Küchentisch gesetzt. Er sagte sich, dass sie den zurückgestellt haben mussten – Kormentz musste auf den Tisch gestiegen sein, um an die Dachsparren heranzukommen, und ihn dann unter sich weggetreten haben. Der Stuhl wäre nicht hoch genug gewesen. Die Schlinge hatte er noch um den Hals. Sie hatten sich wohl gesagt, dass der Finder von Kormentz dann verstehen würde, was geschehen war, dachte er.

Die Küche war eiskalt. Kormentz hatte ein Feuer aufgeschichtet, aber nicht mehr angezündet. Er überlegte, ob er das nachholen sollte, bevor er in die Stadt zurückging.

Die Mitteilung, ein einzelnes gefaltetes Blatt, lag auf dem Tisch. Erst erwartete er Kormentz' Handschrift. Aber das konnte nicht sein, wenn seine Annahme vom wieder aufgestellten Tisch stimmte. Und es war auch nicht Kormentz' Handschrift. Die Mitteilung hatte keine Unterschrift, die war aber auch nicht nötig – sie sprach für die, die ihn als Erste gefunden hatten. Einen Beweis gab es nicht, aber er glaubte der Mitteilung.

*WIR HABEN IHN NICHT DAZU GEZWUNGEN. ER HING SCHON, ALS WIR INS HAUS KAMEN.*

Wahrscheinlich hatte Kormentz sich erhängt, als er sie den Weg zum See herabkommen hörte. Sein Ich-hab's-dir-doch-gesagt. Seine aktive Bejahung des *Werts rituellen Handelns.*

Die Besetzung durch den Kordon hatte also zwei Menschenleben gekostet. Zwei Leben und ein Haus. Und einen Pavillon. Die Tode von Gorse und Kormentz bildeten einen Chiasmus: ein suizidaler Mord – ein mörderischer Suizid. Beides Formen selbsterfüllender Prophezeiungen. Gorse hatte bewiesen, dass die Kordonisten gefährlich waren, indem er von ihrer Hand starb – Kormentz hatte bewiesen, dass sie es auf ihn abgesehen hatten, indem er von eigener Hand starb.

Für Journeyman blieben aber Fragen offen. Hatte die Entdeckung von Kormentz' kalt werdender, kotbefleckter Leiche den Invasoren einen Schreck eingejagt? Die Mitteilung ließ jedenfalls darauf schließen, dass sie keines Mordes verdächtigt werden wollten. Vielleicht hatten also Gorse und Kormentz die Städte durch ihre Tode gerettet. Die Sinnlosigkeit ihres Sterbens war eine eindringliche Mahnung an die Adresse des Kordons: Diese Leute könnt ihr nicht unterdrücken. Die Scheißhippies konnten scharenweise sterben. Vielleicht hatten die Invasoren deshalb am Ufer haltgemacht oder der Tafel der Spodosol den Rücken gekehrt.

Falls dem so war, hatten sie nicht nur Tinderwick, sondern auch Todbaume gerettet.

Er begrub Kormentz samt der Mitteilung in der weichen Uferböschung am See der Müdigkeit. Ein Küchenfeuer war nicht nötig. Beim Graben wärmte er sich für den Rückweg auf.

# 77

## Festung oder Gefängnis?

In den Tagen nach Todbaumes Turmfahrt kümmerte sich Drenka um Gorses Töchter, die plötzlich verwaist waren und ihr Zuhause verloren hatten.

Kaum jemand hatte die Mädchen früher gekannt, weil ihr Vater die ängstliche Quarantäne über sein Haus verhängt hatte. Glaubte Drenka, dass die beiden dadurch etwas mit ihr gemeinsam hatten und sie deswegen für sie verantwortlich war? Raina und Davida zogen jedenfalls zu ihr in die Bibliothek. Als hätte Drenka plötzlich ihren Lebenssinn gefunden. Ihre eigene Abgeschiedenheit wurde davon allerdings kaum angekratzt. Gorse hatte die Mädchen beschützt – jetzt übernahm Drenka diese Funktion. Die Fensterläden der Bibliothek blieben geschlossen, und Drenka ließ sich auch weiterhin kaum blicken. Das Umsorgen der verwaisten Mädchen machte ihre Ungreifbarkeit im Nachhinein plausibel.

Da das nun einmal sein Verantwortungsbereich war, versorgte Journeyman die drei mit Lebensmitteln. Drenka ließ ihn noch immer nicht in die Bibliothek, aber nach gut einer Woche konnte er sich dazu durchringen, sie etwas zu fragen.

»Können wir uns … mal treffen?«

»Ich weiß nicht. Später vielleicht.«

»Heute Abend?«

»Geht nicht. Die Mädchen brauchen mich.«

Das nächste Mal brachte er frisches Brot und Würste mit, die ersten Würste seit der Nacht auf Quarry Island. Drenka nahm das Päckchen dankend entgegen. Als er ins Haus treten wollte, schüttelte sie den Kopf. »Sie lesen«, sagte sie. »Ich komm lieber mit dir mit. Unten am Wasser lang.«

»Prima.«

»Ich hab dich auf der Insel gesehen«, sagte Drenka, als sie den Rasen überquerten, der sich hinter dem Krankenhaus langzog.

»Ich dich auch.«

»Du kanntest den Mann im Auto.«

»Ja. Peter Todbaume.«

»Er war dein Freund.«

»Früher, würd ich sagen.«

»Aber deine Schwester hasst ihn.«

»Ja«, gab Journeyman zu. »Ich glaube schon.«

»Erzählst du mir, warum er hergekommen ist? Und warum er … da hochmusste.«

»Das ist eine lange Geschichte.«

»Du bist Schriftsteller, hab ich gehört.«

»War ich mal, ja.«

»Dann mach dir Notizen. Du hast jede Menge Zeit.«

»Und dann treffen wir uns wieder?«

»Mal sehen. Erst mal möchte ich den Mädchen helfen, innerlich wieder auf die Beine zu kommen.«

Sie erzählte ihm, warum sie so lebte, unter ihnen und doch wieder nicht. In der Bibliothek. Als sie in die Stadt gekommen war, hatten sowohl Augustus als auch Maddy vorbeigeschaut, um herauszufinden, was sie hier vorhatte. Um sie zu begrüßen und ihr einen Job anzubieten. Eine Funktion. Drenka hatte sie aber auf Distanz gehalten. »Ich habe in Lincolnville auf einer Farm gelebt, die der Spodosol sehr ähnlich war«, sagte sie. »Ein guter Ökobauernhof, dachte ich erst. Ich dachte, da könnte ich sesshaft werden. Aber es wurde schnell schlimmer.«

»Wie meinst du das – schlimmer?«

»Ach, so idiotische Machtspielchen. Westentaschendiktatoren, aber die passiv-aggressive Variante. Konnt ich nichts mit anfangen, darum bin ich hierhergekommen.«

»Im Ruderboot?«

»Nachdem ich es einmal zur Küste geschafft hatte, ja. Ich musste die Kordonisten umgehen.«

Journeyman dachte an Todbaume. Das war vielleicht alles, was sie – außer Espresso – von ihm wollten: glaubwürdige Nachrichten von draußen. In all den Wochen, in denen sie Todbaumes Lügen gelauscht hatten und an ihnen verzweifelt waren, hatte Drenka auf der Lauer gelegen. Konnte sie vielleicht die ganz einfachen Fragen beantworten: War ihre Halbinsel ein Gefängnis oder eine Festung? Bauschten die Kordonisten die Gefahren da draußen auf? Wurden die Städte vor Albträumen und Plünderern beschützt, die Nahrung und ein Dach über dem Kopf suchten? Oder waren sie die Gefangenen des Kordons, die festgehalten wurden, weil sie für Getreide, Würste, Eingelegtes und Eingemachtes sorgten?

Drenka zögerte. »Lincolnville war euch hier ziemlich ähnlich«, sagte sie. »Nur abgefuckter.«

»Und wie war es außerhalb von Lincolnville?«

Sie zuckte die Schultern. »Anders. Ich bin hergekommen, als ich es da satthatte. Ich weiß nur, was ich weiß.«

Er beichtete, dass er in den Tagen vor der Insel eine ganze Theorie ausgearbeitet hatte. Als Todbaume seine Reisebegleiterin beschrieben hatte, die Frau, der er den Spitznamen Pittsburgh gegeben hatte, hatte er sich mit einer Mischung aus Faszination und Entsetzen vorgestellt, dass *Drenka* Pittsburgh war.

Aber wer konnte schon sagen, ob es Pittsburgh überhaupt gab? Todbaume behauptete, er hätte die Frau am Rand von New York an die Luft gesetzt. In Journeymans Gedankenspiel hatte sie während der gemeinsamen Reise von Todbaumes Plänen erfahren und war gekommen, um sie zu warnen. Und um sich zu rächen. Auf dem Gipfel seiner Paranoia hatte er sich ausgemalt, Drenka hätte sich mit Maddy und Astur getroffen und den ganzen Ritus ausgeheckt. Die Falle und den Leuchtturm.

Drenka lachte nur.

»Ich hab deinen Freund noch nie gesehen. Und ich wäre garantiert nicht zu ihm ins Auto gestiegen.«

»Jetzt weiß ich das auch.«

»Hast du wirklich gedacht, ich wäre die ganze Strecke von New York an der Küste langgerudert?«

Er genierte sich. »Den Teil hab ich mir gar nicht überlegt.«

»Ich bin von Lincolnville Beach hergerudert. Und schon das hat mich fast umgebracht.«

»Ja klar.«

»Sag die Wahrheit, wenn du schreibst«, sagte sie noch.

»Ich hab Angst«, sagte er.

»Wovor?«

»Dass du mich dann verachtest.«

»Verachtung kann ich mir nicht leisten. Verachtung ist zu teuer geworden. Ich bin bloß vorsichtig.«

»Vorsichtig?«

»An solchen Orten. Diese Scheißtheatralik. Du und deine spinnerte Schwester, sie und ihre Ökoarmee. Ihr macht mir Angst. Aber ich verachte weder dich noch sonst wen.«

»Dann hab ich vielleicht Angst davor, dass du mich nicht magst.«

»Dich zu mögen, könnte noch teurer werden. Bis bald, Mr Duplessis.«

## 78

# Journeyman zeitmittelte sich selbst

Der Stillstand hatte mit Benzin und Pixeln aufgeräumt, nicht aber mit der Herrschaft der Spiegel. Spiegelnde Flächen gab es überall, auch für Leute wie Journeyman, die sie von den Wänden ihrer Behausungen entfernt hatten. Die Fenster der Bibliothek und anderer Gebäude, wenn das Sonnenlicht im richtigen Winkel einfiel. Nachts vom Feuer im Kamin beleuchtete Scheiben. Die Rückspiegel der abgewrackten Autos. Eine Gruppe von Jugendlichen hatte eine Reihe von denen abgebrochen und auf dem felsigen Strand oberhalb des Gründerparks als glitzernde Installation aufgestellt. Wie früher die Felder mit signalsuchenden SETI-Satellitenschüsseln winkten sie sonst wem zu, imaginären Flugobjekten, vielleicht.

Journeyman frönte dem bewussten Zeitmitteln. Eine Erforschung des irgendwo schlummernden Selbsts. Er erlaubte es sich auf Asturs Boot. Wenn er auf einen Liegeplatz zuglitt, unmittelbar, bevor er zur Festmacherleine griff. Nicht immer war die Wasseroberfläche glatt, aber oft genug. Dann wunderte er sich über sein eigenes Gesicht. Wie Narziss, nur mit weniger schmeichelhaftem Ergebnis. Er sah in die Tiefe und musste nicht selten an die Herrin vom See in der Artussage denken. Ihm würde niemand ein Schwert geben, da war er sicher.

# 79

# Die Vögel und der Turm

Journeymans Job war gleich geblieben. Er war der Auslieferer. Da und dort. Hierhin und dahin. Kompott und Gelee, Mixed Pickles und Pesto von der Spodosol, Eier von der Proscenium Farm, Grünzeug von Brendas Folly. Fleischreste zu Victoria und Victorias Würste zu allen, einschließlich der Abgesandten vom Kordon, die er ein Mal pro Woche an der North Grange traf. Der Kordon schickte jetzt immer neue Gesichter. Meist Jüngere. Die Ältesten hatten sich seit der Besetzung nicht mehr blicken lassen. Schämten sie sich? Oder waren sie gelangweilt? Er unterstützte Augustus und half ihm beim Entenschlachten. Seine Runden kannte er. Den See der Müdigkeit ließ er aus. Wie bei der Grange war auch dort niemand Neues eingezogen. Der Pfad war überwuchert. Mit der Zeit würde Kormentz' Exilblockhaus in Vergessenheit geraten.

Dafür hatte er einen neuen Abnehmer. Zweimal die Woche segelte er mit Astur zur Insel. Astur sah nach Eke und Walt, für die sie sich offenbar verantwortlich fühlte. Er selbst stieg den Turm hinauf, den neuen Rucksack voll mit Rationen für Todbaume.

Die Turmstreben bildeten eine Leiter. Wenn es nicht gerade regnete oder stürmte, war das Hochklettern nicht schwer. Er fuchtelte mit den Armen, um die Krähen zu verscheuchen. Sie waren dem Superauto vom Festland herübergefolgt und bewachten es seither ständig. Nie weniger als sieben oder acht. Ob es immer dieselben waren, konnte er nicht sagen. Ihr Kot sprenkelte die Chromverzierungen und die Cockpitkuppel. Irgendwann würden sie vielleicht ganz bedeckt sein. Ein paar Krähen waren gestorben, womöglich genauso an der Strahlung wie der Hirsch. Er hatte die Kadaver am Fuß des Turms gefunden. Einer hatte sich zwischen Krebsschere und Fahrwerk verkeilt. Er vertrocknete langsam und löste sich auf, bis nur noch ein paar blauschwarze Federn übrig waren. Verwöhnte Todbaume die Krähen mit Leckerbissen, sobald Journeyman außer Sicht war? Sie schienen jedes Mal näher zu kommen, wenn er zu Todbaumes Hochsitz emporstieg.

Todbaume weitete das Portal, damit Journeyman die Verpflegung reinschieben konnte. Am Anfang hatte er noch gegrüßt und sich nach diesem und jenem erkundigt, aber keinerlei Reaktion bekommen. Manchmal hörte er Todbaumes Selbstgespräche, eine Art bitteres Glucksen. Er sah schlecht aus. Vielleicht hatte der Blue Streak inzwischen auch seinen Piloten verstrahlt. Vielleicht konnte man Todbaumes Beteuerung vergessen, das Innere sei bleiverkleidet, und Gefahr bestünde nur draußen.

Mit der Gestanksmischung hatte sich Journeyman abgefunden: Butan, Kahlúa, heißer Kupferdraht, Fürze. Er hatte keine Ahnung, wie lange der verfallende Blue Streak noch funktionieren würde, eingedellt, wie er war, leicht gekippt und dauernd Sonne, Wind und den Verwüstungen durch die Krähen ausgesetzt. Seine Energiequelle schien unerschöpflich zu sein. Nachts konnte man oben von Tinderwick Hill sein Glühen sehen. Es hieß, es sei sogar bis Granite Head zu sehen.

Todbaume sagte nie ein Wort, hörte aber zu. Er ließ die Luke so lange offen, wie Journeyman bereit war, auf der Krebsscherenfalle zu hocken, der Schwelle zu Todbaumes Zelle. Dann las er laut aus den Seiten vor, die in seinem Rucksack ein Eigenleben führten. Gemeinsam arbeiteten sie sich durch *Das Kopfkissenbuch des Jerome Kormentz*. Was würden sie lesen, wenn sie es durchhatten? Vielleicht konnte er die Unterlagen mitbringen, die er für Drenka vorbereitete. Oder er improvisierte eine Fortsetzungsgeschichte, eine unendliche Räuberpistole. *Neue Abenteuer des Blue Streak*. Manche Leute mochten Geschichten, in denen sie selbst vorkamen.

Die Seiten, die er gelesen hatte, überließ er dem Wind. Manchmal konnte er ihnen bis ins Wasser nachsehen. Manchmal verschwanden sie in den Baumkronen hinter den Klippen. Manchmal stürzten die almosensüchtigen Krähen herab und schnappten nach ihnen. Er hatte schon öfter gesehen, wie eine von ihnen selbstsüchtig zu einem Zweig flatterte und eine Seite verschlang, im Glauben, eine Köstlichkeit ergattert zu haben. So gesehen, war die weiße Kotschicht, die die Kuppel des Blue Streak überzog, recycelte Pappmaschee-Kunst, ein letzter Beitrag zu Asturs Turm. Oder eine enkaustische Form der Literaturkritik.

Sie hatten die alten Geschichten satt, diese Vögel. Sie wollten neue hören.

# Danksagung

Danke: Daniel Halpern, Zachary Wagman, Eric Simonoff, Miriam Parker, Gabriella Doob, Michael O'Connor, Kim Stanley Robinson, Chandler Klang Smith, Julie Orringer, Elvia Wilk, Steve Benson, Phil Norris, Marge Kernan, Mara Faye Lethem, Anna Moschovakis und Dr. Neil Martinson.

Und Steve Erickson für die Intervention.